Profis und Amateure

Ein Chemnitz-Krimi
von Rudolf G. Siering
und Birgit Leibner

Das Buch

In einer Jugendstilvilla auf dem Kaßberg in Chemnitz wird während eines Firmenjubiläums ein Mann vergiftet. Zur gleichen Zeit ein anderer durch ein Fenster erschossen. Kriminalhauptkommissar Fux und sein Team tappen lange im Dunkeln. Sabine Aaron, eine Journalistin, kommt während einer Dienstreise nach Leipzig in eine lebensgefährliche Situation.

Der Fall wird immer verwirrender. Die Auflöung, die unter Mithilfe Sabines und ihrer Freundin Mag erfolgt, bringt überraschende Erkenntnisse.

Alle Peronen, die in die Ereignisse auf dem Kaßbereg verwickelt sind, wurden frei erfunden, ebenso wie die Handlung. Die Villa auf dem Kaßberg sucht der Leser vergeblich. Ähnlichkeiten sind zufällig.

Eine Ausnahme gibt es: Das Restaurant *Am Harthwald*, sowie dessen Wirt und sein Team sind existent.

Der Autor

Seit langem schreibt Rudolf G. Siering Kurzgeschichten und manchmal Lyrik, die in Anthologien und Zeitschriften veröffentlicht wurden. In seinem Ruhestand hat er sich an Romane und eine Biographie gewagt.

Wer Rudolf G. Siering fragt, wieso er dieses Buch mit einer Co-Autorin geschrieben hat, bekommt zur Antwort: *Dadurch erhielt ich die plausible Ausrede, immer wieder mal mit einer charmanten und klugen Frau zu reden, außerdem bin ich sicher, dass Frauen Gefühle besser beschreiben. Jedenfalls besser als ich.*

Was Birgit Leibner darüber denkt ist nicht bekannt.

Die Autorin

Birgit Leibner schreibt ebenfalls Prosa und Lyrik, die in Anthologien veröffentlicht wurden. Nachdem Studium und Beruf beanspruchten die Kinder die meiste Zeit. Nach der Wende wurde sie arbeitslos, gab jedoch nicht auf. Sie ist Inhaberin einer schicken Modeboutique auf dem Rosenhof, und veranstaltet dort manchmal auch Lesungen.

Stefan Mrotzek war der Mann für's Grobe, aber man sah es ihm nicht an. Er kam gerade durch die Tür des Hotels am Theaterplatz. Hinter ihm ein Page mit zwei leichten Koffern. Eine kleine, flache Ledertasche trug Mrotzek selbst. Der Page setzte die beiden Koffer vor der Rezeption ab, aber Mrotzek folgte ihm nicht. Er ging in die Telefonzelle gleich neben dem Eingang und ließ die Tür offen stehen.

Nachdem er aufgeregt in den Taschen seines Anzugs gewühlt hatte, fingerte er ein paar Geldstücke heraus, steckte sie in den Schlitz des Münztelefons und wählte. Er sprach so laut, als müsse er ohne Telefon auskommen und jeder, der in der Halle stand, konnte ihn hören.

„Blöder Anrufbeantworter!", schimpfte er. „Also meinetwegen, hör zu, Mutti. Ich bin gut in Chemnitz angekommen. Die Fahrt im ICE war sehr angenehm. Im Speisewagen gab es einen guten Service. In Dresden bin ich umgestiegen. Die Züge waren pünktlich. Ich rufe später noch mal an. Mach's gut, Mutti. Ach ja, grüß unseren kleinen Michael." Er hatte heimlich die Höreraufhängung niedergedrückt. Die *Mutti* und den kleinen Michael gab es nicht. Er hängte den Hörer ein und ging zur Rezeption. Dabei wischte er sich mit dem Taschentuch über die schweißnasse Stirn. „Affenhitze", murmelte er vor sich hin.

Mrotzek war nicht sehr groß. Höchstens 1,65 Meter. Er trug einen grauen Anzug, weißes Hemd und trotz der Hitze eine dunkelblaue Krawatte ohne Muster. Aus dem Hemdkragen quoll ein kurzer, dicker Hals. Die dünnen Haare glänzten fettig in einem verwaschenen Blond. Er hatte alle Knöpfe der Jacke geöffnet und man sah den Bauch, der über den Hosengürtel hing.

Er ging zur Rezeption; die flache Tasche stellte er neben sich ab und die Hand mit dem Taschentuch legte er auf den Tresen, hinter der ihn eine gut aussehende, junge Frau anlächelte.

„Guten Tag, mein Herr. Was kann ich für Sie tun?"

„Mein Name ist Mrotzek, Stefan Mrotzek. Ich habe ein Zimmer bei Ihnen gebucht. Das heißt, meine Sekretärin hat das erledigt."

Die junge Frau lächelte ihn wieder an. „Einen kleinen Moment, bitte." Sie drückte ein paar Tasten am Computer, sah dann suchend auf den Monitor und nickte ihm zu. „Ja, Herr Mrotzek, das geht in Ordnung. Der Page wird Ihnen das Gepäck hinaufbringen. Hier ist ihre Zimmerkarte." Damit reichte sie ihm die übliche Chipkarte. „Sie haben das Zimmer Zweihundertvierzehn. Ich wünsche Ihnen einen angenehmen Aufenthalt in unserem Hotel und überhaupt in Chemnitz."

Der Page wollte noch die Ledertasche nehmen, die Mrotzek neben sich stehen hatte, aber der winkte ab. „Nichts da! Die nehme ich selbst." Er wandte sich nochmals zu der Frau an der Rezeption. „Ich hatte um ein ruhiges Zimmer gebeten, nach hinten hinaus und nicht neben dem Aufzug, aber in der Nähe der Treppe. Ich möchte schnell herauskommen, wenn es mal brennt, oder so."

„Wir konnten alle Ihre Wünsche erfüllen, obwohl Ihre Buchung erst vorgestern bei uns einging. Es wurde ein Zimmer frei, das direkt neben der großen Treppe liegt, mit Fenster zum Innenhof. Aber bei uns brennt es nicht, Herr Mrotzek, da passen wir schon auf."

Mrotzek schien davon nicht überzeugt zu sein, zog die Mundwinkel nach unten und wiegte den Kopf. Dann ging er zum Aufzug, mit dem der Page bereits mit seinem Gepäck nach oben gefahren war. Die Türen schlossen sich fast geräuschlos und darüber blinkten die Zahlen, die das Stockwerk anzeigten. Die Nummer eins, danach die zwei, leuchteten auf und erloschen wieder.

Bevor Mrotzek zu seinem Zimmer ging, suchte er den Ausgang zur Treppe, öffnete die Tür und sah hinaus. Die Treppe führte auf der linken Seite abwärts und rechtsseitig aufwärts. Sie war mit einem roten Kokosläufer bespannt, der von goldfarbenen Stangen gehalten wurde. An den Wänden hingen beschriftete Bilder der verschiedenen Hotelräume, von den Restaurants, der Sauna, dem Pool und anderen Serviceräumen. Zufrieden nickte er und suchte dann nach seiner Zimmernummer. Als er davor stand, sah er, dass die Tür nur angelehnt war und hörte drinnen ein Geräusch. Er stellte sich seitlich neben die Tür und stieß diese dann mit einem kräftigen Stoß auf, dass sie innen an die Wand knallte. Der Page, der gerade eine Schale mit frischem Obst auf die Herrenkommode stellen wollte, fuhr erschrocken herum.

„Verzeihen Sie, aber Sie haben mich erschreckt," stammelte er, als er Mrotzek in der Tür stehen sah.

„Schon gut. Ich war wohl ein bisschen zu stürmisch, aber ich bin in einer fremden Stadt immer etwas ängstlich. Ich habe ein Geräusch gehört und dachte es sei vielleicht ein Dieb in meinem Zimmer."

Er suchte in seiner Jackentasche einen Geldschein und gab ihn dem Pagen. „Sie können sicher was damit anfangen", meinte er. „Es sind Schillinge, Österreichische Schillinge. Ich konnte noch nicht wechseln."

Der Page bedankte sich, zeigte Mrotzek die Serviceklingel und verließ das Zimmer mit einer Verbeugung. Der Gast ging zuerst zum Fenster und nickte zufrieden, als er die Feuerleiter gleich daneben sah. Er schraubte die Sprechmuschel des Telefons ab und schaute hinein, dann ging er zum Fernseher, betastete ihn von allen Seiten und zog dann den Stecker aus der Dose. So besah er misstrauisch jede Ecke des Raumes und öffnete alle Schranktüren und Schubladen. Zuletzt stieg er auf einen Stuhl und besah sich die Deckenlampe. Erst dann legte er die Ledertasche auf den Tisch, öffnete das komplizierte elektronische Schloss und klappte den Deckel auf.

Das Gewehr war in fünf Teile zerlegt. Ein brauner Schaft, der mattblau glänzende Lauf mit dem Schloss, eine schwarze Metallröhre mit Schraubgewinde, die offensichtlich ein Schalldämpfer war, ein Zielfernrohr mit einem Steckverschluss und ein kurzes, leicht gebogenes Magazin für sechs Patronen. Mrotzek strich fast zärtlich mit seinen plumpen, dicken Fingern über die einzelnen Teile und schloss dann die Tasche wieder. Er legte sie in den Schrank auf den unteren Boden und stellte zwei Paar Schuhe aus seinem Koffer darauf. Er stellte sie so, dass die Absätze genau mit den Rand der Tasche abschlossen. Dann schloss er die Schranktür und legte einen Zigarettenfilter so auf die Oberkante, dass er beim Öffnen der Tür herunterfallen würde.

Sabine Aaron hatte an der Rezeption des Hotels gestanden, als Stefan Mrotzek eincheckte. Sie hatte gelächelt über sein fürsorgliches Telefongespräch mit seiner *Mutti*, welches sie notgedrungen mit anhören musste und mit der Empfangsdame ein Schmunzeln ausgetauscht, als er anscheinend ängstlich nach dem Fluchtweg im Falle eines Brandes fragte.

Als er weg war, fragte sie die junge Frau: „Passiert das oft, dass Ihre Gäste so ängstlich sind?", aber die Hotelangestellte reagierte nur kurz darauf. „Kommt schon mal vor", entgegnete sie. Sie war von ihrem Chef darauf eingeschworen nicht mit Gästen über andere Gäste zu reden. *Jeder Gast hat Anspruch auf seine eigene Macke,* war dessen etwas respektlose Losung.

„Geht das also in Ordnung?", fragte Sabine. „Meine Mutter kommt morgen im Laufe des Vormittags mich zu besuchen. Das Zimmer steht demnach für sie bereit? Wahrscheinlich hat sie die Absicht, meinen Lebenswandel zu kontrollieren," grinste sie die Angestellte hinter der Rezeption an.

„Oh ja, das kenne ich", grinste die zurück, wurde aber sofort wieder ernst. „Sie können ganz beruhigt sein. Ihre Mutter wird sich in unserem Haus wohl fühlen. Ich habe das Zimmer fest gebucht."

Sabine lächelte weiter. „Ich hoffe nur, dass sich alle Ihre Angestellten wohl fühlen, wenn meine Mutter im Haus ist. Sie ist ein bisschen eigensinnig und kann Armeen von Personal beschäftigen."

Die junge Frau war anscheinend nicht aus der Ruhe zu bringen. „Machen Sie sich keine Sorgen. Wir sind es gewohnt jeden Wunsch unserer Gäste zu erfüllen. Auch wenn er außergewöhnlich ist."

Sabine bedankte sich. „Wo kann ich bei Ihnen eine Tasse Kaffee bekommen? Aber bitte nicht auf Ihrer Veranda, dort ist es mir zu heiß."

Nachdem der Sommer kühl und regnerisch begonnen hatte -im Frühling, am Karfreitag, war sogar noch einmal Schnee gefallen- war es jetzt schon fast eine Woche brütend heiß in der Stadt. Das Thermometer zeigte konstant über 30° Celsius an. Heute war der Himmel zwar bedeckt, aber durch den Regen, der in der Nacht fiel, war es jetzt unerträglich schwül wie in einem Gewächshaus.

„Gehen Sie ruhig in unser Restaurant, da ist es jetzt wunderbar kühl", meinte die junge Frau und zeigte Sabine den Weg.

Sabine war in diesem Frühjahr achtundzwanzig geworden. Sie passte nicht in die gängige Schönheitsnorm der heutigen jungen Leute. Ihre Haut hatte die matte Farbe unglasierten Porzellans und war mit Sommersprossen übersät. Für ihr schmales Gesicht schien die Nase etwas zu lang und spitz zu sein und beim Lachen zeigte sie nicht das standardisierte Raubtiergebiss der Models und Schauspielerinnen, vom guten Zahnarzt, mit kunstvoller Jacket- Überkronung. Wenn Sabine mit spitzem Mund lächelte, blitzte nur ganz wenig ihrer perlweißen Zähne daraus hervor. Ihre grünen Augen passten zu dem rostroten, sehr kurz geschnittenem Haar. Sie trug keinen Schmuck, außer einem schmalen Fingerring mit einem winzig kleinen Diamanten. Am besten stand ihr jedoch der wundervolle Charme, der von ihr ausging und der jeden bezauberte, der sie kannte.

Gegen ihren eigenen Wunsch und den Rat der Empfangsdame, ging sie doch in die rundum verglaste Terrasse und wurde von einem Kellner an den einzigen freien Tisch geführt. Seit sie hier in Chemnitz war, gefiel ihr der Blick auf den architektonisch wunderbar gestalteten Platz vor dem Theater, der seine schlichte Pracht erst so richtig entfaltete, wenn abends die Theaterbesucher in ihrer festlichen Garderobe darüber schlenderten und wenn um die volle Stunde die Glocken der Petri-Kirche läuteten. Das Museumsgebäude, das sie von der Terrasse aus sehen konnte, müsste noch ein bisschen aufgemöbelt werden, dachte sie, vielleicht durch ein kleines Straßenkaffee mit bunten Sonnenschirmen.

Der Kellner reichte ihr die Karte. Bevor Sabine sie jedoch aufschlagen konnte, stand ein Mann hinter ihm und fragte nach einem freien Platz.

„Setzen Sie sich doch einfach zu mir", lächelte Sabine ihn an und wies mit der Hand auf die drei leeren Stühle an ihrem Tisch. Sie erkannte in ihm den Mann wieder, der vorhin das laute Telefongespräch mit dem Anrufbeantworter seiner *Mutti* geführt hatte. Dem Kellner war es sichtlich angenehm, dass er Sabine nicht fragen musste wegen der Freigabe der Stühle.

Mrotzek schien verlegen zu sein. „Bitte, gnä´ Frau", sagte er in leicht österreichischem Dialekt, „bitte nur, wenn es Ihnen wirklich nichts ausmacht, wenn Sie sich durch mich nicht gestört fühlen."

Sabine antwortete ihm nicht, sondern zeigte nur auf die freien Plätze. Mrotzek setzte sich auf den Stuhl, ihr gegenüber. Doch kaum hatte er sich gesetzt, stand er wieder auf, verbeugte sich linkisch und nannte seinen Namen. „Mrotzek, Stefan Mrotzek. Aus Wien", setzte er dann hinzu. „Schneidermeister."

„Sabine Aaron", antwortete sie. „Sie haben eine Schneiderei?"

„Nun ja,", meinte er und wurde verlegen. „Es ist schon ein etwas größerer Betrieb. Ich arbeite im Auftrag von Modefirmen und zur Zeit bin ich unterwegs, um mich in den Ladenketten, die ich beliefere, umzusehen wie die Qualität angenommen wird oder ob es Reklamationen gibt. Man muss auf dem Laufenden sein; schließlich bin ich verantwortlich für siebzig Mitarbeiter."

Sabine heuchelte Interesse. „Das ist ja wirklich eine große Verantwortung. Und warum sind Sie ausgerechnet in Chemnitz?"

„Ach, hier gibt es schon einige größere Abnehmer, die ihre eigenen Modegestalter haben. Von denen erhoffe ich mir Aufträge. Ich habe mich vor allem mit dem Direktor des neuen Kaufhofes Herrn Niederelz in Verbindung gesetzt. Alle Achtung, da hat der Herr Jahn aus New York ja wirklich gute Arbeit geleistet."

Sabine ging nicht darauf ein. Sie hatte andere Vorstellungen, was diese Stadt brauchte. Sicher kein gläsernes Kaufhaus, auch wenn der überdimensionale Glasbau der Stadt ein neues Gesicht gab. Schon der gelbe Ausrutscher gegenüber dem wunderschönen Rathaus war ihrer Meinung nach ein Schritt in den schlechten Geschmack. Ganz abgesehen von der Konzentration großer Handelsketten. Das konnte nicht gut gehen. Nach H&M, C&A in der *Galerie Roter Turm* soll nun auch noch Peek und Cloppenburg an der so genannten *Mittelstandsmeile* bauen. Vielleicht überstehen die ja den gegenseitigen Konkurrenzdruck, aber die kleinen Läden im Rosenhof werden kämpfen müssen. Die etwas teureren Ketten, wie Lacoste zum Beispiel, werden ihre Kunden wohl behalten.

Der große Eisbecher mit viel exotischem Obst, den der Kellner vor Sabine auf den Tisch stellte, unterbrach für einen Moment das Gespräch zwischen den beiden. Mrotzek hatte sich für eine Karaffe Rotwein entschieden.

„Wohnen Sie auch in diesem Hotel?", nahm er den Faden wieder auf.

Sabine verneinte. „Ich habe ein Zimmer gebucht, für meine Mutter. Ich bin erst seit gut vier Wochen in der Stadt, und nun ist sie neugierig. Leider kann ich sie nicht in meiner Wohnung unterbringen.

Ich habe nur ein Einraumapartment."

„Das ist ja schade für Sie", meinte Mrotzek.

Sabine musste lachen. „Es hat auch etwas Gutes. Meine liebe Mutter ist nämlich eine Nervensäge. Ich freue mich trotzdem."

Sabine aß ihren Eisbecher leer und stand auf. „Ich muss leider gehen. Ich habe einen dringenden Termin in meiner Redaktion. Es war nett Sie kennen zu lernen. Ich wünsche ihnen gute Geschäfte."

Stefan Mrotzek stand höflich auf und sah ihr beim Hinausgehen hinterher. Er bemerkte, dass sie unter ihrem gelben Kleid einen schmalen String trug, der die weiße Haut ihrer Po-Backen ahnen ließ. Es waren aber keine erotischen Gefühle in ihm. Auch das süße Schmetterlings-Tattoo, das auf der linken Schulter über dem Kleid herausschaute und die aufregend langen Beine, registrierte er nur sachlich. Mrotzek registrierte alles immer nur sachlich. Für Gefühle hatte er keine Verwendung.

Während Sabine Aaron auf dem Heimweg war, sie hatte am Abend einen Termin, zahlte Mrotzek seinen Rotwein und ging auf sein Zimmer. Sabine schrieb einen Bericht über einen Sommerkurs für deutsche Sprache, den die Uni für Studenten aus vielen Ländern veranstaltete. Das war für sie gar nicht so einfach, denn sie war gerade mal vier Wochen in Chemnitz und hatte noch kaum Verbindung zu den für die Stadt wichtigen Leuten. Sie hatte aber jetzt durch die Exkursionen mit den jungen Ausländern, innerhalb und außerhalb von Chemnitz, einige der Professoren kennen gelernt. Auch zum Empfang aus Anlass des 60. Geburtstages des Oberbürgermeisters machte sie die Bekanntschaft von wichtigen Personen aus Politik und Wirtschaft. Das war wichtig, wenn man Informationen brauchte.

Mrotzek stand inzwischen an der Bus-Haltestelle, um auf den Kaßberg zu fahren. Er hatte im Hotel sorgsam den Stadtplan studiert und wusste genau wo er hin wollte. Im Bus hörte er aufmerksam auf die Ansage der Haltestellen und stieg aus, als er glaubte am Zielort zu sein. Mindestens eine Stunde lief er durch die Straßen des Stadtviertels und prägte sich die Namen und die Lage der Straßen ein, an denen er vorbeikam.

Dann setzte er sich auf den Plastikstuhl eines Straßencafès, dessen Tische von bunten Sonnenschirmen überdacht waren und bestellte sich bei der Serviererin einen Espresso und einen großen Cointreau. Er hatte sich mit dem Rücken zur Eingangstür gesetzt und richtete den Blick auf eine allein stehende Villa schräg gegenüber. Es war eines der neu gebauten Häuser, die neben den grauen Plattenbauten und andererseits den teilweise gut restaurierten Jugendstilhäusern fremd aussahen. Rund um das Haus gab es einen gepflegten Rasen, der trotz der tagelangen Trockenheit -das bisschen Regen in der Nacht war kaum der Rede wert- und der schrecklichen Hitze frisch und saftig aussah. Sicher wurden hier Unmengen Wasser von einem fleißigen Gärtner versprüht. Das Haus stand auf einem riesigen Grundstück und war von einem hohen Eisenzaun umgeben. Mrotzek musterte eingehend die umliegenden Häuser. Die beiden links und rechts machten einen morbiden Eindruck. Das rechte schien unbewohnt zu sein. Gegenüber stand eine Reihe grauer, unsanierter, sechsgeschossiger Plattenbauten, wie sie in der ganzen Stadt, vor allem aber in den Randgebieten zu finden waren.

Es war ein Problem der ostdeutschen Städte, dass Zehntausende Wohnungen in diesen Häusern leer standen und kaum noch vermietbar waren. Auch in den Häusern gegenüber der Villa sah man dunkle Fensterhöhlen ohne Gardinen, mit blinden, ungeputzten Scheiben.

Nach dem dritten Espresso verlangte Mrotzek die Rechnung. Die Kellnerin, die sich gewundert hatte, wie man an so einem heißen Tag, zwei Stunden in der Sonne sitzen konnte und dazu noch heißen Kaffee trinken, freute sich über das großzügige Trinkgeld und bedankte sich.

Mrotzek ging danach noch zwei Stunden in den angrenzenden Straßen umher und inspizierte alle die, welche nach unten ins Zentrum liefen. Zufrieden nahm er zur Kenntnis, dass alle Wege in die City bergab führten. Das würde ihm helfen, dachte er befriedigt. Er ging zu Fuß in sein Hotel zurück und setzte sich ins Restaurant, wo er zu Abend aß und sich dann eine Flasche Wein bestellte. Gegen zehn ging er zu Bett und schlief sofort ein.

Sabine Aaron stand schon gegen acht Uhr auf dem Bahnsteig sechs des Chemnitzer Hauptbahnhofes, wo sie ihre Mutter erwartete, die mit dem Zug aus Leipzig kam. Der Saßnitzer Zug fuhr nicht bis Chemnitz und sie musste in Dresden umsteigen.

„Hoffentlich hat sie den Schlafwagen genommen", dachte sie.

Sabines Mutter war immer sehr eigensinnig und vor allem sparsam, nein, geizig. Sie brachte es fertig die ganze Nacht in der zweiten Klasse zu sitzen, womöglich noch mit einem quasselnden Mitreisenden, der ständig Dosenbier trank.

Es waren zehn Minuten Verspätung angesagt, aber es wurden doch zwanzig. Sie war froh, als die schnarrenden Lautsprecher die Einfahrt des Zuges verkündeten. Sie besah sich noch mal den Strauß Teerosen, den sie vorhin in dem kleinen Blumenladen auf dem Querbahnsteig gekauft hatte. Die schwüle Wärme hatten sie anscheinend gut überstanden. Die Türen öffneten sich, aber Sabine wusste ganz genau, dass ihre Mutter bei den Letzten sein würde, die ausstiegen. Sie hatte sicher drei mal die Gepäcknetze inspiziert und unter die Sitze geschaut, damit sie ja nichts liegen ließ.

Und wirklich, sie war die Allerletzte. Ein Schaffner half ihr, die beiden kleinen Koffer auf dem Bahnsteig abzusetzen. Die Tasche hatte sie unter den Arm geklemmt. Als sie Sabine erblickte, schwenkte sie die Arme über dem Kopf und rief laut ihren Namen, obwohl sie doch sehen musste, dass ihre Tochter schon zielstrebig auf sie zukam.

„Hallo Mutti", sagte sie und nahm die ältere Dame in den Arm. „Ich freue mich so, dass du mich besuchst. Hier die Blumen sind für dich."

Margarete Aaron besah sich den Strauß. „Aber Mädel, das wäre doch nicht nötig gewesen. Sicher haben die in diesem Hotel Blumen auf den Zimmern. Es ist doch teuer genug. Sei nicht so leichtsinnig mit deinem Geld."

„Ach Mutti", sagte Sabine und nahm ihre Mutter nochmals in den Arm und küsste sie auf die Wange. Genau das hatte sie erwartet. Ihre Mutter hatte es nie leicht. Immer war das Geld knapp gewesen, und sie konnte sich nicht daran gewöhnen, dass sie jetzt eine respektable Geschäftsfrau war und gut verdiente.

„Ich freue mich, dass du hier bist, Mutti. Komm, lass uns gehen." Sie hatte einem der Gepäckträger gewinkt und schnitt ihrer Mutter das Wort ab, als sie den Mund aufmachte. Wahrscheinlich, um wegen des Gepäckträgers zu protestieren.

„Lass mal. Hier bestimme ich. Wir werden uns doch nicht mit deinen Koffern abschleppen. Ich habe unten meinen Wagen stehen. Wir fahren erst mal ins Hotel, da kannst du dich ein bisschen frisch machen." Sie ließ ihre Mutter nicht zu Wort kommen, hakte sie unter und ging durch die große Bahnhofshalle auf den Ausgang zu. Die Mutter schaute sich laufend um, ob der Gepäckträger auch hinterher kam.

Sabine hatte ihr Auto gleich hinter dem Taxistand abgestellt und ging jetzt darauf zu. Als sie den Schlüssel in das kleine, knallgelbe Swatch-Auto, einen *Smart*, steckte, bekam Margaret große Augen.

„Du hast doch geschrieben, du hättest dir einen BMW gekauft? Ich soll mich wohl in dieses Spielzeugauto setzen?"

Sabine lachte laut, und der Gepäckträger, der gerade die Koffer einlud und mitgehört hatte, konnte sich auch ein Lächeln nicht verkneifen. „Du hast meinen Brief nicht richtig gelesen, Mutti. Ich habe von meinem CMW geschrieben. Sieh mal auf das Nummernschild. CMW. C für Chemnitz und MW sind die laufenden Buchstaben. Mach dir nichts draus. Auf den Gag sind schon alle reingefallen. Ich finde mein Auto Klasse und ich bekomme überall einen Parkplatz."

Sie fuhr ihre Mutter in das Hotel, das ja nur um die Ecke lag. Nachdem Margaret Aaron sich über den Zimmerpreis informiert hatte und über dessen Höhe entsetzt war, obwohl er von Sabine bezahlt wurde, nachdem sie den Pagen genervt hatte, ob man den Verkehrslärm sehr hören würde, sich von ihm bestätigen ließ, dass es keine Kakerlaken im Zimmer gäbe, und nachdem sie prüfend mit der Fingerspitze über die Oberkante der Bilder an den Wänden gestrichen hatte, schien sie halbwegs zufrieden zu sein. Sabine nötigte sie, sich eine Stunde hinzulegen, und versprach, dann mit ihr einen Stadtbummel zu machen. „Heute Abend habe ich leider keine Zeit. Ich bin zu einem

Firmenjubiläum eingeladen, über das ich für meine Zeitung berichten soll."

Sie ließ ihre Mutter alleine und fuhr mit dem Aufzug nach unten. An der Rezeption bat sie, die nächsten zwei Stunden keine Anrufe ins Zimmer ihrer Mutter durchzustellen. Als sie zu einer Tasse Kaffee ins Restaurant ging, begegnete ihr Stefan Mrotzek, der sie anlächelte und höflich grüßte.

Als es Zeit war zum Mittagessen, war Sabine wieder im Hotel und ging auf das Zimmer ihrer Mutter. Die beschwerte sich, das Bett habe fürchterlich gequietscht, wenn sie sich umdrehte und auf dem Hotelflur sei es laut gewesen. Sie nahm nicht zur Kenntnis, dass sie sich um zehn Uhr ins Bett gelegt hatte und sicher kein Mensch auf die Idee gekommen wäre, dass um diese Zeit jemand schlafe. Solange Sabine zurückdenken konnte, hatte sich ihre Mutter immer über etwas beschwert.

Sie kam aus einem gutbürgerlichen Hause. Ihre Eltern führten ein gutgehendes Hotel in Sellin auf der Insel Rügen. Anfang der sechziger Jahre, genau wusste es Sabine nicht, sie war noch gar nicht geboren, wurde es, unter fadenscheinigem Vorwand während der berüchtigten Aktion *Rose* vom Staat enteignet. Der notwendige Lebensmittelvorrat für die Hotelgäste wurde kurzerhand zur *Warenhortung* erklärt und das einfache Hauptbuch, die einzige Buchhaltung, die jemals in diesem Hotel geführt wurde, nahm man zum Anlass für den Verdacht der Steuerhinterziehung. Ihr Vater starb kurz vor ihrer Geburt und ihre Mutter musste sie und die beiden Jungs alleine durchbringen. Sie arbeitete als Küchenhilfe in einem FDGB-Ferienheim und grämte sich über ihren Verlust. Damals entwickelte sie notgedrungen ihre Sparsamkeit, die inzwischen zum Geiz ausgeartet war.

„Mutter", sagte ihr Sabine hundertmal, „du hast doch problemlos dein Eigentum zurückbekommen. Mach dir doch jetzt ein paar schöne Jahre.", und genauso oft antwortete sie: „Und jetzt habe ich einen Berg Schulden. In meinem Leben hatte ich keine Schulden."

Das stimmte zwar. Aber Sabine wusste, dass ihre beiden Brüder mit ihren Frauen, die alle in dem schön restaurierten Hotel arbeiteten, alles tun würden, um die Schulden schnellstens zurückzuzahlen und zum größten Teil war das schon geschehen. Es war ein Glück für die Familie, dass sich Rügen zum Touristenmagnet entwickelt hatte und noch ein Jahr oder zwei, dann war alles geschafft. Sabine sollte damals auch im Hotel mitarbeiten, aber sie hatte keine Lust dazu. Sie wollte etwas tun, wo sie nicht angebunden war. Ohne dass ihre Familie das wusste, hatte sie bei einem Notar einen Erbverzicht erklärt. Wenn sie nicht mithalf, wollte sie auch nichts davon haben. Außerdem war damals überhaupt nicht abzusehen, ob sich das Geschäft jemals rentieren würde.

Die beiden Frauen gingen die Straße der Nationen in Richtung Rathaus entlang. Auch Sabines Mutter hatte den gut gestalteten Theaterplatz bewundert. Aber auch die Galerie am *Roten Turm* und das im Entstehen begriffene *Gläserne Kaufhaus* begeisterte sie. Sie kam ja selten mal in eine große Stadt. Sellin, so schön es auch jetzt ist, war eben nur ein kleines Nest. Dass sie jetzt, mitten in der Saison verreisen konnte, war nur möglich, weil sich ihre Söhne und die Schwiegertöchter um ihr Hotel kümmerten. Wenn mal ein paar Rechnungen oder anderer Papierkram liegen blieb, war das nicht weiter schlimm. Nachdem die beiden Frauen noch das schöne Rathaus besichtigt hatten und im Rosenhof in einem kleinen Café eingekehrt waren, musste Sabine ihre Mutter wieder zurück ins Hotel bringen.

Um zwanzig Uhr war sie zu einem Firmenjubiläum auf dem Kaßberg eingeladen. Ein großes Einrichtungshaus feierte den zehnten Jahrestag seiner Chemnitzer Niederlassung. Vorher wollte sie jedoch noch duschen und sie musste gut angezogen sein, wenn sie ihre Zeitung repräsentieren sollte.

Auch Stefan Mrotzek stand unter der Dusche. Von oben bis unten war er eingeschäumt und mit einer langen Bürste schrubbte er seinen Körper bis er rot wurde. Danach stellte er die Dusche auf eiskalt, hielt den Atem an und prustete laut. Er war blendender Laune.

Frische Wäsche, eine schwarze Jeanshose und ein unauffälliges Sweatshirt hingen über der Sessellehne. Er zog sich langsam an und schlüpfte zuletzt in ein paar bequeme Turnschuhe. Aus dem Schrank nahm er seine Ledertasche und und hing sich einen Feldstecher um den Hals, der in einem Etui steckte. Bevor er sich auf den Weg zum

Kaßberg machte, ging er in die Tiefgarage und sprach mit dem Garagenwärter. Der nickte ihm höflich zu und deutete auf die Ausfahrt. Mrotzek gab ihm ein paar Geldscheine und dankte ihm mit einem freundlichen Lächeln.

Bei Sabine Aaron klingelte es an der Wohnungstür. Sie schlüpfte in einen weißen Bademantel, ging zur Wechselsprechanlage und drückte auf den Sprechknopf. „Hallo, bist du´s Mag?", fragte sie und aus dem Lautsprecher klang die Stimme ihrer Kollegin. „Ja. Bist du fertig? Soll ich hochkommen? Hast du noch einen Kaffee für mich?"

Statt einer Antwort drückte Sabine auf den Summer. „9.Stock, links." Dann öffnete sie ihre Wohnungstür und ging zurück ins Bad, wo sie sich ankleidete.

Wie Mag wirklich hieß, wusste kein Mensch. Sie war von Sabines Chefredakteur gebeten worden, sie in die Chemnitzer Prominenz einzuführen. Sabine schätzte, dass Mag über fünfzig war, aber sie konnte genau so gut zehn Jahre jünger oder älter sein. Sie sah immer aus, als sei sie einem Modejournal entstiegen, das den jeweiligen Trend kreierte, dabei schien es ihr egal, ob der zu ihr passte, oder nicht. Ohne Hut war sie nicht denkbar, und heute kam sie mit einem riesigen Deckel an, der auf die Pferderennbahn in Ascot gepasst hätte. Sie hatte Mühe durch die schmale Tür zu kommen, und Sabine lachte, was Mag aber nur zum Hochziehen ihrer Augenbrauen veranlasste.

„Was lachst du blöde?", fragte sie. „Man muss auffallen. Meinen Kopf kann sich keiner merken, aber an die Hüte erinnert sich jeder." Ohne den Hut abzunehmen, setzte sie sich auf die Couch, nahm sich die Cognacflasche, die auf einem Beistelltisch stand, goss sich ein Glas ein und trank es in einem Zug leer. „Du erlaubst doch?", fragte sie danach.

Zur gleichen Zeit war Mrotzek an seinem Ziel auf dem Kaßberg angekommen. Er ging um den Plattenbau herum zu einer Hintertür, von der er wusste, dass sie immer offen stand. Ohne zu zögern stieg er in den zweiten Stock, öffnete in fünf Sekunden die Tür mit einem dünnen, gezackten Metallblatt, ging in die Dreiraumwohnung und schloss leise die Tür hinter sich. Anscheinend kannte er sich hier aus, denn er ging sofort in das schmale Kinderzimmer, von dem er wusste, dass das Fenster zu der modernen Villa ging, die er gestern und heute ausgiebig erkundet hatte. Von dem Fenster aus konnte man direkt in den großen Salon der Villa sehen, der über eine riesige Terrasse durch eine doppelflüglige Glastür zu erreichen war. Mrotzek zog sich eine Holzkiste ans Fenster, setzte sich darauf, zog den Fensterflügel auf und nahm das Fernglas aus seinem Etui. Dann nahm er die Einzelteile des Gewehres aus der Ledertasche und steckte sie zusammen. Danach lehnte er es vorsichtig an die Wand neben dem Fenster. Er kannte die Umgebung schon gut, denn er war heute das vierte Mal in der Wohnung. Keiner wusste, dass er, bevor er in das Hotel am Theaterplatz zog, schon drei Tage in einer kleinen Pension in Klaffenbach gewohnt hatte. Er wohnte nie länger als drei vier Tage im gleichen Quartier.

Er wusste, dass heute dort drüben eine große Party geplant war, aber es schien noch ein bisschen zu früh zu sein. Bis jetzt hatte er noch kein Auto vorfahren gesehen. Die Gäste würden wohl außerhalb des Eisenzaunes aussteigen müssen, denn der Weg war zu schmal, um ihn mit einem Wagen zu befahren. Das kam Mrotzek sehr entgegen, denn dann konnte er mit seinem Feldstecher jeden genau beobachten. So konnte er sich überzeugen, ob der, den er erwartete, dabei war. Er zog ein Foto aus seiner Innentasche und stellte es neben sich auf die Fensterbank. Es zeigte einen Herrn in mittleren Jahren mit einem schwarzen Vollbart, der mit kleinen, grauen Strähnen durchzogen war. Er hoffte, dass nicht mehrere schwarze Vollbärte unter den Gästen waren. Er hatte sich auf ein langes Warten eingestellt und holte aus einer Tasche eine Flasche Mineralwasser, aus der er einen Schluck trank und sie dann neben sich auf den Boden stellte. Natürlich hatte er helle, glänzende Latexhandschuhe über die Hände gezogen.

Sabine Aaron zog keinen Mantel an, es war immer noch sehr schwül, trotz der vorgerückten Stunde. Sie ging mit Mag über den Korridor, den ein Mann mit einem Schrubber in der Hand putzte, zum Aufzug. Nachdem sie auf den Knopf gedrückt hatte, fuhr die Kabine hinter der schmalen Glasscheibe herauf und mit einem knarrenden Rollen öffnete sich die Tür. Das Innere des Aufzuges sah verheerend aus. Irgendwelche Schmierfinken hatten die Wände mit obszönen Sprüchen besprüht oder mit einem Messer eingeritzt. Der Aufzug hielt noch mal im siebten Stockwerk, wo zwei junge Leute zustiegen und die beiden Frauen mit einem Kopfnicken begrüßten. Die beiden stellten sich neben die Tür, vorsichtig darauf bedacht, dem riesigen Hut Mags nicht in die Quere zu kommen.

„Fahren wir mit meinem oder mit deinem Auto?", fragte Sabine, aber Mag lachte sie aus. „Du meinst doch nicht etwa mit Auto deine Bananenkiste?" Damit steuerte sie auf einen passablen Mitsubishi zu und öffnete schon unterwegs mit einer Fernbedienung die Zentralverriegelung. Sie setzte sich ans Steuer, aber bevor sie den Wagen startete, bog sie den Rückspiegel zu sich, damit sie sich darin betrachten konnte. Sie nahm einen Lippenstift aus der Seitentasche und zog die Lippen nach, die eigentlich schon viel zu viel Farbe hatten. Die Augenlider waren in einem tiefen Blau getönt, das in Gelb überging und unter den Augenbrauen weiß wurde. Das ganze Gesicht hatte sie mit einer dunklen Creme überzogen, und die gekringelten Haare glänzten in tiefem Blauschwarz. Um den Hals klingelten kurze und lange Ketten und es gab keinen Finger, an dem kein auffälliger Ring steckte. Wenn ein Filmregisseur jemanden brauchte, um eine Zigeunerin darzustellen, Mag würde man die Rolle abnehmen, ohne dass die Hilfe der Maske notwendig wäre.

Mrotzek sah, wie der Mitsubishi mit den beiden Damen am Tor der Villa vorfuhr. Ein Bediensteter, in grauem Anzug und ebensolcher Dienstmütze, hielt die Türen auf und ein zweiter Mann, in der gleichen Kleidung, setzte sich auf den Fahrersitz und fuhr den Wagen um die Ecke auf einen hauseigenen Parkplatz. „Sieh an, die Presse ist da", dachte Mrotzek und das störte ihn überhaupt nicht. Die würden mit ihren Fragen die Bullen verrückt machen. Es waren in der letzten halben Stunde schon mehrere Autos angekommen, doch den Mann, auf den Mrotzek wartete, hatte er noch nicht entdeckt. Immer wieder hielt er das Bild des Mannes vor seine Augen um die Ankommenden damit zu vergleichen. Aber jetzt schien er Glück zu haben. Aus einem schwarzen Mercedes stieg er aus. Der Bart war tatsächlich mächtig und nicht zu verwechseln. Es war Mrotzek angenehm, dass der Bärtige als Einziger einen himmelblauen Smoking trug. Der war immer zu finden. Den konnte man nicht verwechseln.

Sabine und Mag stiegen die Freitreppe zur großen Veranda hoch. Vor der Glastür empfing sie der Hausherr.

„Das ist Herr Doktor Möller. Doktor Möller, Frau Sabine Aaron von der Chemnitzer Redaktion des *Deutschen Kaleidoskop*. Sie kennen die Zeitschrift?", fragte Mag.

Möller verbeugte sich und küsste den beiden Damen lächelnd die Hand. „Ich kenne nicht nur das Kaleidoskop. Ich kenne auch Frau Aaron. Erinnern Sie sich? Wir hatten bei der Geburtstagsfeier des Oberbürgermeisters das Vergnügen."

„Aber natürlich Doktor Möller. Sie waren ein angenehmer Plauderer. Ich habe Sie übrigens bei der Jazz-Nacht im *Renaisssance* gesehen."

„Warum haben Sie sich nicht bemerkbar gemacht? Es hätte mich gefreut."

Sabine lachte. „Sie waren mit ein paar Herren zusammen an der Bar, die ungeheuer wichtig aussahen. Da wollte ich nicht stören. Außerdem habe ich mich für die Musik interessiert. Ich bin ein Jazz-Fan. Klassischer New-Orleans-Jazz, Soul und Gospel. Kennen Sie Mahalia Jackson?"

„Natürlich. Eine große Stimme. Ich bin allerdings mehr ein Opernfreund. Wir haben in Chemnitz ein gutes Theater. Mögen Sie so was?"

„Da muss ich zugeben, dass ich nicht zu allen Komponisten Zugang habe. Und Opernlibretti sind oft ein bisschen kitschig, verstaubt. Ich habe mir angewöhnt, nicht auf die Handlung zu achten. Ich höre auf die Musik. Ich mag vor allem Opernchöre. Wagner-Chöre zum Beispiel. Und ich kann mich für einen guten Bass mit einer schwarzen Stimme begeistern."

„Dann sind Sie bei uns richtig. Der Chemnitzer Opernchor hat einen Namen in der Branche. Da kommt so leicht kein anderer mit."

Mag protestierte. „Wenn sich niemand um mich kümmert, hätte ich ja zu Hause bleiben können. Oder? Ich weiß ja, dass Sabine hübscher ist als ich. Meine Stärke sind meine Erfahrungen."

„Als Frau?", amüsierte sich Möller.

„Natürlich auch, aber ich habe das als Journalistin gemeint."

Möller lächelte galant. „Daran zweifelt doch keiner, meine liebe Mag. Jetzt sind Sie dran? Vorstellen muss ich Ihnen wohl niemanden. Sie kennen die Leute besser als ich, aber vielleicht sollte ich Frau Aaron mit meinen Gästen bekannt machen."

Mag wehrte ab. „Das könnte Ihnen so passen. Das mache ich besser. Da erfährt sie nicht nur die Namen, sondern lernt auch alle Leichen kennen, die diese Leute im Keller haben. Wenn Sie mir etwas Gutes tun wollen, besorgen Sie mir einen großen Cognac."

Möller winkte einer Frau zu, die mit einem Tablett durch die Räume ging. Es war eine hübsche, zierliche Vietnamesin, die sofort reagierte, zu den beiden Frauen kam und ihr Tablett mit einem freundlichen Lächeln präsentierte.

Mag nahm sich einen Cognac, und Sabine griff nach einem Glas Orangensaft. „Ich muss langsam machen. Ich vertrage nicht so viel wie du."

Sabine sah sich im Raum um. Er sah ziemlich eindrucksvoll aus. Nun, wenn der Hausbesitzer ein Einrichtungshaus führte, ist das kein Kunststück. Wenn dann noch das notwendige Geld hinzukam, und sicher hatten sie einen eigenen Innenarchitekten, dann war es eine Kleinigkeit. Gegenüber der breiten Eingangstür führte eine geschwungene Treppe in das zweite Geschoss und endete in einer umlaufenden Galerie, von der aus große Flügeltüren in die oberen Räume führten. Der Festsaal, in dem sie sich gerade befanden, zog sich in der Höhe bis unter das mit Glasplatten gedeckte Dach. Am Fuß der Treppe stand ein aus braunen Ziegelsteinen gemauerter Kamin, auf dessen Sims eine vergoldete Jugendstiluhr stand, deren Zifferblatt von zwei spärlich bekleideten Damen gehalten wurde.

Den größten Eindruck auf Sabine machten die beiden riesigen Rhododendron, die auf beiden Seiten des Kamins in Kübeln standen. Ein guter Gärtner hatte das Kunststück fertiggebracht, sie, jetzt im August, in voller Blüte stehen zu lassen.

Es war inzwischen neun Uhr geworden und in dem Raum standen jetzt etwa dreißig Frauen und Männer oder saßen an den Wänden in dort aufgestellten roten Sesselchen und ebenso gepolsterten

Bänken. Alle hatten Gläser in der Hand und waren in Gespräche vertieft. Mag hatte Sabine aus der Ecke, in der sie standen, die Gäste gezeigt und wusste, fast über jeden, eine Geschichte zu erzählen, die nicht immer schmeichelhaft war. Ab und zu kamen ein oder zwei Leute bei ihnen vorbei, begrüßten Mag und waren meist schon informiert, wer Sabine war.

„Du bist eine wichtige Person", sagte Mag mit einem Grinsen. „Wenn du dich erst mal richtig auskennst, kannst du das Wetter hier machen. Deine Aufgabe ist doch, über die Leute zu schreiben, was sie leisten in der Wirtschaft und in der Politik oder auch, was sie nicht leisten. Du rückst sie ins rechte Licht oder lässt sie im Dunkeln. Das Schlimmste, was denen passieren kann, das ist, dass sie nicht in der Presse erwähnt werden. Sieh mal da drüben, der Mann vom Theater. Nach der nächsten Premiere. will er Lob hören. Vor allem Lob über sich selbst, also wirst du mit Freikarten eingedeckt. Daneben die Frau bewirtschaftet einige Gaststätten in Chemnitz. In irgendeinem Nebensatz musst du ihr Angebot hervorheben, den guten Service und die Gemütlichkeit, dann bekommst du Sonderkonditionen. Der Mann, der neben ihr steht ist ihr Lebensgefährte Jewgeni Charkow."

„Willst du mich zum lieben Gott machen?"

„Nein, natürlich nicht. Du musst nur erkennen, wann es wichtig ist, mal zuzuschlagen. Und du musst denen beibringen, dass es besser ist, dir Informationen zu geben, als dass sie dich zwingen, Gerüchte zu verbreiten. Du musst ja deine Arbeit abliefern."

Sabine wollte gerade antworten, als der Hausherr an sein Glas schlug, und alle den Kopf zu ihm wandten. Als er zu reden begann, traten sie zwei, drei Schritte näher zu ihm hin.

„Liebe Freunde, Kolleginnen und Kollegen, meine Damen und Herren. Haben Sie bitte keine Angst, dass ich Sie lange belästigen werde, aber es ist ein Anlass, heute einmal ein paar Worte zu sagen. Zehn Jahre sind eine kurze Zeit, wenn man zurückblickt, aber zehn Jahre können lang sein, wenn eine große Aufgabe zu lösen ist. Wir alle können uns erinnern wie es hier aussah, als wir hierher kamen. Auch die Freunde, die hier ansässig waren, können sich daran erinnern.

Vor zehn Jahren, auf den Tag genau, eröffneten wir unsere erste Filiale, draußen auf der grünen Wiese. Es lief phantastisch an.

Natürlich hatten alle ihre Möbel in der Wohnung und die waren nicht mal so schlecht. Aber die Uniformierung der Grundrisse in den Plattenbauten und das geringe Angebot hatten dazu geführt, dass fast jede Wohnung so aussah wie die des Nachbarn. Jetzt hatte man die Auswahl, wie man sie noch nie kannte. Der Umsatz stieg kontinuierlich von Jahr zu Jahr. Wenn er jetzt etwas zurückgeht, dann liegt das nicht an einem herbeigeredeten Niedergang der Konjunktur. Das hat natürlich auch seine Wirkung, da kann man nicht drum herum reden. Der Hauptgrund ist jedoch die Tatsache, dass allmählich eine Bedarfssättigung eingetreten ist. Man kauft Möbel nicht alle zehn Jahre neu. Und, verschweigen wir es nicht, es gibt auch eine beachtliche Konkurrenz inzwischen. Der eine oder andere von denen steht ja heute auf meinem Parkett und trinkt meinen Champagner."

Ein leises Lachen ging durch die Leute. „Ich will es aber kurz machen", sprach der Hausherr weiter, „im Großen und Ganzen sind wir mit unserer Entwicklung zufrieden und in einem fairen Wettbewerb wollen wir unsere Spitzenposition in Chemnitz halten. Wir haben ein ganz neues Servicekonzept entwickelt und wir bitten die anwesenden Vertreter der Stadt Chemnitz uns dabei zu unterstützen. Bevor ich jetzt unser Büfett eröffne, möchte ich mit Ihnen anstoßen und auf die nächsten erfolgreichen zehn Jahre trinken. Zum Wohl! Bitte trinken Sie ihr Glas leer. Das ist ein gutes Omen."

Er hob sein Champagnerglas und trank es in einem Zug aus. Die anderen taten es ebenso.

Im gleichen Moment stand Mrotzek in der leeren Wohnung gegenüber. Er legte sein Fernglas zur Seite und steckte es zurück in das Futteral. Dann nahm er das Gewehr zur Hand, kniete sich vor das Fenster und legte den Lauf auf die Fensterbank. Er sah durch das Zielfernrohr. Er wusste, dass der Mann, den er meinte, im Hintergrund stand und sich an den Kamin angelehnt hatte. Mrotzek krümmte den Finger und zog den Abzug durch. Das Geräusch war nicht lauter, als wenn man mit der Zunge schnalzte. Zwei Sekunden sah er noch durch das Fernrohr und vergewisserte sich, dass er getroffen hatte. Genau unter dem Haaransatz des bärtigen Mannes. Ruhig nahm er das Gewehr auseinander und verstaute die einzelnen Teile in der

Ledertasche. Ohne große Eile ging er die zwei Stockwerke hinab, nachdem er die Wohnungstür hinter sich zugezogen hatte und verschwand über den Hof.

Sie setzten ihre Gläser ab, wo sie gerade Platz fanden. Nach dem Applaus für die Rede des Doktors begannen sie, wie vorher in Grüppchen miteinander zu reden. Der Mann, der neben Doktor Möller stand, er machte einen eleganten Eindruck in seinem schwarzen Smoking, fasste sich plötzlich an den Hals und verzog schmerzhaft das Gesicht. Schaum stand ihm vor dem Mund und als er zusammensackte, riss er das Tischtuch mit, welches auf dem kleinen Tisch neben ihm lag und die Gläser und die beiden silbernen Sektkühler fielen zu Boden. Glas splitterte und Metall schepperte auf dem Parkett. Von den Geräuschen erschreckt sahen alle zu dem Mann am Boden hin. Ein paar lächelten, weil sie glaubten, er habe zu viel getrunken.

Möller bückte sich erschrocken zu ihm hinunter und rief laut nach Professor Kelling. Der war Arzt und betrieb eine größere Privatklinik am Rande der Stadt.

„Kommen Sie, Professor Kelling. Mit Ebert stimmt etwas nicht. Er hat sich an den Hals gefasst und ist umgefallen. Er ist käseweiß im Gesicht.”

Kelling bahnte sich einen Weg durch die umstehenden Gaffer, beugte sich zu dem Mann hinunter und fasste an seine Halsschlagader. Er fühlte ein paar Sekunden, dann richtete er sich auf, sah in die Runde und sagte leise: „Der Mann ist tot.”

„Tot”, wiederholte Doktor Möller tonlos. „Das kann nicht sein. Bringt ihn ins Nebenzimmer, legt ihn auf die Couch. Ich rufe einen Krankenwagen. Vielleicht kann man ihm noch helfen.” Möller schüttelte verwirrt den Kopf, aber Kelling sagte: „Lassen Sie ihn liegen! Und rufen Sie die Polizei, keinen Krankenwagen. Der wurde vergiftet.” Möller hörte die Bitte Kellings nicht und schüttelte immer nur den Kopf. „Tot”, murmelte er vor sich hin.

Alle riefen aufgeregt durcheinander. „Bitte rühren Sie hier nichts an. Ich bitte Sie, den Raum zu verlassen. Nein, nicht nach draußen”, rief Kelling, als einige zur Tür gehen wollten. „Gehen Sie alle in den Nebenraum und bleiben Sie hier. Die Polizei wird Fragen an Sie haben.” Dann wandte er sich an Möller. „Entschuldigen Sie,

Doktor Möller, wenn ich einfach so das Kommando in Ihrem Haus übernehme, aber ich habe in solchen Sachen ein bisschen Erfahrung.”

Möller antwortete ihm nicht. Verstört schüttelte er immer wieder den Kopf und folgte den anderen in den Nebenraum. Kelling blieb neben der Leiche stehen und hinderte die kleine Vietnamesin daran, die Scherben vom Boden aufzuheben. „Bitte nicht! Gehen Sie mit den anderen. Ich muss jetzt die Polizei rufen.”

Verwirrt wollte sie der Bitte folgen, als sie neben dem Kamin einen weiteren Mann liegen sah. Sie stieß einen lauten Schrei aus und deutete entsetzt auf den Mann, der zwischen Kamin und Rhododendron am Boden lag.

„Da hat wohl einer schwache Nerven”, brummte Kelling und ging die drei, vier Schritte zum Kamin. Er bückte sich und drehte den Mann zu sich herum. Auf der Stirn, direkt unter dem Haaransatz, hatte er ein kleines, rundes Loch, aus dem ein dünner Faden Blut in Richtung des Ohres lief.

Im Nebenraum hatten sich alle Gäste eingefunden außer Professor Kelling, der auf die Polizei wartete. Sie sprachen aufgeregt miteinander über den plötzlichen Tod Kurt Eberts, der eine große Druckerei besaß. Fast alle hatten bei ihm ihre Hochglanzwerbebroschüren anfertigen lassen. Dass Harald Meißner, der Neffe von Ebert, ein guter Grafiker, der ebendiese Broschüren und ganze Werbekampagnen entworfen hatte, erschossen worden war, hatte außer Mag, und natürlich der Serviererin, niemand bemerkt und Mag sprach mit keinem der Gäste darüber außer mit Sabine.

Die hatte ihr Handy aufgeklappt, sich in eine stille Ecke verzogen und sprach aufgeregt mit ihrem Redakteur in Leipzig. Er hatte versprochen, die Sache auf der Titelseite zu bringen und fragte, wann er den Text bekommen könne. Morgen müsse er in der Redaktion sein, da sei Redaktionsschluss. Mag versuchte sie zu unterbrechen, aber Sabine winkte nervös ab und sprach weiter. Erst als sie das Handy zuklappte, sah sie Mag an.

„Mensch, was wolltest du?” Sie ließ ihr aber keine Zeit für eine Antwort, sondern sprach aufgeregt weiter. „Das ist meine erste Titelseite, Mag und mein erster Mord. Das ist doch aufregender als die

Einweihung einer neuen Parkanlage vor dem roten Turm oder die Jubiläumsfeier einer Möbelkette."

Mag grinste sie an. „Es war nicht so wichtig. Ich wollte dir nur erzählen, dass da draußen, neben dem Rhododendron, noch einer liegt mit einem Loch im Kopf. Erschossen." Sabine war ärgerlich. „Mach jetzt keine Späßchen mit mir. Das hätte man doch gemerkt. Ich habe keinen Schuss gehört und keinen Toten gesehen."

Mag tat gelangweilt. „Gut, wenn es dich nicht interessiert. Dann behalte ich die Bilder für mein Familienalbum."

„Welche Bilder?"

„Ich habe die beiden Toten fotografiert.

„Du hast was?"

„Hörst du schlecht? Ich habe eine ganze Serie geschossen von den beiden Toten. Der zweite ist Harald Meißner, der Neffe vom Ebner."

„Du meinst das wirklich im Ernst? Noch ein Toter. Gibst du mir den Film? Bitte! Ich muss heute Nacht noch jemanden auftreiben, der ihn entwickelt und Abzüge macht. Das wird ein Knüller."

Mag zog die Mundwinkel nach unten und schüttelte ihren Kopf. „Wo lebst du Mädchen? Ich habe eine Digitalkamera. Die Bilder kannst du direkt auf deinen Computer laden und in die Redaktion mailen.

Sabine kratzte sich am Kopf und sah nachdenklich Mag an. „Ob die Bullen dir die Bilder lassen?", fragte sie, aber Mag schüttelte den Kopf. „Bestimmt nicht, wenn du es ihnen sagst. Musst du aber nicht. Ich erzähle es nicht. Außer mir war nur Kelling im Raum, und der hatte sich über den Ebert gebeugt, den, der vergiftet wurde, wie er sagte. Kelling hat gar nicht gemerkt, dass ich die Bilder geschossen habe. Den Blitz brauchte ich ja nicht. Da drinnen war es hell genug."

„Mag, du bist die Größte!"

„Sag ich doch!"

Polizeimeister Mager saß in der Telefonzentrale und las in einem Magazin; eigentlich besah er sich nur die obszönen Bilder hübscher Mädchen. Er hatte Langeweile. An den Wochenenden gab es gewöhnlich viel zu tun. Da hatten die Leute Zeit zum Streiten. Heute war es ziemlich ruhig gewesen. Er sah nochmals in die Telefonprotokolle seines Vorgängers. Gerade mal drei Familienfehden, zwei Wirtshausschlägereien und drei leichte Karambolagen, keine Schwerverletzten, meist Blechschaden.

Das Telefon klingelte. In Ruhe sah er nach, auf welcher Seite er sein Magazin zuklappte und legte es beiseite. Er hatte einen Hörer und ein Mikrofon mit einem Bügel über dem Kopf eingeschaltet.

„Guten Abend. Polizeinotruf. Polizeimeister Mager am Apparat. Was kann ich für Sie tun?"

Die Stimme am anderen Ende klang ungeduldig und nervös. „Ich bin Professor Kelling. In der Villa von Doktor Möller -Sie wissen schon, der Möbelmann- hat es zwei Tote gegeben. Bitte schicken Sie ein paar Polizisten her."

„Einen Moment bitte, sagen Sie mir erst die Adresse. Ich schicke sofort einen Streifenwagen." Er notierte sich die Adresse und orderte ein Fahrzeug dorthin. „Es sollen zwei Tote sein. Mehr weiß ich auch noch nicht. Meldet euch, wenn ihr dort seid." Dann wandte er sich wieder an den Anrufer. „Der Wagen ist unterwegs. Zwei Tote sagen Sie? Unfall?"

„Nein, Mord."

„Mord? Sind Sie sicher?"

„Gift oder ein kleines Loch in der Stirn lassen keinen anderen Schluss zu, oder?"

„Moment, was denn nun, vergiftet oder erschossen?"

„Beides."

„Das verstehe ich nicht. Warum wird man noch erschossen, wenn man schon vergiftet ist. Wenn Sie mich auf den Arm nehmen wollen, kann Sie das teuer zu stehen kommen."

„Seien Sie nicht kindisch. Mit so was mache ich doch keinen Jux. Einer wurde vergiftet und der andere erschossen. Klar?"

„Gut, ich schicke die Kriminalpolizei, die Mordkommission. Bitte stellen Sie jemanden vor die Tür, damit unsere Leute nicht lange suchen müssen."

Polizeimeister Mager schüttelte den Kopf. Das war ihm auch noch nicht untergekommen. Hier in Chemnitz wird ja nicht jeden Tag einer ermordet und jetzt gleich zwei. Und auf zwei verschiedene Arten, am gleichen Ort und zur gleichen Zeit. Er tippte sich ins Computer-Telefonverzeichnis ein und suchte die Nummer der Bereitschaft der Mordkommission. Es dauerte ewig, bis sich jemand meldete. Eine verschlafene Stimme meldete sich.

„Kriminalpolizei, 1. Mordkommission, Unger. Was ist?"

Mager meldete sich mit seinem Namen. „Guten Abend, Herr Oberkommissar. Haben Sie Bereitschaft? Tut mir Leid, dass ich Sie stören muss, aber da kam ein komischer Anruf von einem Professor Kelling. Zwei Tote in der Villa von Möller, dem Mann vom Einrichtungshaus. Da sollen zwei Leute umgebracht worden sein. Einer vergiftet und einer erschossen."

„Warum macht sich einer die Mühe, auf zwei verschiedene Arten Leute umzubringen. Gut, wir werden sehen, was da dran ist. Ich bin in zwanzig Minuten dort. Wo ist das? Ach ja, auf dem Kaßberg. Ich kenne das Haus. Haben Sie schon einen Wagen dahin geschickt? Gut. Fragen Sie noch mal an, ob das stimmt mit den Toten. Wenn es nicht stimmt, rufen Sie hier wieder an."

Mager grinste. Er würde sich Zeit lassen. Warum sollte er sich alleine die Nacht um die Ohren schlagen. Die Klugscheißer von der Mord 1 haben doch einen ruhigen Posten. Soll der erst mal los sausen. Unger ist sowieso ein Arschloch.

Professor Kelling hatte Große, den Chauffeur von Möller, vor der Terrasse platziert um auf die Polizei zu warten, während er im Saal blieb, damit niemand etwas manipulieren konnte. Gerade waren zwei uniformierte Polizisten mit dem Streifenwagen angekommen und hatten sich den Tatort angeschaut. Über sein Funkgerät hatte einer der beiden mit Oberkommissar Unger gesprochen und erfahren, dass er bald hier sei. „Und nichts anfassen!", hatte der ihn barsch angewiesen. Der Polizist hatte die Stirn gerunzelt und den Kopf geschüttelt, dann aber gemerkt, dass der andere ihn ja nicht sehen konnte. „Selbstverständlich", hatte er ins Mikrofon gesagt. „Das wäre das erste Mal, dass bei der Trachtengruppe etwas selbstverständlich ist", brummte Unger. Bevor der Polizeimeister etwas antworten konnte, hatte der andere das Gespräch kurzerhand abgebrochen. „Arschloch!", knurrte der Polizist laut, nachdem er die Sprechtaste losgelassen hatte und wusste nicht, dass sein Kollege vom Notruf vor Kurzem das Gleiche gesagt hatte.

Er ging wieder hinein. Kelling fragte ihn, was jetzt passiere und er antwortete, ein *netter* Kollege sei unterwegs. Der würde alles einleiten, was notwendig sei. Dann ging alles ganz schnell. Hintereinander kamen Unger mit seinem Wagen und gleich darauf Kommissar Bräge, sein Stellvertreter. Fast zur gleichen Zeit trafen der Polizeiarzt und in einem Kleintransporter vier Leute von der Kriminaltechnischen Abteilung mit ihren Geräten ein.

Ohne zu grüßen betrat Unger den Raum über die Terrasse. „Was ist passiert?"

„Das habe ich Ihrem Kollegen am Telefon doch bereits gesagt."

„Dann sagen Sie es mir halt noch mal", brummte Unger böse.

„Also gut", seufzte Kelling. „Wir haben hier ein Jubiläum gefeiert und beim Toast des Hausherrn gab es für alle Champagner. Er bat, die Gläser auszutrinken und das haben wir alle getan. Herr Kurt Ebert, ein Druckereibesitzer, griff sich an den Hals und fiel tot um. Er wurde vergiftet."

„Das festzustellen ist Sache unserer KTU. Das sind die Fachleute. Sie können nicht einfach behaupten, der Mann sei vergiftet worden. Wie kommen Sie eigentlich dazu? Sind Sie kompetent?"

Kelling schüttelte empört den Kopf. „Wenn Sie einen Arzt mit mehr als 30-jähriger Berufserfahrung als kompetent ansehen, dann bin ich es. Ich kann einen Schlaganfall oder einen Kreislaufkollaps schon von einer Vergiftung unterscheiden."

„Sie glauben also, Sie seien in der Lage, mit einmal hinsehen eine Diagnose zu stellen, was kein Gerichtsmediziner ohne Autopsie tun würde. Ich weiß ja, dass Ihr Ärzte euch für unfehlbar haltet."

Jetzt wurde es Kelling aber zu bunt. „Hören Sie, Sie aufgeblasener Beamter..."

„Vorsicht! Überlegen Sie gut, was Sie sagen!"

„....Sie aufgeblasener, subalterner Beamter. Ich habe keine Diagnose gestellt. Ohne Autopsie kann ich ebenfalls nur ahnen, an welchem Gift er gestorben ist, aber dass er vergiftet wurde, sehe ich ohne ihn auf meinem Tisch zu haben. Der andere, Herr Harald Meißner, ein bekannter Graphiker, wurde erschossen." Er deutete auf die Terrassentür und zeigte auf den Plattenbau. „Von dort, aus einem dieser Fenster. Der Tote ist übrigens der Neffe des vergifteten Ebert."

Unger platzte bald der Hemdkragen. „Was denkt sich dieser Kerl, wer ich wohl bin", dachte er und laut antwortete er ihm: „Ach, aus einem dieser Fenster. Das wissen Sie also auch genau. Wissen Sie auch, wer geschossen hat, womit, welches Kaliber. Sie wissen also alles. Und Sie lassen mich im Glauben, Sie seien der Gastgeber dieser Party. Der sollte doch wohl hier stehen und die Umstände der Tat erläutern. Glauben Sie nicht?"

„Nein, ich glaube, dass hier ein Arzt stehen sollte und nicht einer, dem zufällig dieses Haus gehört. Wenn Sie Ahnung hätten, würden Sie sehen, dass der Schusskanal darauf hindeutet, dass von schräg oben geschossen wurde und da Herr Meißner seit geraumer Zeit mit dem Rücken zum Kamin stand und in Richtung des Eingangs sah, ist anzunehmen, dass der Schütze hinter einem dieser Fenster im gegenüberliegenden Haus gestanden haben muss. Und jetzt lassen Sie mich bitte in Ruhe."

Bevor Unger etwas sagen konnte, drehte Kelling sich um, verließ mit schnellem Schritt den Raum und ging zu den anderen, die im Nebenraum immer noch aufgeregt über den Giftmord sprachen. Kelling brummte vor sich hin. „Dieses Arschloch", schimpfte er und wusste nicht, dass er innerhalb einer Stunde der dritte war, der Unger so titulierte.

Als er den anderen mitteilte, dass es noch einen Toten gegeben hatte, redeten alle durcheinander, aber Kelling gab keine Antwort auf die vielen Fragen, die auf ihn einprasselten. „Er wurde erschossen, genau in dem Moment, als Ebert umfiel."

Einer der Polizisten kam herein und bat Doktor Möller, nach draußen zu kommen. Der Oberkommissar wolle ihn sprechen. Möller war immer noch kaum ansprechbar. Er stierte nur vor sich hin und musste ein paar Mal aufgefordert werden, bevor er schlurfend hinausging.

„Sie sind Doktor Möller?"

Wieder fand es Unger nicht für notwendig, zu grüßen, oder sich vorzustellen.

„Und wer sind Sie?"

„Ach so, Unger Kriminaloberkommissar. Haben Sie einen oder vielleicht sogar zwei Räume, wo meine Leute Ihre Gäste verhören können, wo wir nicht gestört werden?"

„Was wollen Sie hier verhören? Sie denken doch nicht etwa, dass meine Gäste mit diesen schrecklichen Vorfällen irgend etwas zu tun haben? Ich kenne alle sehr gut, honorable Leute."

„Immerhin hat es zwei Tote gegeben. Gut, eine Gewehrkugel kann man durchs Fenster schießen, aber Gift muss einer schon persönlich in die Hand nehmen. Gehen wir da konform?"

Möller wehrte ab. „Ich weigere mich zu glauben, dass einer dieser Leute den Mann vergiftet hat. Wer weiß welch ein unglaublicher Zufall oder eine Verwechslung da stattgefunden hat. Sie werden sehen, es wird sich alles aufklären."

„Es wird sich aufklären. Das versichere ich Ihnen. Da habe ich schon ganz andere Fälle gelöst." Er irrte aber, dies würde ein einzigartiger Fall in der Kriminalgeschichte werden und er konnte nicht wissen, was noch passieren würde und wie vernetzt das Geflecht war, das er aufwickeln wollte.

„Haben Sie nun Räume?" Möller nickte. „Mein Chauffeur wird sie Ihnen zeigen." Er rief ihn und beauftragte ihn, die Polizisten dorthin zu begleiten.

Unger wies seine Leute an. „Alle Namen, Adressen Telefonnummern, Tätigkeiten und Berufe aufschreiben, alle! Und hört euch mal um, ob jemand etwas Auffälliges bemerkt hat."

Nach einer Weile kamen Sabine Aaron und Mag die große Treppe herunter. Sabine hatte verlangt, als erste registriert zu werden. Genau nach dem Alphabet. Kurz darauf forderte sie unlogisch, dass Mag an die Reihe kam, weil sie zu ihr gehöre. Dem Polizisten war es egal, und so kam es, dass die beiden zuerst das Gebäude verlassen konnten.

Unger stand am Ende der Treppe und hielt die zwei Frauen an. „Bitte machen Sie ihre Taschen auf, ich möchte sehen, was darin ist." Er hatte tatsächlich bitte gesagt.

Sabine fauchte ihn an. „Was bilden Sie sich ein? Glauben Sie wirklich, dass eine Dame Ihnen ihre Handtasche vorzeigt? Ich weigere mich, Ihre Zumutung ernst zu nehmen."

Mag platzte dazwischen und brachte Unger außer Fassung.

„Lass ihn, Sabine. Nimm ihn nicht ernst. Und Ihnen sage ich, dass ich allerhand Zeugs in meiner Tasche habe, das ich überhaupt nicht gebrauchen konnte." Mit diesen Worten kramte sie in ihrer Tasche und schmiss Mager drei verpackte Kondome auf den Tisch. „Sehen Sie? Neu, ungebraucht."

Sie hakte sich bei Sabine ein und zog sie zur Tür. Unger stand mit offenem Mund und brachte kein Wort heraus. Mag deklamierte laut: „Der Magen einer Sau, die Tasche einer Frau, der Inhalt einer Worscht bleiben ewig unerforscht."

Draußen hatten sich inzwischen viele Gaffer eingefunden. Es war nicht zu erklären, woher die Leute von den Vorfällen wussten und wo sie herkamen. Unter der Menge waren auch drei oder vier Zeitungsleute, die Mag kannte und weiter hinten packten Leute, die vom MDR kamen, was groß auf den Wagen, an den Kameras und Mikrofonen zu lesen war, ihre Geräte aus.

„Wie haben die das so schnell mitbekommen", war Sabine erstaunt.

„Du musst noch viel lernen, Mädel. Sicher war das der Unger, dieser Scheißkerl. Er ist uns zwar nicht grün, aber er macht sich ein paar hübsche Märker nebenbei für solche Informationen. Wenn du ihn morgen fragst, verweist er dich an die Pressestelle der Kripo und lässt kein Wörtchen raus."

Montag, 06. August 01

Die drückende Hitze hatte zum Glück nachgelassen. Die Meteorologen sagten aber schon wieder ein Ansteigen der Temperaturen voraus. Erst einmal sah es aber nach Regen aus. Unger wurde durch ein Fax in die Polizeidirektion an der Hartmannstraße befohlen. Schon früh um acht. „Verdammt, ich habe die halbe Nacht gearbeitet", brummte er vor sich hin, „aber was soll ich machen. Der Kriminaloberrat wird einen Rapport haben wollen. Am liebsten gleich den Täter."

In der Eingangshalle sitzt ein uniformierter Polizist und will den Ausweis sehen. „Verdammt du kennst mich doch genau. Oder nicht?"

Der Pförtner antwortet ihm nicht, schaut nur auf das Foto Ungers und vergleicht es mit dessen Gesicht. „In Ordnung", sagt er, „1.Stock links. Ein Kollege steht oben und zeigt Ihnen das Zimmer." Danach dreht er sich zum nächsten Besucher und wiederholt die gleiche Zeremonie.

Unger geht die Treppe hoch. Er nimmt nie einen Aufzug. Niemand weiß allerdings, dass er an Klaustrophobie leidet. In einem engen Raum rast sein Herz doppelt so schnell als üblich und der Schweiß dringt ihm aus allen Poren.

Als er die paar Stufen geschafft hat, steht dort ein weiterer Polizist, der wieder seinen Ausweis fordert. Diesmal gibt er ihn ohne Diskussion dem Mann, der ebenfalls erst das Bild vergleicht, dann in sein Gesicht schaut, das Ganze aber noch mal wiederholt. „Zweite Tür rechts", ist alles, was er mit unbeteiligter Stimme sagt.

„Nanu, das ist doch das Konferenzzimmer", denkt Unger, „da werden wohl noch ein paar mehr eingeladen sein." Das ist ihm ganz recht, da kann ihn der Alte wenigstens nicht alleine in die Mangel nehmen. Er klopft laut an die Tür und als ihm niemand antwortet, drückt er sie vorsichtig auf und schiebt den Kopf hinein. Er sieht ein paar Leute um den großen Tisch sitzen und Oberrat Manet -er spricht seinen Namen immer französisch aus, ohne das t am Ende- winkt ihn herein. Einige der Leute kennt er, aber Manet stellt sie ihm alle noch mal vor. Woher soll er auch wissen, wen ich kenne?

Manet nennt die Namen in der Reihenfolge, wie sie um den Tisch sitzen. Keiner steht auf oder gibt ihm die Hand. Alle nicken nur mit dem Kopf, manche lächeln ihn an.

„Das ist Doktor Patrice N`Gomble. Sie werden ihn noch nicht kennen, das ist unser neuer Pathologe."

„Ich habe ihn gestern Abend gesehen. Er war am Tatort."

Unger konnte ihn nicht leiden. Er konnte keinen Arzt leiden, schon gar nicht Pathologen. Und er konnte Schwarze nicht leiden. Der hatte nichts Besseres zu tun, als ihm die gleiche Schusskanal-Theorie aufzubinden wie dieser verdammte Professor Kelling. Auch von der Vergiftung hatte er genau so gefaselt. Das sollen doch die Fachleute herausfinden. Na gut, was die Vergiftung betraf, war er wohl

Fachmann, aber sonst hörte man von diesen Leuten immer nur *alles Weitere nach der Obduktion.*

Die junge Frau, die neben Manet saß, war seine Sekretärin. „Frau Oberkommissarin Marlene Gläser", hatte er sie vorgestellt. Die anderen kannte er alle. Da war Weber von der KTU, er hatte zwei seiner Leute dabei, einen der sich mit Waffen auskannte und den Spezialisten für Daktyloskopie. Außerdem saß noch ein Computerspezialist am Tisch, den er aber nur vom Sehen kannte. „Diplom Ingenieur Herbert Dreilich." Unger musste lachen, er kannte da so einen fetten Sänger mit dem gleichen Namen, der immer *über sieben Brücken* ging. Aber der hier war spindeldürr.

Und dann kam, noch nach ihm, ein Mann herein, der von Manet mit Handschlag begrüßt wurde. „Das ist Hauptkommissar Marcus Fux, mein persönlicher Assistent."

„Ach, noch so ein Sesselhocker", dachte Unger, „der wird ständig nach Berichten fragen, für die man sowieso niemals die Zeit hat." Er sieht sich den Mann an. Er wirkte steif und zurückhaltend, war bestimmt größer als Einsachtzig, mit wasserblonden Haaren und kalten grauen Augen. Irgendwie militärisch, wahrscheinlich ein Pedant. „Mit dem werde ich keine großen Schwierigkeiten haben," dachte er, „dem konnte man Brei ums Maul schmieren." Er irrte sich!

„Beginnen wir, meine Herren, Frau Oberkommissarin. Die Fakten sind allen bekannt. Gestern Abend, kurz nach 21.00 Uhr, wurde in einer Villa auf dem Kaßberg, genauer in der Villa des Herrn Doktor Möller, ein Mann vergiftet. Es handelt sich dabei um einen Herrn Kurt Ebert, Adresse im Bericht des Oberkommissars Unger. Zum gleichen Zeitpunkt wurde ein weiterer Mann, Herr Harald Meißner, Adresse ebenfalls im Bericht, aus einem gegenüberliegenden Haus mit einem Präzissionsgewehr erschossen. Über mögliche Motive gibt es bisher keine Erkenntnisse. Anwesend waren 29 Personen. Die anwesenden Polizisten zweier Streifenwagen haben die Adressen festgestellt und erste Befragungen durchgeführt. Nach deren Angaben wurden keine Beobachtungen gemacht, die zur Aufklärung der Verbrechen beitragen könnten. Ein Schuss wurde von keinem der Anwesenden gehört. Die Tatsache, dass überhaupt eine Person erschossen wurde, ging im Trubel um die vergiftete Person unter. Der zweite Tote wurde von einer jungen Frau entdeckt, die zu der Jubiläumsfeier des Herrn Doktor Möller Getränke servierte. Bitte Herr N´Gomble, was haben sie festgestellt."

Der Pathologe wollte aufstehen, aber Manet bat ihn, sitzen zu bleiben. „Ich habe noch in der Nacht die erste Obduktion durchgeführt. Das Opfer, ein Herr Ebert, wurde durch Kaliumzyanid getötet, allgemein bekannt als Zyankali (KCN). Das Gift wurde ihm in einer hohen Konzentration verabreicht. Von KOK Unger sichergestellte Trinkgläser, zum großen Teil zerbrochen, wurden von meiner Assistentin untersucht. Sie stellte fest, dass Spuren des gleichen Giftes auf verschiedenen Glasresten zu finden waren. Das lässt den Schluss zu, dass das Kaliumzyanid in einem Getränk verabreicht wurde."

N´Gomble, der ein ausgezeichnetes Deutsch, ohne jeden Akzent, sprach, klappte seine Notizen zu. Weber von der KTU ergänzte seine Aussage. „Auf den Gläsern und Glasresten wurden insgesamt Dutzende verschiedener Fingerabdrücke gefunden, die jedoch noch nicht zugeordnet werden konnten."

Manet unterbrach ihn. „Herr Unger, haben Sie von allen Anwesenden bereits die Fingerabdrücke genommen? Und wieso können Dutzende Abdrücke gefunden werden, wenn nur 29 Personen anwesend waren."

Bevor Unger antworten konnte, nahm Weber nochmals das Wort und er lächelte dabei. „Herr Oberrat. Es waren tatsächlich 29 Gäste anwesend, aber dazu muss man noch die Bediensteten rechnen, Serviererinnen und Küchenpersonal. Außerdem können von jeder Person jeweils zehn verschiedene Abdrücke stammen, falls nicht bei einem ein Finger amputiert ist."

Alle mussten jetzt lächeln, und Manet war verärgert, weil er glaubte, Weber wolle ihn auf den Arm nehmen. „Was ist Unger, haben Sie die Abdrücke der Anwesenden?"

„Nein, dazu war die Zeit nicht. Ich hatte schon den größten Ärger, weil ich die Leute so lange dabehalten musste."

„Holen Sie das nach. Auch die Abdrücke aller anwesenden Beamten, zu Ausschlusszwecken! Jetzt zu dem Erschossenen, Herr Weber."

Weber stand auf und ging zu der Tafel, die hinter dem Platz

von Manet an der Wand hing. Alle rückten ihre Stühle so zurecht, dass sie die Tafel im Auge hatten. Zu seinen Ausführungen zeichnete er mit verschiedenfarbigen Kreiden eine Skizze mit groben Strichen.

„Links sehen Sie die Villa Möller angedeutet. Genau gegenüber steht ein sechsgeschossiger Großplattenbau. Im Haus befinden sich 18 Wohnungen, von denen jedoch nur 11 bewohnt sind. Zu dieser Situation brauche ich nichts zu sagen, sie ist in ganz Chemnitz die Regel. Im zweiten Stock, genau gegenüber der Möller-Villa", er deutete die Lage an, „befindet sich eine dieser leer stehenden Wohnungen. Von hier aus wurde der tödliche Schuss abgegeben. Auf Grund verschiedener Tatsachen können wir davon ausgehen, dass der Täter ein Profi ist. Er muss mehrere Male in der Wohnung gewesen sein, wobei er das Türschloss fachmännisch geöffnet hat und wahrscheinlich jedes Mal wieder verschlossen."

Fux unterbrach ihn. „Wieso können sie wissen, dass der Mann mehrmals in der Wohnung war?"

Weber lächelte. „Gute Frage. Es ist so, dass der Täter sich anscheinend immer etwas zu essen und zu trinken mitbrachte und die Reste in einen herumstehenden Pappeimer warf. Wir konnten ermitteln, dass diese Reste, auf Grund ihres Austrocknungsgrades, von mindestens drei verschiedenen Tagen stammten. Vom Hausmeister wissen wir, dass der Eimer vorher leer in der Wohnung stand.

Der Einschuss beim Opfer lag nicht direkt über den Augen, sondern höher, vor dem Haaransatz. Das Projektil ist im hinteren Haarbereich ausgetreten. Der Schuss wurde jedoch, wie einwandfrei feststeht, schräg von oben abgefeuert. Dann müsste logischerweise das Projektil wesentlich tiefer, im Nackenbereich ausgetreten sein. Die durch den Schuss entstandene Verletzung wäre dann allerdings nicht mit Sicherheit tödlich gewesen, denn das Projektil hätte das Hirn eventuell nur gestreift, das Nasenbein zerschmettert und im schlimmsten Fall wären ein oder zwei Nackenwirbel verletzt.

Wir nehmen deshalb an, dass der Täter anatomische Kenntnisse besitzt und deshalb wartete, bis das Opfer den Kopf anhob und nach oben blickte. Damit verlief der Schusskanal wesentlich flacher und zerstörte das Kleinhirn im Hinterkopf. Absolut tödlich wie ein Herzschuss. Angaben zur möglichen Tatwaffe, Projektil und Kaliber finden Sie in meinem Bericht. Noch etwas: Der Täter ist ein geübter Schütze. Die Entfernung zwischen den Standpunkten von Opfer und Täter beträgt genau 78 Meter und 14 Zentimeter."

Es ärgerte Unger, dass die Ausführungen des Arztes und Webers genau zu den ersten Vorhersagen dieses Professor Kelling passten, auch die Schlussfolgerungen waren logisch. Jetzt würde eine Menge Kleinarbeit auf ihn zukommen. Alle Gäste Möllers vernehmen und protokollieren. Die Ochsentour in die Umgebung. *Haben Sie vielleicht was Ungewöhnliches bemerkt?* Die Zeitungsleute würden ihn löchern. Manet würde drängeln und ganz bestimmt würde er auf absolute Diskretion und Vorsicht hingewiesen, weil man diese Leute um Gottes Willen nicht verärgern durfte. Es sind doch gute Steuerzahler.

Als könne er Gedanken lesen, sprach ihn Manet jetzt an. „Herr Unger, ich muss Sie wohl nicht darauf hinweisen, dass Sie äußerst diskret vorgehen. Sie sind manchmal nicht sehr taktvoll. Ich habe schon die ersten Beschwerden von zwei Damen bekommen, deren Taschen Sie durchsuchen wollten."

Den beiden Weibern würde er es schon geben. Unger war wütend. Er wird sie schon irgendwie annageln und vor allem würden die beiden keine Informationen von ihm erhalten.

Aber in seine Überlegungen hinein nahm Manet noch mal das Wort. „Da eine Menge Arbeit auf uns zukommen wird, habe ich mich entschlossen, eine Sonderkommission zu bilden. Sie werden von mir jede Unterstützung bekommen und vor allem genügend Leute. Wir werden sie vom Streifendienst abziehen. Diese Sache hat erst mal Vorrang."

Unger überlegte bereits, wen er alles anfordern würde. Er musste sehen, dass er die besten Leute zusammen bekam.

Manet fuhr fort. „Ich bin sehr froh, dass wir einen ausgezeichneten Mann als Leiter dieser SOKO zur Verfügung haben, der sein Handwerk versteht."

Unger lächelte ihn an und wollte gerade etwas dazu sagen.

„Ich habe ihnen ja zu Beginn meinen Assistenten, Herrn Hauptkommissar Fux, vorgestellt. Ihm werde ich die Leitung dieser

Kommission übertragen. Er ist allen Mitgliedern gegenüber absolut weisungsberechtigt.”

Unger war wütend, was man ihm ansah. „Herr Oberrat, ich fände es klüger, dass ein mit den hiesigen Umständen vertrauter Mann die Kommission leitet. Außerdem bin ich mit der Sache schon bekannt und habe bereits mit den Ermittlungen begonnen.”

„Es tut mir Leid, aber gerade weil Fux noch nicht so mit den Verhältnissen in unserer Stadt vertraut ist, habe ich ihn eingesetzt. Er ist unvoreingenommen, hat eine sehr gute Ausbildung und wird seine Arbeit hervorragend machen. Ich danke Ihnen. Er wird die SOKO zusammenstellen, wie er es für notwendig hält.”

Unger knallte wütend den Deckel seiner Aktentasche zu und stieß geräuschvoll seinen Stuhl nach hinten. Er schaute Fux an und der lächelte zurück. Dann stand er auf, sah einen nach dem anderen an und nickte ihnen zu. „Auf eine gute Zusammenarbeit. Sie werden mich in nächster Zeit noch besser kennenlernen.”

Unger wartete am Ausgang bis Fux herauskam. Er sprach ihn mürrisch an. „Bist du dir sicher, dass du das schaffen wirst. Weißt du, was da auf dich zukommt?”

Fux sah in gelassen an. „Herr Kollege Kriminaloberkommissar Unger. Ich lege keinen Wert auf meinen Dienstgrad, aber vorläufig sollte es schon besser sein, wir sprechen uns nicht per du an. Ich mag das nicht.”

„Hau nicht so auf den Putz, mein Lieber. Wir sind alle per du bei uns. Denkst du, du bist was Besseres?”

Fux zog die Stirn kraus. „Herr Unger. Wir sollten weiterreden, wenn Sie Benehmen gelernt haben. Ach ja, bitte melden Sie sich um 12.00 Uhr zur Dienstbesprechung. Wir haben Räume in der Stadtteildienststelle, in der Annaberger Straße, bekommen. Dort treffen wir uns alle. Gegen 14.00 Uhr werden wir eine Pressekonferenz einberufen. Bitte seien Sie pünktlich. Auf Wiedersehen.” Damit drehte er sich um und ging zu seinem Wagen.

„Sieh an, ein BMW-Protz”, murmelte Unger vor sich hin, zuckte die Achseln und dachte an seinen alten Ford.”

Sabine saß in ihrer kleinen Wohnung am Laptop. Sie gab alle

Namen ein, die sie in Zusammenhang mit den gestrigen Vorgängen erfahren hatte, aber nur Professor Kelling, Dr. Möller und ein weiterer Mann, ein gewisser Salfelder, hatten eine eigene Homepage. Es waren jedoch nur Werbeseiten für ihre jeweiligen Angebote. Nichts Persönliches. Die meisten Seiten hatte Möller mit seinem Einrichtungshaus. Kelling warb für die Leistungen seines Krankenhauses. Er schien sich auf alternative Medizin spezialisiert zu haben. Doch anscheinend gab es bei ihm alle medizinischen Service-Angebote, vom Internisten bis zum Orthopäden. Nur Chirurgen fand sie nicht.

Sie legte eine neue Datei an, wo sie die Gedanken festhielt, die ihr einfielen. Ein Doktor kommt ja sicher schneller an Gift heran als andere. Oder nicht? Das musste sie recherchieren. Aber dann fand sie Salfelder. Der betrieb einen Medikamenten-Großhandel. International. Sieh mal an!

Wie war das noch gestern Abend. Der erste Tote..., Blick auf ihren Notizblock...., ein Kurt Ebert, druckte Hochglanzprospekte für halb Chemnitz, sagte Mag, und der zweite, Harald Meißner, der mit dem Loch im Kopf, arbeitete ihm als Graphiker zu. Unter anderem. Ob es da Zusammenhänge gab? Vielleicht unzufriedene Kunden, aber deshalb bringt man ja niemanden um. Mag hatte mit ihr geschimpft. Sie solle sich um den Klatsch kümmern. Nicht Detektiv spielen. Das sei gefährlich und außerdem viel anstrengender.

„Du kannst doch dein Geld viel leichter verdienen. Du befasst dich mit Sachen, die keiner von dir verlangt. Schleime dich ein bisschen bei diesem Unger ein. Ich weiß, das ist ein Ekel, aber da erfährst du alles aus erster Quelle, wenn du ihm mal ein paar Scheine zeigst."

Aber Sabine war darüber entrüstet. „Natürlich weiß ich, dass man manchmal bezahlen muss für Informationen, aber ehe ich mich mit diesem Macho-Verschnitt abgebe, versuche ich lieber selbst ein bisschen was herauszukriegen. Heute ist um 14.00 Uhr eine Pressekonferenz angesetzt, von diesem Manet." Sie sprach den Namen aus, wie er geschrieben wurde.

Mag grinste. „Wenn du ihn mit Manet ansprichst, mit dem t am Ende und ohne seinen Rang, bist du schon abgeschrieben. Der ist eitel und selbstverliebt. Er ist stolz von einer alten Hugenottenfamilie abzustammen, die infolge der Bartholomäusnacht nach Deutschland kam, also spricht er seinen Namen französisch aus."

„Danke, Mag. Das ist ein guter Tip. Warten wir erst mal die Konferenz ab."

Im Vorraum der Polizeistation standen schon eine Menge Journalisten, die sogar aus Leipzig und Dresden gekommen waren. Mag stellte Sabine denen vor, die sie noch nicht kannten. Punkt 13.45 Uhr wurden sie nach sorgfältiger Kontrolle ihrer Personalausweise und ihrer Pressekarten nach oben gelassen. In einem größeren Raum standen zwei leere Holztische und sechs Stühle quer vor der Wand. Gegenüber waren drei Reihen Stühle aufgestellt. Die beiden Frauen setzten sich in die zweite Reihe, ganz an den Rand.

Es war genau 14.00 Uhr, als fünf Leute den Raum betraten und sich an den Tisch setzten. Ein Stuhl blieb frei. Ohne Zeit zu verlieren stand ein großer Mann von seinem Sitz auf. Er trug einen gut sitzenden grauen Anzug, ein weißes Hemd und eine korrekt gebundene Krawatte. „Meine Damen und Herren. Mein Name ist Hauptkommissar Marcus Fux, bitte mit x, falls Sie mich erwähnen. Der Kriminaloberrat hat mich zum Leiter einer Mordkommission ernannt, welche die schlimmen Vorfälle aufklären soll, von denen Sie ja bereits gehört haben und teilweise haben Sie darüber schon berichtet. Ich stelle ihnen meine engsten Mitarbeiter vor. Sicher kennen sie den einen oder anderen längst." Er nannte die Namen und Dienstränge von N´Gomble, Weber und Dreilich sowie von Marlene Gläser. Über den freien Stuhl am Tisch gab er keine Erklärungen.

„Also: Genau um 21.12 Uhr brach ein Chemnitzer Bürger tot zusammen, dem man in einem Getränk Gift beigebracht hatte. Es handelte sich dabei um Kaliumzyanid, wie der anwesende Professor Kelling sofort annahm. Wie ihnen bekannt sein dürfte, ist Professor Kelling Leiter einer Privatklinik."

Ein Mann stand auf und unterbrach Fux mit einer Frage. „Wieso kann ein Arzt ohne labortechnische Untersuchung feststellen, um welches Gift es sich handelt?"

Fux sah ihn an. „Dieses Gift kann man riechen. Sehen Sie keine Krimis?" Ein leises Lachen ging durch den Raum. „Aber bitte lassen

Sie mich fortfahren, Sie haben mich unterbrochen. Es wurde ja außerdem zur gleichen Zeit, im gleichen Raum ein Mann erschossen. Ihre Fragen werde ich Ihnen am Ende beantworten, wenn ich dazu zu diesem Zeitpunkt in der Lage bin. Und bitte nennen sie Ihre Zeitung und Ihren Namen bei jeder Frage."

„Sabine Aaron, *Deutsches Kaleidoskop*. Vermuten Sie den Täter im Kreis der Gäste? Es waren doch ausnahmslos angesehene Bürger der Stadt Chemnitz anwesend."

„Frau Aaron, wenn ich richtig verstanden habe. Ich vermute überhaupt nichts. Ich ermittle Fakten. Fakt ist, dass der tödliche Schuss von außen abgegeben wurde. Das Gift jedoch wurde im Raum verabreicht. Die Schlussfolgerung daraus ist logischerweise, dass nur die Anwesenden die Möglichkeit hatten, das Gift in das Glas zu bringen. Deshalb, verehrte Frau Aaron, sind Sie trotz Ihres hübschen biblischen Namens, auf der Liste der möglichen Verdächtigen, da Sie ebenfalls anwesend waren. Die Frage ist nur, ob Sie ein Motiv hatten. Und genau das ist unsere Aufgabe in den nächsten Tagen und zwar in Bezug auf alle Anwesenden. Die nächste Frage ist: Wer hatte die Möglichkeit zur Beschaffung des Giftes. Zufrieden?"

Sabine lächelte ihn an. „Wie lange werden Sie brauchen, die Täter zu stellen. Man muss ja nach ihrem Verständnis von zwei Tätern ausgehen. Über den Schützen haben Sie überhaupt noch nichts gesagt".

Im Saal gab es leises, zustimmendes Gemurmel.

„Hölderlich, Chemnitz. *Freie Presse*. Sind Sie der Meinung, dass der Schütze ebenfalls einer der anwesenden Gäste war?"

„Bitte einer nach dem anderen. Zu Ihnen Frau Aaron. Natürlich sind es zwei verschiedene Personen. Das ergibt sich daraus, dass der Schuss genau in dem Moment fiel, als der andere Mann den vergifteten Sekt trank. Ein möglicher Täter konnte nicht schon vorher das Glas präparieren, weil die Gläser unmittelbar vor dem Toast des Hausherrn serviert wurden. Es hätte doch die Gefahr bestanden, den falschen Gast umzubringen. Sie, Frau Aaron hätte es zum Beispiel erwischen können.

Nun aber zu dem Schützen. Ich muss Ihnen da etwas sagen, was mir außerordentlich peinlich ist, auch wenn ich es nicht zu verantworten habe. Der Täter ist international bekannt."

Ein Raunen ging durch den Saal, und keiner der Anwesenden wollte ein Wort verpassen, als Fux weitersprach.

„Er ist nicht dem Namen nach bekannt, aber durch den ballistischen Vergleich des Projektils steht außer Frage, dass es sich um einen Profi handelt, der anscheinend Auftragsmorde gegen Bezahlung ausführt. Bei Interpool ist das charakteristische Profil des Projektils registriert. Das benutzte Gewehr wurde bisher bei neun Tötungen verwendet. Leider konnte dem Täter in keinem Fall eine bestimmte Person zugeordnet werden. Er verstand es immer, keine Spuren zu hinterlassen, das heißt mit einer Ausnahme: Bei einem Fall in Frankfurt am Main hat er, wahrscheinlich durch die Beschädigung eines Latexhandschuhs, einen zwei Zentimeter großen Abdruck des Teiles eines rechten Fingers hinterlassen. Die Frankfurter Kollegen fanden ihn auf einer Staniolfolie, mit der er seine Verpflegung eingepackt hatte. Da diese Folie industriell in die Faltschachtel verpackt wird, kann es sich mit hoher Wahrscheinlichkeit nur um den Mann handeln, der die Folie aus der Packung gezogen hat. Das nützt uns allerdings nichts, da der Abdruck nicht in der internationalen Kartei gespeichert ist.”

„Liebermann, *Morgenpost*, Dresden. Es wäre doch denkbar, dass er eine Lebensgefährtin hat oder jemandem, der ihm seine Verpflegung einpackt?”

„Ich sagte, mit hoher Wahrscheinlichkeit.” Fux sah sich im Raum um. „Ja, bitte, Frau Aaron?”

„Wie lange werden sie brauchen, die beiden Täter zu finden. Sie haben die Frage nicht beantwortet.”

„Wie lange werden Sie brauchen, Frau Aaron, bis Sie herausbekommen, ob Ihr Liebhaber Sie betrügt? Oder sind Sie verheiratet?”

Sabine wurde rot und offensichtlich wütend. „Die Frage ist unsachlich und sie ist möglicherweise die dümmste Anmache, die ich je gehört habe.” Sie stand auf und verließ den Saal mit lautem Türknallen.”

Nachdem noch einige unwesentliche Fragen gestellt wurden, die anscheinend hauptsächlich auf Sensationsgier abzielten, schloss Fux die Pressekonferenz.

Mag war nicht auf der Konferenz. Sie hatte nur Sabine

hingebracht und sich dann mit einem geheimnisvollen Informanten getroffen, wie sie es nannte. „Verdiene dir deine Sporen selbst. Meine Aufgabe ist es lediglich, dich mit den Verhältnissen in Chemnitz vertraut zu machen. Ich hole dich wieder ab.“

Sabine erzählte ihr von der, wie sie meinte, unverschämten Frage des Hauptkommissars Fux, aber Mag winkte mit der Hand ab. „Leg dir ein dickeres Fell zu. Wenn du schon von der Frage eines schönen Mannes mit imposanter Figur an eine schöne Frau mit deinem Charme und noch eindrucksvollerer Figur beleidigt bist, solltest du dir einen anderen Job suchen. Wie wär's mit Buchhalter. Reporterinnen genießen in der Szene nicht besonders großen Respekt. Schon gar nicht bei den Bullen.“

„Kommst du mit zu einem Kaffee? Meine Mutter ist zu Besuch, ich würde sie dir gerne vorstellen. Sie wohnt im *Günnewig.*“

„Ja, gerne, aber lass uns die paar Schritte laufen. Ich habe den Wagen in der Tiefgarage abgestellt. Unterwegs erzählst du mir, warum eine Frau wie du als Single in einer Einraumwohnung kampiert, statt sich einen Liebhaber mit Geld und Eigentumswohnung zu halten. Du hast mal was von New York angedeutet?“

Sabine wollte ablenken, aber bei Mag war das verlorene Mühe. Wenn Mag etwas wissen wollte, erfuhr sie es auch. Bevor sie sich auf das Schreiben von Büchern verlegt hatte, war sie selbst Journalistin gewesen und hatte ihren Beruf von der Pike auf gelernt.

„Na gut, du gibst ja doch keine Ruhe“, meinte Sabine und hakte Mag ein. „Dann lass uns aber auf den Treppen zum Opernplatz sitzen, denn ein paar Minuten brauche ich schon für meine NY-Story.“

Die Ältere quittierte die Einladung ganz gegen ihre Art mit einem schlichten Nicken, saß aber noch nicht richtig als sie drängelte: „Nun leg schon los.“

„Eigentlich ist es für mich immer noch nicht einfach, sachlich über mein Amerika-Abenteuer zu reden. Das war die größte Enttäuschung in meinem Leben“, begann Sabine zaghaft. Mag legte ihr fast mütterlich den Arm um die Schulter. „Du kannst ruhig auf den Kerl schimpfen, wenn dir so ist.“

Als Sabine merkte, dass Mag ahnte, dass da ein Mann im Spiel war, fiel ihr das Reden leichter. „Ich hatte schon sieben Semester meines Journalistik-Studiums hinter mir, als ich Kai während eines Praktikums beim MDR kennen lernte. Ich mochte ihn auf Anhieb. Er war einer dieser Typen, den immer die anderen kennen lernen, aber plötzlich stand er vor mir, pechschwarzes Haar, aber strahlend blaue Augen, so ein Alain Delon - Typ. Er war immer gut drauf und schon ein gestandener Kameramann. Wir haben Leipzig unsicher gemacht, keine Party ausgelassen, aber auch in jede Theateraufführung ist er brav mitgetrabt."

„Und sonst?", die Neugier blitzte Mag aus den Augen.

Sabine wurde rot und sprach fast tonlos weiter. „Es war das ganz große Kribbeln im Bauch. Nicht, dass ich keine Erfahrung mit Männern gehabt hätte, aber mit ihm war es einfach anders. Er musste mich nie überreden, zu nichts. Es reichte , wenn er nach einem schönen Tag meine Hände mit seiner eigenen, elektrisierenden Art berührte."

Mag fühlte, dass Sabine nicht viel mehr über ihr Liebesleben sagen wollte. „Und wie seid ihr denn nun nach New York gekommen?"

„Eines Tages stand er ganz feierlich vor mir, mit Rosen und Champagner. Ich hörte schon die Hochzeitsglocken läuten, aber es war ein Irrtum. Kai hatte ein Angebot von einem New Yorker Fernsehsender bekommen. Für ihn war es die Erfüllung eines Traumes, auch wenn der Sender kleiner war als der MDR und er wollte, dass ich mitkomme.

Heute kann ich es nicht mehr verstehen, doch ich sagte sofort ja. Ich brach mein Studium zwei Semester vor dem Diplom ab. Mir war nicht vorstellbar, auch nur einen Monat ohne ihn zu sein. Meine Mutter war sauer, aber das hat mich nicht interessiert. Kai hatte mir versprochen, dass es auch für mich dort Arbeit gäbe. Das habe er bereits geklärt.

14 Tage später landeten wir bereits auf dem JFK-Flugplatz. Der Sender hatte uns eine winzige Wohnung, inmitten von Manhattan zur Verfügung gestellt. 8. Etage! Hier bedeutet das eine gute Aussicht zu haben. In Manhattan hieß das auch tagsüber Licht zu brennen."

Mag, die es trotz vieler Versuche noch nie nach NY geschafft hatte, fragte fassungslos: „Heißt das, die Stadt hat dir nicht gefallen?"

„Ganz im Gegenteil", sagte Sabine, „nur die Wohnung war so etwas, na ja, wie Tiefparterre. Ansonsten habe ich die ersten Wochen genossen. Obwohl mir gesagt wurde, dass ich vorläufig nur mit Hilfstätigkeiten bei Kais Produktionen beschäftigt werde. Er wurde von einem Drehort zum anderen gejagt, immer mit mir im Schlepptau. Mit Journalismus hatte meine Arbeit nichts zu tun, Beleuchtung aufbauen, Filmkassetten als Bote befördern, Kaffee kochen, Sandwichs besorgen.

In unserer freien Zeit nahmen wir die Stadt in Besitz. Alle touristischen Sehenswürdigkeiten klapperten wir in den ersten vier Wochen ab. Kai zog es auf den Broadway. Da sahen wir die besten Musicals. Neu waren damals *Chicago,* und *Les Miserables.* Die Besetzung und die Ausstattung waren unvergleichlich. Ich wollte in die Metropolitan und ins Guggenheim. Und Kai ging mit mir, wenn er auch murrte. Wir liefen durch Little Italy und China Town. Ein unvergessliches Erlebnis für mich war ein Gottesdienst am Sonntagmorgen in einer Kirche in Harlem. Harlem hatte eigentlich einen gefährlichen Touch für mich, aber es war anders, friedlich. Ganze Familien mit ihren Kindern und den Mummies saßen in den Holzbänken und wir mittendrin, die Arme unserer Nachbarn auf den Schultern. Auf einer Art Bühne stand ein Chor. Männer und Frauen in weiten, lila Gewändern sangen Gospels. Die ganze Kirche sang und tanzte mit.

Das Größte jedoch war der Blick aus der einhundertsiebten Etage des World Trade Centers.

Wir hatten uns ein kleines Auto gekauft. Es klapperte so sehr, dass man sich wunderte, wieso es überhaupt noch fuhr. Ich war einfach glücklich."

„Und warum bist du dann zurück gekommen?", unterbrach Mag Sabines breitangelegte Schilderungen.

„Es begann damit, dass Kai Karriere machte. Man bot ihm die Aufnahmeleitung für eine tägliche Talkshow an. Das bedeutete für ihn, dass er nicht mehr durch die ganze Stadt gehetzt wurde und vor allem, dass man ihn besser bezahlte. Es bedeutete aber auch, dass er Kontakt zu Stars und Sternchen bekam und er wurde wichtig für den Sender.

Ich war nun wirklich das Mädchen für alles. Kaffee kochen war meine Hauptbeschäftigung. Mir hing das zum Hals heraus. Kai störte das nicht. Wenn ich ihn drängte sich für mich beim Produktionsleiter zu verwenden, stieß ich auf taube Ohren. Ich bekam den Verdacht, dass es für ihn angenehm war, wenn ich jederzeit zur Verfügung stand und ihm die ganzen kleinen Nebensächlichkeiten aus dem Weg räumte. Er hatte es geschafft und etwas anderes zählte für ihn nicht mehr. Ich sollte noch erwähnen, dass ich immer über Geld verfügen konnte. Kai hatte mir erklärt, dass wir ein gemeinsames Konto einrichten sollten um doppelte Gebühren zu sparen. Das leuchtete mir ein. Wir bekamen beide eine Bankkarte, mit der wir Geld abheben konnten. Ich brauchte meine selten, höchstens mal für ein paar neue Schuhe oder eine Bluse. Ziemlich spät, als ich mir ein schickes Kleid kaufen wollte, bekam ich mit, dass meine Karte nur für zweihundert Dollar in der Woche gut war. Mehr konnte ich nicht abheben. Aber zu diesem Zeitpunkt hatte sich unser Zusammenleben bereits verändert. Lernten wir neue Leute kennen, stellte er mich nicht als seine Freundin vor, sondern ich war *eine Freundin aus Deutschland*. Er begann, mich auf die Stirn zu küssen, wenn er sich von mir verabschiedete und vergaß nach und nach all unsere kleinen Liebesrituale. Hin und wieder schickte er mich jetzt früher nach Hause, weil er noch *eine Menge zu erledigen* hatte. Kurzum, ich wurde jetzt auch privat nur seine Putze.

„Scheißkerl", warf Mag dazwischen.

„Das kannst du laut sagen", bestätigte Sabine.

Eines Tages hatte ich es satt und holte mir einen Termin beim Personalchef. Er war erstaunt, als ich ihn bat, eine bessere Stellung für mich zu finden. Ich erfuhr, dass ich gar nicht beim Sender angestellt war. Kai habe ihm gesagt, dass er mich für seine *Umsorgung* brauche, was immer das auch hieß. Ich würde nicht vom Sender, sondern aus Kais Gage bezahlt. Ich könne gar nicht beim Sender arbeiten, weil ich keine Greencard habe. Ich war wie vor den Kopf geschlagen. In meiner Naivität hatte ich mich um so etwas überhaupt nicht gekümmert. Das hatte alles Kai erledigt.

Jetzt aber wollte ich das genau wissen. Was tat er eigentlich, wenn ich ihm sein deutsches Essen kochte, auf das er großen Wert legte. Als er mich wieder einmal nach Hause schickte, blieb ich in der Nähe und stand eine halbe Stunde später vor seiner Bürotür. Ich verlor alle Illusionen. Die Geräusche dahinter waren eindeutig. Ich kann es nicht erklären, aber ich hatte plötzlich das Verlangen nach einem dramatischen Auftritt. Ich trommelte mit meinen Fäusten auf das

Türblatt und schrie ihm Schimpfworte entgegen, von denen ich überhaupt nicht wusste, dass ich sie in meinem Repertoire hatte.

Als er endlich öffnete, schob sich das blonde Busenwunder aus der letzten Talkshow durch den Türspalt, krampfhaft bemüht ihre Oberweite wieder in die Bluse zu zwängen. Ich stieß die Tür auf, die ihn hart am Kopf traf und boxte wie von Sinnen auf ihn ein. Er hielt mich mit einem Arm auf Distanz und als es ihm zu viel wurde, schlug er mir mit dem Handrücken ins Gesicht. Ich sah ihn ungläubig an, rannte aus dem Studio und war 24 Stunden später wieder in Deutschland. Ich habe nie wieder etwas von ihm gehört."

„Das hast du dir einfach so gefallen lassen?"

Jetzt konnte Sabine wieder lächeln. „Nein, ich habe mir seine Kreditkarte genommen und sein Konto abgeräumt."

„Das hast du gut gemacht!", meinte Mag resolut. Sabine zuckte zusammen, als gleich darauf die schnoddrige Mag ihr sanft über das Haar strich und liebevoll prophezeite: „Der Nächste trägt dich auf Händen."

„Nichts da", konterte Sabine. „Es gibt keinen Nächsten. Männer sind für mich gestorben. Und jetzt wartet meine Mutter auf mich", stand auf und rannte die Stufen hinauf. Mag folgte ihr langsam mit eigenartiger, nachdenklicher Miene.

„Ihre Mutter sitzt auf der Terrasse", meinte der freundliche Page am Lift, als Sabine mit Mag nach oben fahren wollte. Sabine bedankte sich und führte Mag dorthin. Margarete Aaron saß an der Fensterseite des gut besuchten Cafès, neben ihr Stefan Mrotzek und beide sprachen angeregt miteinander. Als er die beiden Frauen kommen sah, erhob er sich von seinem Stuhl und machte eine linkische, altmodische Verbeugung.

„Verzeihung Frau Aaron. Ich habe mir die Freiheit genommen, Ihre Mutter anzusprechen. Sie erzählten mir ja von ihrem Besuch und ich habe sie gestern zusammen gesehen. Ich möchte nicht stören und werde mir einen anderen Platz suchen."

Sabine wollte, dass er bliebe, zumindest behauptete sie das, aber sie war froh dass er darauf bestand den Tisch zu wechseln und den Kellner bat, sein Rotweinglas zu einem entfernten Tisch zu bringen.

Sabine stellte Mag vor. „Das ist meine Gouvernante", meinte sie augenzwinkernd. „Sie soll aufpassen, dass ich einige der Fettnäpfchen auslasse. Wie kommst du an Herrn Mrotzek?"

Nachdem die Mutter Mag begrüßt hatte und ein bisschen zu auffällig die Stirn runzelte, wahrscheinlich wegen Mags starker Schminke und dem riesigen Hut, wie Sabine vermutete, setzten sich die beiden Frauen an den Tisch.

„Ach", sagte die Mutter, „das ist doch ein reizender älterer Herr." Sie wusste es ja nicht besser. „Er hat ein bisschen zu viel geredet für meinen Geschmack. Ich kenne jetzt seine vollständige Geschichte. Er hat in Wien eine Konfektionsfirma. Scheint ein paar Sorgen zu haben mit der Konkurrenz. Aber zu dir: „Warst du auf deiner Konferenz? Ist was dabei herausgekommen?"

Sabine erzählte was sie erfahren hatte und ihre Mutter war besorgt. „Musst du dich damit befassen? Es wird jeden Tag schlimmer. Was die Leute aber auch so anstellen. Mord und Totschlag und Betrug stehen jeden Tag in der Zeitung und du willst da auch noch darüber schreiben. Ich dachte, du solltest dich um die kulturellen und gesellschaftlichen Dinge kümmern. Hoffentlich wirst du da nicht in irgendetwas hineingezogen."

„Mach dir keine Sorgen um mich, Mama. Ich kann so etwas nicht einfach ignorieren. Meine Redaktion hätte dafür kein Verständnis und die Leser interessiert das auch. Außerdem finde ich es weitaus spannender, als die Ausstellung eines Möchte-Gern-Künstlers, dessen Kunst die wenigsten verstehen, nicht mal die, welche wegen der Reputation zur Vernissage gehen und fachmännisch mit dem Kopf nicken."

Sabines Mutter wusste nicht, was eine Vernissage ist und Mag erklärte es ihr.

Die drei Damen saßen länger als zwei Stunden über ihrem Kaffee und Mag trank drei große Cognac mit sichtlicher Missbilligung der Mutter. Dann schlug Sabine vor, Mutter solle sich ihre Wohnung ansehen, sie habe jetzt Zeit. Sie zahlten und gingen nach draußen.

„Wie kommen wir denn jetzt zu dir nach Hause? Hoffentlich nicht in deinem Spielzeugauto", wollte Frau Aaron wissen.

„Keine Angst. Ich habe einen richtigen Wagen," schmunzelte

Mag. Sie gab Sabine den Schlüssel. „Du fährst", sagte sie zu ihr. „Ich habe getrunken."

„Soll ich eine schöne CD auflegen?", fragte Sabine, als sie bei ihr zu Hause waren, aber Mag schüttelte entsetzt den Kopf. „Wenn du so fragst, müssen wir uns garantiert eine Stunde Mahalia Jackson gefallen lassen."

„Okay, okay. Ich zeige dir erst mal meine Wohnung, Mama. Klein - aber mein." Ihrer Mutter gefiel sie. „Das reicht doch. Du bist ja alleine, da hast du Platz genug. Du bist doch alleine?", fragte sie neugierig, aber Sabine überhörte die Frage. Sie wusste ja, wie gerne ihre Mutter sie unter die Haube bringen wollte. „Was haltet ihr davon, wenn wir nachher alle drei zu einem schönen Abendessen gehen? Ich lade euch ein."

Die beiden waren einverstanden. „Was denkst du", fragte Mag, „gehen wir in den Ratskeller? Dort ist jetzt die Wirtin des ehemaligen *Türmer*, Frau Guss, Chefin. Gute Küche. Ach ja, du kennst ja den *Türmer* nicht mehr. Eine Gaststätte, die abgerissen wurde, am Rosenhof. Sie wird aber wieder aufgebaut. Im November soll Eröffnung sein. Hast du den Rohbau hinter dem Rathaus gesehen? Dort!"

Sabine schmunzelte und schüttelte den Kopf. „Ich werde euch überraschen. Ganz in meiner Nähe habe ich eine Entdeckung gemacht. Da gibt es ein griechisches Restaurant, nicht sehr groß aber gemütlich. Der Wirt, ein charmanter Mann, der allerdings laut und viel spricht und dabei keinen Gast auslässt. Er hat eine sehr gute Speisekarte und einen guten, gepflegten Weinkeller. Es wird euch gefallen. Für dich, Mama, bestellen wir ein Taxi, das dich danach ins Hotel bringt."

Margarete Aaron, die auf die gute deutsche Küche schwor, wollte nicht so recht, aber Sabine versicherte ihr, sie könne dort griechisch, italienisch aber auch ausgezeichnet deutsch essen."

Fux hatte alle seine Leute um sich versammelt. Außer denen, die auf der Pressekonferenz dabei waren, saß Unger mit am Tisch und zehn Uniformierte von der Bereitschaftspolizei. Manet hatte ihm alle Leute bewilligt, um die er gebeten hatte.

„Bevor wir anfangen, möchte ich eine Sache klären, die mir

überhaupt nicht gefällt. Oberkommissar Unger, ich hatte sie zu der Pressekonferenz gebeten, die heute um 14.00 Uhr stattfand. Wieso habe ich Sie nicht gesehen?"

„Weil ich nicht da war", brummte Unger ihn an.

„Und warum waren Sie nicht da?"

„Ich kann Presseleute nicht ausstehen, Fux..."

Fux unterbrach ihn scharf. „Hauptkommissar Fux oder Herr Fux, Herr Unger. Das sage ich Ihnen jetzt zum letzten Mal. Kapiert?"

Unger antwortete mit wütendem Gesicht. „Okay, ich kann Presseleute nicht ausstehen, Hauptkommissar Fux."

„Das war Dienstverweigerung. Ich bin der Leiter der SOKO und Sie sind Polizist. Sie tun künftig, was ich ihnen sage. Was haben Sie statt dessen getan?"

„Fragen Sie die Streifenpolizisten."

„Ich frage aber Sie, Herr Unger."

„Ich habe mit den Jungs hier die übliche Routinearbeit gemacht. Wir sind die Straße auf und ab marschiert und haben jeden gefragt, ob er was Auffälliges bemerkt hat. Die Straße, in der das Tathaus steht, die Parallelstraßen und die Seitenstraßen. Das bringt mehr, als sich mit Zeitungsfritzen herumzustreiten."

„Das ist Ansichtssache, Herr Unger. Hat´s was gebracht?"

Unger holte mit überheblichem Lächeln ein DIN A4 Blatt aus seiner Tasche und reichte es Fux. „Ja, Herr Hauptkommissar Fux. Die Phantomzeichnung eines Verdächtigen."

Fux ließ sich aber nicht die Butter vom Brot nehmen. „Das ist sehr schön, wenn der Verdacht was taugt. Den Verdächtigen haben *Sie* ermittelt?"

„Wir, Herr Hauptkommissar."

„Sie, oder wer?"

Unger druckste wütend herum. „Nein, Schneider und Sägebrecht, aber jeder hätte das Glück haben können auf die richtigen Leute zu stoßen."

„Sehen Sie, Herr Unger. Es wäre also nicht notwendig gewesen, dass Sie deshalb die Pressekonferenz boykottieren. Ihre Leute sind doch gut. Danke meine Herren. Gute Arbeit."

Er schickte Bräge, den Assistent Ungers, die Vervielfältigung des Bildes und die Verteilung an alle Streifenwagen zu organisieren.

„Mit der Veröffentlichung wollen wir noch warten", meinte er. „Ich will erst mal die Stichhaltigkeit des Verdachtes prüfen. Ich möchte nicht, dass vielleicht ein völlig Unbeteiligter Ärger bekommt."

Er befragte die beiden Polizisten, wie sie auf den Mann auf dem Bild gestoßen seien. Schneider hatte in einem Straßencafé, das nicht weit von der Villa Möllers lag, nach verdächtigen Beobachtungen gefragt. Der Besitzer habe den Kopf geschüttelt, ihm sei nichts aufgefallen. Da habe sich die Serviererin gemeldet.

„Am Samstag und am Sonntag saß ein älterer Herr auf unserer Freifläche. Er hat bei der Hitze Espresso getrunken und Cointreau und jedes Mal alle Häuser in der Umgebung beobachtet, sogar mit dem Fernglas. Das ist mir schon komisch vorgekommen. Hauptsächlich erinnere ich mich an ihn, weil er beide Male ein gutes Trinkgeld gab. Warum fragen Sie nach ihm? Wie ein Verbrecher sah er nicht aus, eher wie ein biederer Spanner. Ja, ich würde ihn wieder erkennen", meinte sie auf befragen."

Schneider habe sie mit auf das Revier genommen. Mit dem Dreilich habe sie dann das Phantombild erstellt. Sie meinte, genauso habe er ausgesehen.

Dann berichtete Sägebrecht. „Auch mein Zeuge hat mit Dreilich ein eigenes Bild erstellt und beide sahen ziemlich gleich aus. Mein Zeuge wohnt in einer Parterrewohnung in der Parallelstraße. Er ist 72 Jahre und Pensionär."

„Meine Frau ist seit Jahren tot. Ich bin alleine und habe viel Langeweile. Oft sitze ich stundenlang am Fenster. Was soll ich sonst tun", las Sägebrecht aus dem Protokoll vor. „Ich sah einen älteren Mann gegen Abend, auf jeden Fall vor acht Uhr, vor der Tagesschau, ein Fahrrad den Berg hochschieben. Ich dachte mir, bei der Hitze muss der doch dumm sein. Wozu fahren Busse. Ach ja, und dann fiel mir ein, dass ich ihn schon mal am Vormittag mit dem Fahrrad gesehen habe, erst herauf schiebend und kurze Zeit später hinunter rasend. Auch an dem Abend sauste er gegen 21.30 Uhr den Berg runter wie Olaf Ludwig oder wie die jetzt heißen. Ich dachte, der müsse gleich auf die Nase fallen."

„Ich glaube das reicht", meinte Fux nachdenklich und nach

kurzer Überlegung: „Frau Gläser, bitte kümmern Sie sich um die Tageszeitungen, auch *Bild* regional, das *MDR* - Studio und natürlich das *Chemnitz-Fernsehen*, die bringen doch immer in der *Drehscheibe* die Ereignisse des Tages. Ach ja, denken Sie auch an das *Kaleidoskop*. Wenn ich mich richtig erinnere, erscheint das morgen. Ich verlasse mich auf Sie.”

Weber hatte vier Trupps zusammengestellt, jeweils einen Mann von der KTU und einen Kriminalbeamten, die von den Gästen der Feier die Abdrücke nehmen sollten, sowie die erste Vernehmung durchführen, aber da gab es noch keine Erkenntnisse.

„Morgen machen sie weiter”, sagte er

„Gut Herrschaften. Feierabend. Morgen früh, sagen wir 7.30 Uhr, treffen wir uns hier wieder. Guten Abend.”

Er winkte Unger noch mal zurück. „Herr Unger, Sie sorgen bitte dafür, dass alle Aktivitäten koordiniert ablaufen. Also keine Doppelarbeit. Sie führen, nennen wir es einmal, ein Tat-Tagebuch: Was ist wann passiert, was wurde zur Aufklärung unternommen, welche Untersuchungen wurden vorgenommen, wer hat wen wann verhört. Alle Protokolle nummerieren und im Buch eintragen. Es darf keine Tatsache und keine Idee verloren gehen, kein Hinweis aus der Bevölkerung oder anderen Quellen. Die Medien unterrichte ausschließlich ich.”

Unger hatte eine Stinkwut. „Ich soll also die ganze Drecksarbeit machen. Auf der Schreibmaschine kann ich gerade mal mit zwei Fingern schreiben. Ich möchte ermitteln. Ich bin kein Buchhalter.”

„Sie machen bitte was ich sage. Wir sind kein Debattierklub. Ich werde dafür sorgen, dass Sie eine Stenotypistin bekommen. Die Organisation liegt aber alleine in Ihrer Verantwortung.”

Unger wollte noch mal Einspruch erheben. „So etwas gab es ja bei uns noch nie.”

„Es wird Zeit, dass wir damit anfangen.”

Sabine, ihre Mutter und Mag fuhren mit dem Aufzug nach unten. Die Hitze schien nachzulassen. Sabine hatte ihrer Mutter einen leichten Sommermantel gegeben. Sie hatten ungefähr die gleiche Figur, auch wenn Sabine etwas größer war.

Die Wohnung Sabines lag in der Wolgograder Allee 17. Kaum einer der Jüngeren wusste noch, dass das ehemalige Stalingrad in Wolgograd umbenannt worden war, nachdem Stalin nicht mehr gefragt war. Fünf Gebäude, elf Stockwerke hoch, standen versetzt nebeneinander. Diese Monstren waren jedoch nur ein kleiner Teil des riesigen *Heckert Gebietes*, das einmal für 90000 Menschen ausgelegt war. Nach der Wende sind rund 25000 hier weggezogen. Hunderte leerer Fensterhöhlen ließen ahnen, welches Problem die Stadt und die verschiedenen Genossenschaften damit hatten. Abriss oder, wie die Verantwortlichen dies vornehm nannten, *Rückbau*, war wohl die einzige Alternative. Die Leute waren deshalb verunsichert, denn, obwohl dies sicher alles schon geplant war, rückte keiner damit raus, welche Häuser dann betroffen sein würden. Es war schon ein Problem für die meist älteren Menschen, welche vielleicht aus ihren Wohnungen ziehen müssten.

Sabine störte das im Moment noch nicht. In den paar Wochen, die sie hier wohnte, hatte sie noch kein Heimatgefühl entwickelt und auf die Dauer würde sie sowieso eine größere Wohnung brauchen. Erst mal hatte sie ein Zuhause und es gefiel ihr sogar ganz gut. Vom Balkon konnte sie ins Erzgebirge sehen und unter ihrem Fenster hatte sie eine Schwimmhalle und einen Jugendklub. Die Schwimmhalle nutzte sie, so oft sie Zeit dazu hatte. Der Lärm, der manchmal aus dem Jugendklub kam, war erträglich, auch wenn sich manch älterer Hausbewohner darüber aufregte.

„Wohin müssen wir denn nun", fragte Mag, „fahren wir lange?"

„Du kannst deinen Japaner heute mal versetzen. Du kannst ihn überhaupt heute Nacht hier stehen lassen, denn sicher wirst du was trinken und dann lasse ich dich sowieso nicht mehr fahren. Komm, gib mir gleich den Schlüssel."

Mag zuckte die Achseln und gab die Autoschlüssel ohne zu protestieren in die Obhut Sabines. „Es sind nur ein paar Schritte zu laufen", sagte sie. „Alles rechts um!"

Es waren wirklich nur ein paar Schritte. Nachdem sie zwei Querstraßen passiert hatten, standen sie plötzlich vor einer Gegend, in der sich das Stadtbild urplötzlich verändert hatte, ohne Übergang. Vor ihnen lag ein großes Areal mit hübschen Einfamilienhäusern. Keine Uniformierung, alle mit kleinen, gepflegten Vorgärten. „Das hätte ich in dieser klotzigen Umgebung nicht vermutet", meinte Sabines Mutter.

„Ich kann mir vorstellen, wie es die kleinen Hausbesitzer erbost hat, als man ihnen diese Plattenbauten vor die Nase setzte. Sie genossen sicher den wunderbaren Blick ins Erzgebirge und plötzlich sahen sie auf graue Betonmauern." Mag schüttelte teilnahmsvoll den Kopf. „In dieser schönen Umgebung ist deine Kneipe, der Grieche?"

„Du stehst direkt davor", lächelte Sabine.

Auf der anderen Seite stand ein schmuckes, einstöckiges Gebäude. Man blickte auf eine verglaste Terrasse. Obwohl es noch nicht dunkel war, sah man hinter den Fenstern die Lampen brennen, die ein warmes Licht verbreiteten. Rechts, neben dem Eingang, standen Gartentische und Stühle, überdacht von bunten Sonnenschirmen.

„Hoffentlich bekommen wir noch einen Platz", bangte Frau Aaron, „es scheint ja gut besucht zu sein", doch Sabine beruhigte sie. „Ich habe vorhin angerufen und einen Tisch bei Stratos bestellt."

„Wer um Himmels Willen ist Stratos?", wollte Mag wissen.

„Der Wirt heißt Stratos."

„Das ist doch ein griechischer Vorname. He, du nennst den Wirt beim Vornamen?"

„Komm einfach mit rein. Ich bin sicher, dass du ihn in fünf Minuten ebenso nennen wirst."

Margarete sah ihre Tochter argwöhnisch an, dann las sie den Namen der Gaststätte. *Am Harthwald?* Wir haben auf der Insel auch ein paar griechische Restaurants. Die heißem *Akropolis* oder *Piräus* oder so ähnlich. *Am Harthwald* hört sich aber deutsch an."

„Der Mann wird seine Gründe haben. Er wird die Deutschen kennen. Die sind misstrauisch. In einer Gaststätte, die einen deutschen Namen hat, wird man sicher keine Schnecken essen müssen

oder Tintenfische." Mag lachte laut über ihren eigenen Witz. „Zum Glück sind die jungen Leute da etwas toleranter. Gehen wir einfach hinein."

Sabine führte ihre Gäste zum Eingang und ging vorneweg. Sie betraten einen Raum mit fünf, sechs Tischen, um die Stühle in unterschiedlicher Anzahl standen. Alles war in dunklen, angenehmen Brauntönen gehalten. Ein kräftiger, stämmiger Mann kam auf sie zu.

„Guten Abend Sabine, guten Abend meine Damen. Kommen sie, Sabine, ich habe Ihnen einen Vierertisch auf der Veranda freigehalten."

Er machte einen sympathischen Eindruck. Vielleicht war er etwas über dreißig. Er war einer der Menschen, die sich nicht scheuten, andere auch anzufassen. Eine Hand legte er Sabines Mutter auf die Schulter, mit der anderen schob er Sabine in die verglaste Veranda, nahm höflich Frau Aarons Mantel ab und rückte ihr einen Stuhl zurecht.

Bevor sich die drei setzen konnten, stellte Sabine den Wirt ihren Begleiterinnen vor. „Das ist Stratos, der Chef von allem hier. Stratos, das ist meine Mutter. Ich habe Ihnen von ihr erzählt und das ist Mag, meine Aufpasserin auf meinem schweren Weg in die Chemnitzer Geheimnisse."

„Ich freue mich Sie kennen zu lernen", sagte er und deutete eine leichte Verbeugung an. „Ich muss mich einen Moment um die Küche kümmern. Ich komme gleich noch mal bei Ihnen vorbei." Damit entfernte er sich mit freundlichem Nicken.

Frau Aaron setzte sich ans Fenster, Mag neben sie, und Sabine nahm den Stuhl ihnen gegenüber. Es waren Stühle mit hohen, gedrechselten Lehnen. Auf dem Tisch ein blütenweißes Tischtuch. Vier Bestecke lagen ausgerichtet auf den Plätzen, die Servietten hübsch gefaltet. Neben einer Blumenvase mit einfachen Gartenblumen stand eine Kerze, die Stratos angezündet hatte, bevor er ging.

„Wieso spricht er dich mit Sabine an?" Frau Aaron war misstrauisch. Sie hätte ihre Tochter gerne unter die Haube gebracht, aber doch nicht um jeden Preis. Gar mit einem Ausländer.

Sabine wusste genau, was ihre Mutter dachte, aber sie beruhigte sie. „Das hat nur den einen Grund, dass ich ihn ja ebenfalls mit dem Vornamen anspreche, wie du es bestimmt auch bald tun wirst."

„Ganz bestimmt nicht! Hallo Sie", rief sie Stratos an, der gerade im Durchgang zur Küche auftauchte. Er kam lächelnd an den Tisch. „Bitte Frau Aaron, haben Sie einen Wunsch?"

„Meine Tochter meint, ich solle Sie ebenfalls mit dem Vornamen ansprechen, aber ich bin nicht so schnell vertraut mit den Menschen. Wie heißen Sie?"

„Wissen sie, manche sagen zu mir Herr Wirt. Okay. Andere rufen Herr Ober oder einfach Kellner. Auch in Ordnung. Nur wenn mich jemand *hallo Sie* ruft, bin ich ein bisschen sauer."

Sabines Mutter wurde rot, aber bevor sie etwas erwidern konnte, sprach Stratos weiter. „Sie können mich natürlich mit meinem Familiennamen ansprechen." Er riss einen Zettel von seinem Block, nachdem er etwas darauf geschrieben hatte und reichte das Papier Frau Aaron.

Sie las, was da in Blockbuchs stand, riss ungläubig die Augen auf und fragte: „Das ist Ihr Name?", und als er ganz ernsthaft nickte, meinte sie: „Sie haben Recht. Ich werde Sie Stratos nennen."

Eine junge Frau brachte drei Speisekarten und fragte nach den Getränkewünschen. „Bringen Sie eine Flasche Rotwein bitte. Stratos weiß, was ich trinke."

Als Stratos sich mit der Serviererin zurückzog, nahm Mag den Zettel, den Margarete Aaron zusammengeknüllt hatte, vom Tisch und glättete ihn. Dann lachte sie so laut, dass alle Gäste den Kopf zu ihr drehten. Auf dem Zettel stand *Megalokonomos*.

„Siehst du Mama, ich habe es prophezeit. Das ist Akrobatik für eine deutsche Zunge, zumal wenn sie noch von Rügen kommt."

Bevor sie weiterreden konnten, brachte Stratos auf einem Tablett drei kleine Gläser mit einer ölig aussehenden Flüssigkeit und stellte sie vor den Frauen ab.

„Das haben wir aber nicht bestellt. Meine Tochter wollte Rotwein."

„Ich weiß", antwortete er, „in meiner Heimat bringt man das zur Begrüßung, vor dem Essen. Es ist eine Aufmerksamkeit des Hauses. Auf Ihr Wohl, meine Damen."

Sie nahmen die Gläser zur Hand, aber Frau Aaron roch erst mal misstrauisch daran, dann kostete sie vorsichtig, doch es schien ihr zu schmecken und sie trank das Gläschen auf einen Zug leer. „Was ist das? Schmeckt gut", nickte sie und leckte die Lippen mit der Zunge ab. „Das ist Ouzo, eine griechische Spezialität."

Genau zur gleichen Zeit betrat ein Mann eine Telefonzelle in der Annaberger Straße. Er sah auf einen Zettel und las die Nummer ab, die er wählte. In der griechischen Gaststätte am Harthwald 5 nahm die junge Frau am Büfett den Hörer ab und meldete sich. "Gaststätte am Harthwald, Antje Schindler am Apparat. Kann ich Ihnen helfen?"

„Ich hätte gerne Mag gesprochen", hörte sie aus dem Telefon eine Männerstimme.

„Ich kenne keine Mag."

„Ja, natürlich. Sicher weiß ihr Chef, wen ich meine. Sie ist mit Sabine Aaron bei ihnen zu Gast."

„Ah ja, ich weiß. Einen Moment bitte."

Sie legte den Hörer auf die Seite, ging um den Tresen herum hinüber auf die Terrasse. „Sind Sie Mag", fragte sie die Frau, die neben der älteren saß. Sabine kannte sie ja.

„Ja, was gibt es?"

„Man verlangt Sie am Telefon. Er hat seinen Namen leider nicht genannt. Wenn sie ihn sprechen wollen, der Apparat ist am Büfett."

„Ja, ich hinterlasse immer, wo ich zu erreichen bin. Ein Mann ist am Apparat? Gut, ich komme." Mag ging mit der Frau zum Büfett, nahm den Hörer und meldete sich. Die Frau machte lange Ohren, aber sie konnte nur hören, was Mag sagte.

„Ja, bitte? ...Ja, ich bin's, Mag. ...Was hast du? Mach keine Witze. ...Gut, einen Moment. Ich bin gleich wieder da."

Sie winkte Sabine zu und bedeutete ihr herzukommen. Beide trafen sich an der Tür, die vom Gastraum zur Terrasse führte. Mag senkte die Stimme und flüsterte leise.

„Ruf deinen Umbruchredakteur an. Er muss dir mehr Platz lassen auf der Titelseite, schnell."

„Wie stellst du dir das vor? Er hat mir schon die Seite für meinen Artikel gegeben. Der Satz ist wahrscheinlich fix und fertig. Vielleicht haben sie schon mit dem Druck begonnen. Die werden mich für verrückt halten."

„Probiere es! Ich bekomme ein Fahndungsbild, ein Phantombild des möglichen Schützen, der bei Möller geschossen hat. Frag Stratos, ob er ein Faxgerät hat." Damit sauste sie wieder zum Telefon.

„Ich bin wieder da. Pass auf, ich brauche das Bild sofort, aber ich muss es hier haben. Kannst du kommen? ...Natürlich, ich will auch nicht, dass man dich hier sieht. Ich stehe draußen, vorne an der Ecke zur Wolgograder. Nimm dir ein Taxi und mach dem Fahrer Dampf. Versprich ihm ein gutes Trinkgeld. Wie lange brauchst du?... Gut, in zehn Minuten. Ich bin draußen. Ende."

Mag legte das Telefon auf und drehte sich zu Sabine um, die hinter ihr stand und zugehört hatte. „Geh raus, und nimm dein Handy. Es muss keiner wissen, was du deinem Redakteur erzählst. Sowie das Bild hier ist, faxt du es. Wenn Stratos kein Fax hat, musst du es von zu Hause tun. Geh jetzt zu deiner Mutter und sage ihr, dass wir eine halbe Stunde zu tun haben. Ich muss raus."

Stratos, der verwundert die Hektik Mags und Sabines beobachtet hatte, sah Mag an und zuckte fragend mit den Schultern. „Bitte kümmern Sie sich um Sabines Mutter. Wir bestellen in einer halben Stunde. Stellen Sie Champagner kalt, wir haben was zu feiern. Danke, Stratos." Sie küsste ihn auf die Wange und eilte zur Tür.

Nach einer viertel Stunde saßen die beiden Frauen wieder am Tisch bei Frau Aaron. Das Fax war schon in Leipzig.

„Ich dachte, ich sei zu einem gemütlichen Abendessen eingeladen, dabei sitze ich die meiste Zeit alleine am Tisch. Wäre Herr Stratos nicht so ein charmanter Mann, weit gereist und intelligent, hätte ich mich gelangweilt." Frau Aaron war ärgerlich. Sabine entschuldigte sich, sagte aber nicht, worum es ging.

„Lass uns was zu essen bestellen. Ich weiß schon was ich nehme. Das überbackene Gyros mit Reis und Zaziki ist gut. Ich nehme aber den kleinen Teller."

„Wenn du meinst, dann nehme ich das Gleiche, aber einen großen Teller," entschied sich Mag.

Frau Aaron suchte lange in der Karte. Stratos kam an den Tisch. Er hatte während der Abwesenheit der beiden Frauen den Rotwein gebracht. „Schmeckt der Wein? Hat er die richtige Temperatur?" Nachdem Sabine mit dem Kopf genickt hatte, fragte er: „Haben Sie gewählt?"

Sabine bestellte für Mag und sich, und fügte hinzu: „Bei dem kleinen Teller Gyros bitte extra viel Knoblauch

„Und was darf ich für Sie bestellen?", fragte Stratos Frau Aaron.

„Ich werde das Schnitzel nehmen. Mit Champignons und statt Pommes Frites lieber Bratkartoffeln. Das kenne ich."

Nach dem Essen bestellte Sabine eine Flasche Champagner. Ihre Mutter meinte allerdings, einfacher Sekt reiche auch, aber die beiden widersprachen. „Heute werden wir die Sau rauslassen", lachte Mag.

Frau Aaron gefiel der Ausdruck überhaupt nicht. Trotzdem wurde es ein gemütlicher Abend, auch Sabines Mutter zierte sich ausnahmsweise mal nicht beim Trinken. Anscheinend schmeckte ihr der Champagner auch.

„Es ist das erste Mal, dass ich so was trinke", gestand sie leicht beschwipst. „Ihr wollt mir wirklich nicht sagen, warum ihr vorhin so hektisch wart und warum ihr beide nach draußen gegangen seid und warum du, Sabine, so lange telefoniert hast."

„Mag hat sich etwas auf nicht ganz korrekte Weise besorgt und ich habe es an meine Redaktion gefaxt. Morgen kannst du es in unserer Zeitschrift sehen."

„Wenn ich es morgen sowieso lesen kann, dann könnt ihr mir es auch jetzt zeigen. Ich finde es richtig aufregend, so einen Kriminalfall direkt mitzuerleben. Es ist doch für dich hoffentlich nicht gefährlich, Sabine?"

„Nein, Frau Aaron", beruhigte sie Mag, „eigentlich haben Sie Recht. Warum sollen Sie es nicht sehen. Es ist ein Phantombild von dem Mann, der bei Möller geschossen hat." Sie holte aus ihrer Tasche das Bild und zeigte es Frau Aaron..

Die sah es sich an und kicherte ein bisschen albern. „Ihr denkt wohl, ihr könnt eine alte Frau auf den Arm nehmen. Das ist doch der nette Herr..., Herr Mrotzek, mit dem ich mich heute Nachmittag so gut unterhalten habe."

Sabine riss ihr das Blatt aus der Hand und starrte darauf. „Das Bild sieht ihm tatsächlich ähnlich. Das fällt mir jetzt auch auf, ich hatte es gar nicht richtig angesehen. Du hast ihn doch auch gesehen, Mag. Sieht ihm das nicht ähnlich?"

Mag sah sich das Bild an. „Ich habe mir zwar das Bild richtig angeschaut, aber den Mann habe ich ja nur kurz gesehen. Er hat mich nicht interessiert. Sicher irrt ihr euch. Das war doch ein etwas altmodischer, aber seriöser Mann. Dem würde ich so was nicht zutrauen."

„Aber er ist es doch. Sieh es dir an, Sabine. Wie aus dem Gesicht geschnitten." Frau Aaron sah ihre Tochter an.

„Mutter hat Recht. Was tun wir jetzt. Ich bestelle ein Taxi und wir fahren ins Hotel. Vielleicht sitzt er ja noch an der Bar oder auf der Terrasse. Da können wir ihn mit dem Bild vergleichen."

„Das machst du nicht!", sagte Mag bestimmt. „Das ist zu gefährlich. Wenn er es tatsächlich ist, hast du doch erlebt, wie skrupellos er schießt. Willst du das riskieren? Wir werden jetzt Fux anrufen. Soll der sich darum kümmern und wenn das klappt, hast du bei dem einen Stein im Brett."

In einem Einfamilienhaus in Flöha gingen um diese Zeit die Lichter aus. Die Haustür wurde von einem Mann geöffnet, der sorgfältig hinter sich abschloss. Er ging auf die linke Seite des Hauses und öffnete mit der Fernbedienung die Garage. Langsam fuhr er über die kurze Auffahrt auf die Straße, ließ den Motor laufen, stieg aus und schloss das eiserne Gartentor. Danach fuhr er zügig auf die B 180 und wechselte hinter Dittersdorf auf die 174. In Reitzenhain, der Grenze zu Tschechien, saßen die Grenzer und Zollbeamten in ihrer Kabine vor einem tragbaren Fernseher und sahen irgendeine Musiksendung. Die zwei Leute, die draußen standen, wirkten müde und nach einem kurzen Blick auf den Ausweis des Fahrers winkten sie ihn durch.

Er fuhr weiter in Richtung Chomutov, bog aber bei Krimov rechts ab und kam auf schmalen Landstraßen zu einem kleinen Dorf. Auf dem Ortsschild war zu lesen, dass es Misto hieß. Der Mann durchfuhr das Dorf und etwa einen Kilometer dahinter bog er in einen Waldweg. Im Dunkeln tauchte ein einstöckiges Gebäude auf einer Waldlichtung auf, anscheinend eine Lagerhalle.

Nachdem der Autofahrer in ein Handy gesprochen hatte, öffnete sich fast lautlos ein großes Schiebetor. Er ließ den Wagen langsam in die Halle rollen, die nur von einer kleinen, matten Lampe beleuchtet war. Danach schloss sich das Tor. Erst dann wurde die volle Beleuchtung eingeschaltet und man konnte sehen, dass einige Frauen und Männer an vier Maschinen arbeiteten, die etwas verpackten. Was es genau war, konnte man von hier aus nicht erkennen.

Der Besucher wurde über einen langen Gang in ein Büro geführt, welches zweckdienlich, aber spartanisch eingerichtet war. Nüchterne Technik, kein Hauch von Bequemlichkeit. Die dem Schreibtisch gegenüberliegende Wand wurde von drei Bildschirmen bestimmt, die alle eingeschaltet waren. Die Bildschirmschoner flimmerten hektisch über die Scheiben.

„Sie waren lange nicht hier, drei Wochen."

Der Besucher antwortete ihm. „Genau zweiundzwanzig Tage. Ich hatte eine Sommergrippe und über Telefon wollen wir ja nicht kommunizieren. Das wäre zu riskant."

„Nun, der Laden läuft von alleine. Auch ohne Sie. Das Problem ist immer nur der Absatz. Wir können es uns nicht leisten größere Mengen hier zu lagern. Deshalb habe ich die Ladungen zu Ihnen geschickt."

„Geht schon in Ordnung", sagte der Gast. Ich habe Lagermöglichkeiten. Nur sollte sich das nicht zu oft wiederholen. Bei mir ist ziemlich viel Besucherverkehr. Es muss ja niemandem auffallen."

Eine Frau brachte Kaffee herein und der Mann hinter dem Schreibtisch, den der Gast mit Lautenschläger ansprach, holte eine Flasche Cognac aus seinem Schreibtisch und zwei Gläser.

„Nur einen Kleinen", meinte der Gast. „Ich will spätestens in zwei Stunden wieder hier weg und ich möchte mich nicht gerade mit Alkohol am Steuer stoppen lassen. Wir gehen nur mal die Lieferadressen für die nächsten zwei Wochen durch, damit alles wieder reibungslos läuft."

Beide gingen hinüber zu den Computern. Einer las aus einer Liste Firmennamen, Adressen und Liefermengen sowie Artikelnummern vor und der andere tippte sie in den Computer.

„Haben Sie noch genügend Vorräte, damit die Verpackungsmaschinen ausgelastet werden können?"

„Etwa acht Tage", meinte Lautenschläger", aber für den Donnerstag ist der nächste Transport angekündigt."

„Gut, sollte es Probleme geben, mailen Sie mich an. Die Codenamen für verschiedene Havarien kennen sie ja." Er grüßte und verabschiedete sich. Ein anderer brachte ihn hinaus zu seinem Wagen am Tor.

Das Haus in der Parkstraße lag etwas abseits der Straße. Eine hohe Hecke verwehrte Neugierigen den Einblick. Es war groß, aber nicht protzig. Obwohl ziemlich nahe am Zentrum, war es hier still und ruhig.

Hauptkommissar Fux saß im Erdgeschoss in einem Zimmer, das als Arbeitsraum eingerichtet war. Schräg in der Ecke stand ein kleiner Schreibtisch, auf dem einige Ordner lagen. An der rechten Seite des Raumes sah man einen Computerschrank mit herab schiebbarer Jalousie aus Kunststoff. Sie war ordentlich heruntergezogen und verbarg so den Rechner, den Monitor und den Drucker. Das Zimmer wirkte sehr aufgeräumt. Fux konnte Unordnung nicht leiden.

Er hatte es sich in einem Sessel gemütlich gemacht, die Füße auf einer gepolsterten Bank hochgelegt. Der Sessel und der kleine Beistelltisch, auf der linken Seite des Raumes, passten irgendwie nicht in das nüchterne Bild des Arbeitszimmers.

Fux hatte ein Glas Orangensaft neben sich stehen, dem er einen Schuss Cincano Bitter zugegeben hatte. Er hatte es sich zur Gewohnheit gemacht, nur Überstunden zu machen, wenn es unbedingt notwendig war und er achtete darauf, dass auch seine Mitarbeiter sich möglichst an den Acht-Stunden-Tag hielten. Es war allerdings nicht immer machbar. Wenn er nach Hause kam, setzte er sich in dieses Zimmer, überdachte noch mal den Tag und was ihm einfiel, tippte er in den Computer. Danach saß er noch eine halbe Stunde in diesem Zimmer und entspannte sich. Erst dann erledigte er seine übrigen Aufgaben.

Er schaute unwillig hoch, als das Handy klingelte. Es hatte nicht einen dieser aufdringlichen Tütelütüt-Rufe, sondern klingelte wirklich noch ganz normal. Er nahm das Handy hoch, hielt es an sein Ohr und sagte in ärgerlichem Ton: „Ja, Fux."

„Guten Abend. Hier ist Sabine Aaron. Sie wissen schon vom *Kaleidoskop*. Ich möchte...."

Fux unterbrach sie verärgert. „Frau Aaron! Ich habe Feierabend. Es ist unverschämt mich hier zu Hause zu belästigen.

Ich…"

Jetzt war es Sabine, die ihn unterbrach. „Herr Hauptkommissar, bevor Sie mir etwas unterstellen, hören Sie mich bitte an. Ich rufe Sie nicht grundlos an…."

„Woher kennen Sie eigentlich meine Nummer?"

„Jetzt ist es genug", unterbrach sie ihn scharf. „Holen Sie sich Verstärkung und fahren Sie zum Hotel am Theaterplatz. Dort wohnt der Schütze, von dem Sie ein Phantombild anfertigen ließen. Ich fahre jetzt los. Sie sollten mich ernst nehmen und meiner Bitte folgen."

„Woher wollen Sie wissen…"

„Schluss jetzt! Für Rückfragen ist später Zeit." Damit legte sie auf, und Fux schaute ärgerlich auf sein Handy.

Er kratzte sich ratlos den Kopf. Das kannte er schon aus einer Zeit in New York. Aufgeblasene Journalisten oder allwissende Bürger sehen in ihrer Einbildung den, der da abgebildet ist und denken, sie könnten eine Belohnung…." Jetzt unterbrach Fux sich selbst. Er begann logisch zu denken. Die Aaron machte einen vernünftigen Eindruck, die würde nicht… Er griff zum Handy und rief die Gläser an, die heute Bereitschaftsdienst hatte. Ohne viel zu erklären wies er sie an, zwei Streifenwagen zum *Günnewig* zu schicken, und sie solle selbst auch kommen. „Es wird möglicherweise eine Festnahme geben. Ich bitte um Vorsicht. Der Mann, um den es geht, ist bewaffnet und macht ohne Bedenken von seiner Waffe Gebrauch. Ich fahre jetzt los."

Noch während des Gesprächs hatte Marlene Gläser den Knopf gedrückt, der in der Wache Bereitschaft auslöste, und jetzt sprach sie ihre Befehle ins Mikrofon. Als sie die Treppe hinuntereilte, hörte sie bereits den durchdringenden Ton der Martinshörner, mit dem die Streifenwagen losfuhren.

Fux war der erste, der am Hotel ankam. Von Sabine war nichts zu sehen. Er sah sich ärgerlich um. Die Halle war fast leer, ein Pärchen saß an einem der kleinen Tische und unterhielt sich. Hinter dem Tresen der Rezeption saß ein älterer Mann, der anscheinend Kreuzworträtsel löste.

Da sah Fux Sabine durch die Eingangstür kommen. Hinter ihr gingen zwei Damen, eine schon älter, die andere ein bisschen jünger, die von Sabine beide ins Restaurant geschickt wurden. Er ging rasch auf Sabine zu.

„Was ist los? Sagen Sie mir einen guten Grund warum ich hier bin." Sabine zog das gefaltete Fahndungsbild aus der Tasche und hielt es ihm hin. „Dieser Mann heißt Mrotzek und wohnt in diesem Hotel."

Sabine wollte losrennen, aber Fux hielt sie mit einem festen Griff am Arm. „Warten Sie ab".

Er ging zur Rezeption, riss den Mann aus seinen Gedanken und hielt ihm das Bild vor die Nase. „Kennen Sie diesen Mann?"

Der Pförtner rückte seine Brille zurecht und hielt sich das Bild direkt an seine Augen. „Ich darf Ihnen darüber keine Auskunft geben. Es tut mir Leid."

Fux zückte seinen Ausweis.

„Hauptkommissar Fux, 1. Mordkommision. Jetzt sagen Sie mir schnell, ob dieser Mann in Ihrem Haus wohnt und wo!"

Der Mann wollte nochmals auf das Bild sehen, aber Sabine unterbrach ihn. „Er heißt Mrotzek. Welches Zimmer? Haben Sie einen Generalschlüssel, falls wir ihn brauchen?"

Der alte Mann war verdattert, aber als er die Sirenen der Streifenwagen hörte, die vor der Eingangstür anhielten, gab er Fux die Zimmernummer und eine Chipkarte. „Die passt für alle Zimmer."

Wieder wollte Sabine losrennen und wieder hielt Fux sie fest.

„Sie bleiben hier!", sagte er bestimmt. „Da kommt Oberkommissarin Gläser. Frau Gläser, Sie kommen mit mir, zwei Mann bleiben hier stehen und zwei Mann nehmen den Aufzug. Keine Alleingänge, meine Herren."

Er und Gläser stürmten die Treppe hoch. Im zweiten Stock suchten sie die Zimmernummer und winkten die beiden Polizisten heran, die soeben mit dem Aufzug ankamen. Es fiel kein Wort. Fux stellte sich neben die Zimmertür und zog die Gläser hinter sich . Die beiden anderen Polizisten wies er auf die andere Seite der Tür. Er klopfte an und als er keine Antwort bekam, klopfte er nochmals etwas lauter.

„Bitte Herr Mrotzek, hier ist der Zimmerkellner", rief er und wusste sofort, welcher Blödsinn das um diese Uhrzeit war. „Machen Sie bitte auf, hier ist die Polizei." Wieder bekam er keine Antwort. „Wir öffnen die Tür. Gehen Sie von der Tür weg!"

Auf einen Wink steckte einer der Polizisten die Chipkarte in den Schlitz, zog sie wieder heraus und trat sofort zurück. Mit einem Ruck drückte Fux die Tür auf und alle vier stürmten mit vorgehaltenen Pistolen in das Zimmer.

„Waffen weg! Polizei!", schrien sie laut, kontrollierten alle Winkel und einer schob die Tür zum Bad auf. Das Zimmer war leer.

Mrotzek hatte im Speisesaal des Hotels zu Abend gegessen. Sein Zimmer hatte er bereits bezahlt, denn er wollte sehr früh zum Bahnhof. Als er an der Rezeption vorbeiging, sah er dort einen Mann stehen, der mit dem Pförtner diskutierte. Dann entdeckte er diese Journalistin, diese Aaron und auch sie redete aufgeregt mit dem Pförtner und hielt ihm ein Blatt Papier vor die Nase, das dieser eingehend studierte. Mrotzek war schon im zweiten Stock angelangt, als er die Sirenen der Polizeifahrzeuge hörte. Blitzschnell, wie man ihm das bei seiner Statur nicht zugetraut hätte, rannte er in sein Zimmer. Er packte die Tasche mit dem Präzisionsgewehr. Vorsichtig öffnete er die Tür einen Spalt. Es war niemand zu sehen. Ruhig ging er zu der Tür, die auf die Treppe führte und ging hinab. Er hörte, wie Stiefel die Treppe herauf klapperten und drückte schnell die Klinke einer Holztür. Er hatte Glück, sie war offen. Er schlüpfte in die kleine Kammer, die anscheinend die Wäschekammer war. Als die Polizisten draußen vorbeigerannt waren, trat er hinaus auf die Treppe und ging schnell, aber ohne Hast bis ins Erdgeschoss. Er wusste, wo die kleine Tür für das Personal war. Er ging hinaus und verschwand in Richtung Brühl durch den kleinen Park.

Noch während die Polizisten das leere Zimmer Mrotzeks untersuchten, stand Sabine plötzlich im Raum. Sie hatte Mags kleine Kamera in der Hand und fotografierte die Polizisten in ihren schusssicheren Westen mit der breiten Aufschrift auf dem Rücken *POLIZEI*. Bevor sich Fux versehen konnte, war auch er auf dem Film.

„Bitte Frau Aaron, ich möchte das nicht. Bitte geben Sie mir die Kamera. Sie haben keine Erlaubnis, hier zu fotografieren."

„Ich brauche keine Erlaubnis. Das ist ein Hotelzimmer, welches ich mir ansehe. Wäre es ein Tatort, könnten Sie mir das verbieten. Das ist es aber nicht. Und ein Bild vom Leiter der SOKO GIFT, so nennen Sie doch ihre Einheit, ein Foto von Ihnen darf ich auch machen. Sie sind eine Person des öffentlichen Rechts.”

„Bitte Frau Aaron, ich habe meine Gründe. Trinken Sie mit mir noch eine Tasse Kaffee? Da können wir miteinander reden und vielleicht verstehen Sie mich. Sie können ihre Gouvernante ruhig mitbringen.” „Okay, ich begleite nur noch meine Mutter in ihr Zimmer.”

Es dauerte nicht lange bis Fux in der Tür des Restaurants stand. Das Lokal war nur noch spärlich besetzt und die Kellner sahen missmutig auf den neuen Gast, der so spät noch hier hereinplatzte. Sie waren jedoch so gut erzogen, dass sie es sich nicht anmerken ließen. Fux bestellte einen Campari Bitter mit Orangensaft. Zu Sabine sagte er: „Mein Dienst ist beendet. Ich darf das jetzt”. Er lächelte Sabine an. Mag war noch bei Sabines Mutter geblieben, die ziemlich aufgeregt war.

„Ich habe noch die Fahndung eingeleitet. Vielleicht läuft uns der Kerl ja doch noch in die Arme. Man muss alles selbst machen. Ich hatte heute Abend meine Kollegin angewiesen das Fahndungsbild an alle Medien zu schicken. Sie hat es in die Poststelle gelegt. Das heißt, da niemand mehr da war, geht das alles erst morgen früh raus. Und das im Zeitalter des Fax und des Internet. Ich kann diese Schlamperei nicht begreifen. Wir suchen einen Mörder und warten auf die Kollegen der Frühschicht. Diese Beamtenmentalität will ich ausmerzen und das werde ich.”

„Ihre Leute werden auch überarbeitet sein. Da kann doch so was mal passieren”, wollte Sabine Fux ein bisschen besänftigen.

„Das kann nicht sein! Aber es geht eigentlich um etwas anderes. Wie kommt es, dass Sie das Bild haben? Nur die Kollegen in den Streifenwagen und die der Dienststellen haben das Bild bis jetzt. Da hat Kommissar Bräge gespurt. Also woher haben Sie es?”

Sabine lächelte ihn unschuldig an. „Aber Herr Hauptkommissar. Sie wissen doch genau, dass ich Ihnen das nicht sagen werde. Ich werde doch keinen Informanten verraten, außerdem kenne ich seinen Namen sowieso nicht.”

„Ich habe mir doch gleich gedacht, dass da Frau Müller dahintersteckt.”

„Wer ist Frau Müller?”

„Stellen Sie sich nicht dumm. Das haben wir doch nicht nötig. Ich meine Ihre ständige Begleiterin. Frau Margot Müller.”

„Wie heißt die? Mag heißt Margot Müller?” Sie konnte sich ein lautes Lachen nicht verkneifen und prustete los. „Margot Müller.”

Fux begriff nicht, was es da zu lachen gab.

„Ach, Herr Hauptkommissar. Mag schreibt Bücher, sie ist bekannt. Und sie schreibt unter dem Namen Mag. Sonst nichts. Keinen Nachnamen. Es wäre doch eine Lachnummer, wenn die geheimnisvolle Mag plötzlich Margot Müller heißt. Einen profaneren Namen kann es wohl kaum geben. Aber wir waren bei meinem Informanten, der mir das Phantombild besorgte. Ich werde Ihnen den Namen nicht nennen!”

„Das habe ich vermutet”, meinte Fux, „Sie hätten mich auch enttäuscht, wenn Sie es getan hätten, und schließlich hat es ja geholfen, den anscheinend richtigen Mann zu finden. Ich will Sie jedoch um etwas anderes bitten. Sie haben vorhin Bilder geschossen. Es wäre mir angenehm, wenn Sie mich nicht in den Vordergrund stellen würden.”

„Aber warum nicht?, Sie haben Ihre Arbeit doch gut gemacht. Wären Ihre Kollegen nicht mit der Sirene angekommen, hätten wir ihn gekriegt. Der Pförtner sagte mir, dass Mrotzek, kurz bevor wir ankamen, noch im Restaurant saß.”

„Sehen Sie, Frau Aaron, gerade das will ich vermeiden. Da ist der große und kluge Leiter der SOKO GIFT, der Hauptkommissar Fux, und da sind die dummen Streifenpolizisten. Ich bin neu in der Truppe. Diese Darstellung würde mir schaden. Bitte stellen Sie die Jungs in Uniform heraus. Erwähnen sie Oberkommissarin Gläser. Wenn sie mich unbedingt nennen wollen, dann bitte in einem Nebensatz. Verstehen Sie das? Ich will nicht der große Zampano sein.”

„Gut, ich werde sehen, wie sich das schreiben lässt. Sie haben sicher recht. Wenn Sie herausgehoben würden, wäre das ein Image, das Ihrer Kompetenz schaden könnte. Ich hatte Sie nach unserer gestrigen Begegnung nicht so sensibel eingeschätzt.”

„Wegen gestern muss ich mich bei Ihnen entschuldigen. Ich war ein bisschen nervös und habe falsch reagiert. Ich hoffe, Sie nehmen meine Entschuldigung an."

„Ach Fux, warum müsst ihr Männer immer den Macho spielen. Geht es anders nicht viel besser?" „Ich bin kein Macho, Sabine." Er nannte sie beim Vornamen. „Ich bin ungeduldig, ich will verändern, aber manchmal falle ich aus der Rolle."

Dienstag, 7. August 01

Es ist 7.00 Uhr. Fux liest Protokolle, die gestern und vorgestern von seinen Leuten erstellt wurden. Alle Personen, die am Sonntag bei der Jubiläumsfeier anwesend waren, sind vorläufig befragt worden. Unger hatte das verlangte *Tat-Buch*, wie es Fux nannte, vorbildlich geführt. Nichts war vergessen. Langsam kamen die Leute zum Dienst. Für 7.30 Uhr war eine erste Besprechung angesagt.

Pünktlich saßen alle um den großen, rechteckigen Tisch im Konferenzzimmer der Polizeistation auf der Annaberger Straße. Fux begrüßte seine Kollegen. „Also Leute, wollen wir mal zusammenstellen, was wir haben. Zuerst möchte ich Oberkommissar Unger ein Lob aussprechen. Er hat sehr gute Arbeit geleistet, so dass sich jeder leicht einen Überblick verschaffen kann. Das Buch, in welchem alle Protokolle in Kurzfassung festgehalten wurden, wird für jeden einsehbar hier ausliegen. Es wurden ebenfalls alle Beweisstücke festgehalten und registriert, beziehungsweise analysiert. Ich will das deshalb nicht im Einzelnen besprechen.

Vorher möchte ich Ihnen allerdings noch mitteilen, dass wir gestern eine heiße Spur verfolgten, nach einem Hinweis der Journalistin vom *Kaleidoskop*. Sie teilte uns mit, dass sie und zwei andere Personen auf einem Phantombild den Mann erkannten, der wahrscheinlich den tödlichen Schuss auf Herrn Harald Meißner abgab. Leider sind wir zu spät gekommen. Er hatte uns bemerkt, weil die Kollegen der beiden Streifenwagen klugerweise mit Sirene und Blaulicht das Hotel anfuhren, in dem dieser Mann unter dem Namen Mrotzek wohnte. Ich möchte das aber jetzt nicht kommentieren. Frau Oberkommissar Gläser, die gestern Abend dabei war, wird ein Protokoll erstellen.

Er wandte sich an Unger. „Herr Unger würden Sie bitte die

einzelnen Ermittlungen erläutern, die uns eventuell weiterbringen können."

Unger hatte einen roten Kopf bekommen, als er so unerwartet von Fux gelobt wurde. Er wollte aufstehen, aber Fux bat ihn sitzen zu bleiben. „Ich beschränke mich zuerst auf die relevanten Fakten, die noch weiter zu klären sind. Da ist zuerst die Schauspielerin Eleonore Giese. Sie deutete an, dass Herr Meißner eine Beziehung zu der Frau des Herrn Möller, dem Gastgeber der Sonntagssparty, hatte. Dazu muss ich sagen, dass Herr Möller sechsundfünfzig Jahre alt ist, seine Frau Sonja ist sechsundzwanzig. Die Behauptung der Giese wurde von dem Ehepaar Möller heftig bestritten. Nach deren Angaben, ist die Ehe harmonisch und glücklich. Beweise dafür oder dagegen konnten nicht ermittelt werden."

Fux unterbrach ihn. „Entschuldigen Sie, Herr Unger. Ich denke, da sollten wir sehr schnell dranbleiben. Frau Gläser, würden Sie bitte dieser Schauspielerin einen Besuch abstatten und versuchen deren Behauptung zu verifizieren. Lassen Sie sich nicht abwimmeln. Danach gehen Sie zur Villa Möller und versuchen Frau Möller alleine zu befragen. Vielleicht ist sie offener, wenn ihr Mann nicht dabei ist. Nehmen Sie einen uniformierten Kollegen mit. Möglicherweise macht das Eindruck, aber lesen Sie zuerst die Protokolle. Die Befragung der Frau Giese ist in Nummer sieben des Tat-Buches protokolliert, die der Frau Möller in Nummer zwölf. Lassen Sie sich das ausdrucken.

Bitte Herr Unger, fahren Sie fort." Unger wartete, bis sich die Unruhe des Stühlerückens gelegt hatte und Frau Gläser mit einem Kollegen den Raum verlassen hatten.

„Eine weitere Auffälligkeit kam bei der Befragung des Zeugen Salfelder heraus. Er ist Inhaber einer Großhandelsfirma, die mit Medikamenten handelt. Wir hatten ja die richterliche Genehmigung zur Überprüfung aller Konten. Bei Herrn Salfelder ist da kaum durchzublicken, denn er besitzt Firmen in vielen Staaten Europas, unter vielen Namen, alle miteinander rechtlich verbunden, sogar eine Firma in den USA gehört zu seinem Imperium. Ich habe die Unterlagen an die Kollegen der Wirtschaftskriminalität weitergegeben. Von dort ist noch keine Auskunft zu bekommen."

„Ich werde mich darum kümmern", sagte Fux. „Vielleicht nehmen die das noch nicht ernst genug."

Unger fuhr fort. „Eine andere Besonderheit ergab sich bei der Zeugin Brunner. Frau Brunner besitzt sieben Gaststätten in Chemnitz. Bei ihren Konten war auffällig, dass regelmäßig, das heißt monatlich, jeweils 10 000 D-Mark in bar abgehoben wurden. Frau Brunner behauptet, das Geld sei für die täglichen Ausgaben verwendet worden. Wenn man jedoch dazu die Ausgaben auf Kreditkarten hinzuzählt, müsste sie jeden Tag Kaviar essen und Champagner trinken. Das wäre im Groben das, was mir auffiel."

„Da wollen wir mal", sagte Marlene Gläser zu ihrem Kollegen und drückte den Klingelknopf zu der Wohnung im 2. Stock. Lange Zeit rührte sich nichts und Marlene klingelte nochmals. Jetzt waren drinnen Schritte zu hören und man konnte sehen, dass hinter dem Spion jemand nach draußen sah.

„Bitte machen Sie auf, Frau Giese. Kriminalpolizei, Oberkommissarin Gläser."

„Haben Sie einen Ausweis?", fragte eine mürrische Stimme auf der anderen Seite der Tür und Marlene Gläser hielt ihren Dienstausweis vor den Spion. Zaghaft wurde die Tür einen Spalt geöffnet, aber die Kette nicht weggenommen. „Geben Sie her!", sagte die Stimme und streckte die Hand durch den Türspalt. Die Tür fiel wieder ins Schloss und nach einer Weile wurde sie wieder geöffnet. Ein hutzeliges Alt-Frauen-Gesicht schaute durch den Spalt. Die Frau gab den Ausweis zurück und öffnete endlich.

„Man muss heute so vorsichtig sein; man liest ja jeden Tag was Neues in der Zeitung. Fremden öffne ich niemals."

„Das machen Sie sehr gut, Frau Giese. Ich habe mir das zu Hause genau so angewöhnt. Dürfen wir hereinkommen?"

Jetzt erst trat die Frau zurück und ließ die beiden Beamten in die Wohnung. Der Korridor wurde von einer düsteren Lampe kaum erhellt und die Frau schlurfte vor den beiden ins Wohnzimmer. Die Möbel waren geschmackvoll, aber man sah ihnen an, dass sie schon ein paar Jahre hinter sich hatten. Irgendwie machte der Raum einen altmodischen Eindruck. Die Wände waren über und über mit vergilbten

Fotografien bedeckt, die irgendwelche Leute in Theaterkostümen zeigten. Es schien, als ob die alte Frau ganz in der Vergangenheit lebte. Sie zeigte auf einen Sessel und nickte Oberkommissarin Gläser zu, darin Platz zu nehmen.

„Sie können sich dort auf den Stuhl setzen, bei dem anderen Sessel sind die Beine wackelig und ich möchte ja nicht, dass sich ein Polizist bei mir vielleicht den Hals bricht.” Sie lachte meckernd und dirigierte den Polizisten zu dem Stuhl in der Ecke.

„Was wollen Sie? Kommen Sie wegen der Sache bei Möller? Das habe ich doch Ihrem Kollegen schon erzählt. Ich habe nichts gesehen.”

„Ja Frau Giese, wir haben noch ein paar Fragen. Das ist Polizeimeister Haumüller. Frau Giese, es geht um Folgendes: Sie hatten bei unserem Kollegen angedeutet, dass es da zwischen Frau Möller und dem Toten, Herrn Meißner, ein engeres Verhältnis gab.”

Frau Giese war beleidigt. „Das finde ich aber ungezogen von Ihrem Kollegen. Ich habe ihm das unter dem Siegel strengster Verschwiegenheit erzählt. Dass er darüber quatscht, das hätte ich ihm nicht zugetraut. Dabei haben wir uns so angenehm unterhalten. Ich habe ihm sogar noch einen Kaffee gemacht.”

„Frau Giese, mein Kollege darf in einem Mordfall nichts verschweigen was ihm zur Kenntnis gekommen ist. Er muss darüber ein Protokoll anfertigen, das gerichtsverwertbar ist, wenn es nötig wird. Wir sind deshalb hier. Sie müssen das Protokoll unterschreiben.”

„Ich unterschreibe gar nichts, wenn darin etwas von meiner Mitteilung über das Verhältnis von Harald Meißner mit der Frau von Möller steht. Ich weiß zwar, dass dies effektiv stimmt, ich habe sie zweimal in einem Hotel in Röhrsdorf verschwinden sehen, ich habe dort jeden Mittwoch meinen literarischen Zirkel, aber was denken sie, was mir passiert, wenn die Möllern das herauskriegt.”

Frau Gläser wollte die alte Dame beruhigen, aber sie weigerte sich zu unterschreiben.

„Frau Giese, so Leid es mir tut, dann muss ich Sie bitten auf dem Revier vorbeizukommen. Dann wird Sie der Staatsanwalt über ihre Pflichten belehren. Wenn Sie unterschreiben, versichere ich Ihnen, dass wir das absolut vertraulich behandeln.”

„Genau das hat mit Ihr Kollege auch versprochen. Geben Sie den Wisch her! Ich unterschreibe."

„Darf ich Sie zuerst bitten, mir Ihren Personalausweis zu zeigen, ich bin verpflichtet, Ihre Identität zu prüfen."

Die alte Dame murmelte erbost etwas vor sich hin, bevor sie der Gläser den Ausweis hinwarf. „Hier! Und wehe Ihnen, es erfährt jemand etwas davon. Das ist Rufschädigung."

Marlene Gläser verstand das nicht, schüttelte den Kopf und sah sich den Ausweis auf beiden Seiten an, dann schaute sie Frau Giese tadelnd an. „Frau Giese, was soll das? Es nutzt Ihnen doch nichts, wenn Sie mir einen falschen Ausweis geben. Hier steht Ella Giest.

„Na und? So heiße ich nun mal. Eleonore Giese ist mein Künstlername und alle kennen mich so. Können Sie sich vorstellen, was die Kollegen aus meinem richtigen Namen machen würden? Jedes Mal wenn mein Name auf einem Programmzettel stünde, würde irgendein ein Dummkopf fragen: *Was tut sie, wenn sie nicht gießt.*"

Oberkommissarin Gläser wurde verlegen. „Bitte entschuldigen Sie, ich weiß natürlich, dass Sie mal Schauspielerin waren."

„Papperlapap! Man kann mal Kriminalkommissar gewesen sein. Künstler bleibt man auch, wenn man in Rente geht. Schauspieler ist man immer, bis zum Tod. Noch heute sind die Leute stolz auf die Bekanntschaft mit mir. Wenn früher der Name Giese auf der Besetzungsliste stand, war es schwer Karten zu bekommen. Alle Vorstellungen waren ausverkauft und die Leute jubelten mir zu nach den Verbeugungen am Ende. Ich hatte nicht selten mehr als zehn Vorhänge."

Marlene Gläser nahm das unterschriebene Protokoll und steckte es in ihre Tasche. Sie nahm sich vor, mal im Internet zu stöbern, um den Namen Eleonore Giese zu suchen. (Und sie fand heraus, dass die Giese immer nur in unbedeutenden Nebenrollen erwähnt wurde.)

Fux klingelte an der Tür der Villa von Doktor Möller. Die Tür öffnete sich, ein junger Mann stand vor ihm, die Haare mit Gel in alle Richtungen gestylt. Über dem Auge, durch die linke Augenbraue gestochen, ein silberner Ring. „Ja, was is'n?"

Fux zog die Brauen hoch. „Ich möchte gerne Doktor Möller sprechen.”

„Der is nich da!”, sagte der junge Mann und knallte die Tür wieder zu. Fux klingelte wieder, und da sich nichts rührte, ließ er den Finger auf dem Klingelknopf.

Jetzt hörte man im Inneren ein Frauenstimme. „Ja, doch. Ich komme ja.” Die Tür wurde geöffnet, und eine ältere Frau sah Fux freundlich an. „Bitte, kann ich Ihnen helfen?”

„Ich würde gerne Doktor Möller sprechen.”

Die Frau schüttelte den Kopf. „Das tut mir Leid. Doktor Möller ist geschäftlich unterwegs.”

„Wer sind Sie? Gehören Sie zur Familie?” Dass es Möllers Frau nicht sein konnte, wusste Fux, denn die war ja wesentlich jünger als der, wie er aus den Protokollen erfahren hatte.

Die ältere Frau schüttelte den Kopf. „Ich bin die Hausdame, eine Art Mädchen für alles. Ich kümmere mich ums Personal.”

„Dann waren Sie sicher an diesem Sonntagabend auch dabei, als die beiden Männer getötet wurden.”

„Ja, natürlich. Ich war aber in der Küche und nicht direkt Zeuge. Aber das habe ich doch alles zu Protokoll gegeben.”

„Ich weiß Frau...?

„Auerswald, Rita Auerswald.”

„Frau Auerswald, aber das war nur eine vorläufige Befragung aller Anwesenden. Ich habe schon noch ein paar Fragen zu den Vorfällen. Mich interessiert zum Beispiel, wo die Sektgläser gefüllt wurden. Das geschah doch sicher in der Küche? Und wer hat das getan?”

„Das war die Aufgabe von Maria, aber wir haben alle dabei geholfen, denn es mussten doch dreißig Gläser gefüllt werden. Bis das letzte voll wäre, würde das erste schon wieder abgestanden sein.”

„Ja, das leuchtet ein. Wer ist Maria? Und wer war noch dabei?”

„Sie denken doch nicht, dass einer von uns den Herrn Ebert vergiftet hat? Da liegen Sie falsch. Also Maria, das ist die kleine Vietnamesin, die sich bei Herrn Salfelder um den Haushalt kümmert. Sie ist Studentin und wird immer wieder mal bei besonderen Anlässen von verschiedenen Leuten beschäftigt. Bei uns war sie schon einige Male, wenn wir Gäste hatten."

„Maria? Das hört sich aber nicht vietnamesisch an."

Frau Auerswald lachte. „Das fragt jeder, der die Kleine zum ersten Mal kennen lernt. Ihr Vater war Deutscher, sie heißt Maria Kramer und ist in Deutschland geboren. Sie sprich akzentfrei deutsch."

„Und wer war noch dabei?", erinnerte Fux an seine Frage.

Frau Auerswald dachte nach und zählte dabei an den Fingern ab. „Also, da war Walter, der Koch und zwei fremde Leute von einem Party-Service, ein Mann und eine Frau. Namen kenne ich nicht. Und Alice, das Zimmermädchen. Sie kümmert sich um die Sauberkeit im ganzen Haus und lässt die Wäsche waschen. Sehr ordentlich, wirklich.

Es klingelte an der Tür, Frau Auerswald entschuldigte sich bei Fux und ging öffnen. Sie kam mit Sabine Aaron zurück in die Wohnung. Fux war erstaunt.

„Wie kommen Sie hierher?"

„Mit dem Auto", sagte Sabine und lachte.

Fux musste ebenfalls lachen. „Ich habe natürlich gemeint, warum Sie herkommen?"

„Mir fiel etwas ein. Vielleicht stimmen Sie mir zu. Dies hier ist der Raum, in dem der Mann erschossen wurde und ein anderer vergiftet. Man sollte alle damaligen Gäste hierher rufen und sie sollten sich genau an den Platz stellen, den sie an diesem Abend einnahmen. Vielleicht könnte man dann rekonstruieren, wer Gelegenheit hatte Gift in das Glas zu manipulieren."

„Das wäre..."

Sabine unterbrach Fux und wandte sich an Frau Auerswald. „Was ist denn mit dem hübschen Rhododendron passiert?"

Die Pflanze in dem rechten Kübel hatte alle Blüten verloren.

Frau Auerswald zuckte mit den Schultern. „Wir wissen es nicht. Auch der Gärtner hat sich die Pflanze angesehen. So was habe er noch nicht erlebt. Der linke Strauch ist doch noch in voller Blüte."

Fux wurde jetzt nachdenklich. „Was ist, wenn man einen Rest des Giftes in dem Blumenkübel entsorgt hat? Ich werde auf alle Fälle unseren Weber mal anrufen, das ist der Chef der KTU. Soll der doch mal eine Probe der Blumenerde entnehmen. Vielleicht bringt es ja etwas.”

Sabine und Frau Auerswald waren da allerdings etwas skeptisch. Frau Auerswald fiel aber noch etwas anderes ein. „Sie wollen hier alle Gäste noch mal aufstellen, wie sie an diesem Abend standen, als das passierte? Das wird schwierig werden, aber da war doch der Herr Hausmann. Das ist ein Mann aus Herrn Doktor Möllers Firma. Er ist ein Amateurfilmer. Herr Doktor Möller lässt ihn alles dokumentieren, was in der Firma passiert. Geburtstage von verdienten Mitarbeitern, Eröffnung neuer Verkaufsstellen und so weiter. Er lief doch an diesem Abend überall mit der Kamera herum. Haben Sie sich denn diesen Film schon mal angesehen?”

Fux glaubte, nicht richtig gehört zu haben. „Da gibt es also einen Film von diesem Abend und keiner erzählt mir davon. Wussten Sie das nicht, Frau Aaron?”

Sabine schüttelte den Kopf. „Mir ist das nicht aufgefallen. Ich war damit beschäftigt mir alle die Namen von den Leuten zu merken, mit denen ich von Mag bekannt gemacht wurde. Auf eine Kamera habe ich nicht aufgepasst.”

„Okay”, meinte Fux. „Das ist jetzt nicht mehr zu ändern. Wer ist dieser Hausmann. Haben Sie dessen Adresse, Frau Auerswald?”

„Das ist kein Problem. Ich habe Ihren Kollegen eine Liste aller Gäste übergeben, die an diesem Abend hier waren, mit Adressen und Telefonnummern. Ich kann Ihnen ein Duplikat davon holen.” Sie ging aus dem Zimmer und kam nach kurzer Zeit mit der Liste wieder, die sie Fux überreichte.

Fux bedankte sich und sah Sabine an. „Ich werde mich sofort darum kümmern. „Haben Sie Lust, mitzukommen?” Er verabschiedete sich von Frau Auerswald und ging zur Tür. Dort drehte er sich noch mal um, sah Frau Auerwald an und fragte: „Wer war übrigens der unhöfliche, junge Mann, der mir zuerst die Tür öffnete?”

„Ach, das war Ronald, der Sohn von Doktor Möller. Nehmen Sie es ihm nicht übel. Er tut mir Leid. Ich kenne ihn seit seiner Geburt, jetzt ist er siebzehn, aber seitdem Doktor Möller diese junge Frau hat, kümmert sich niemand um ihn. Mit seiner Stiefmutter steht er auf Kriegsfuß und sein Vater redet kaum mit ihm. Er braucht Liebe.”

„Noch eine delikate Frage, Frau Auerswald: Wie ist die Ehe

zwischen Doktor Möller und seiner jungen Frau? Ist da alles in Ordnung?"

„Wissen sie, Herr Hauptkommissar, ich bin jetzt viele Jahre bei Doktor Möller. Ich habe seine erste Frau gekannt. Ich habe den Sohn der beiden großgezogen. Die Eheleute waren sehr fleißig und selten hatten sie Zeit für ihn. Seine Mutter ist vor vier Jahren gestorben. Ich erzähle nichts über die privaten Verhältnisse meines Arbeitgebers. Weder über die erste Ehe, noch über die zweite."

Fux sah Frau Auerswald an. „Sie müssen uns alles sagen, was Sie wissen. Das ist Ihnen doch klar? Wir ermitteln in einem Mordfall."

„Ich muss aber nicht alles wissen, oder?"

Mehr bekam Fux nicht aus der älteren Dame heraus.

Oberkommissarin Gläser war mit Haumüller inzwischen in der Wohnung der Zeugin Brunner im Schösserholz angekommen. Eine junge Frau hatte ihnen die Tür geöffnet und sie in ein großes, gut eingerichtetes Zimmer geführt. Marlene Gläser setzte sich in den angebotenen Sessel und ihr Kollege blieb stehen und sah sich die Bilder an, die an den Wänden hingen.

„Ob das alles Originale sind?", fragte er, aber bekam keine Antwort mehr, weil eine elegante Frau den Raum betreten hatte. „Ich bin Beate Brunner", sagte sie. „Was kann ich für Sie tun?"

Die beiden Beamten stellten sich vor und erklärten Frau Brunner, dass sie noch einige Auskünfte brauchten. „Wir haben mit richterlicher Genehmigung Ihre Konten überprüft und festgestellt, dass Sie seit Monaten regelmäßig monatlich zehntausend Mark in bar abheben. Werden Sie erpresst?"

„Was fällt Ihnen ein? Ich hebe von meinem Konto ab, was ich will und bin ihnen keine Rechenschaft schuldig." Beate Brunner war empört.

„Frau Brunner. Ich mache lediglich meine Arbeit und ich kann mir nicht vorstellen, warum Sie so große Summen bar abheben, obwohl Sie vier verschiedene Kreditkarten haben."

„Sie müssen sich auch nichts vorstellen. Ich bitte Sie mein Haus zu verlassen. Meine Geldangelegenheiten gehen Sie gar nichts an."

In diesem Moment kam ein Mann ins Zimmer. Er war mindestens ein Meter neunzig groß und hatte breite Schultern. „Was ist los?", fragte er mit einem russischen Akzent. Beate Brunner sagte es ihm.

„Wer sind Sie?", wollte Oberkonmmissarin Gläser wissen.

„Das ist mein Lebensgefährte", sagte Frau Brunner. „Jewgeni Charkow. Er kümmert sich um meine Geschäfte. Sie wissen wahrscheinlich, dass ich im Gaststättengewerbe tätig bin und da ist ein Mann sehr nützlich."

„Verlassen Sie unverzüglich das Haus", sagte der Russe und fasste Marlene Gläser mit festem Griff am Oberarm.

„Lassen Sie mich sofort los!". Frau Gläser sah dem Mann fest in die Augen und streifte seine Hand von ihrem Arm. „Ich werde Ihnen beiden eine Vorladung schicken. Dann können wir uns in meiner Dienststelle weiter unterhalten." Sie drehte sich um und ging mit Haumüller aus der Wohnung.

„Ich werde mich bei Herrn Manet über Sie beschweren", rief ihnen Frau Brunner hinterher.

„Dieser Jewgeni Charkow gefällt mir gar nicht", meinte die Gläser zu Haumüller. „Ich glaube, der hat hier das Sagen. Den werde ich mal überprüfen."

Hausmann, der Amateurfilmer, wohnte in einem kleinen Haus am Hutholz. Es war nicht sehr groß und hätte dringend eine Renovierung nötig gehabt. Als Fux klingelte, wurde die Tür so schnell geöffnet, als habe man darauf gewartet. Fux stellte sich und Sabine vor, aber die Frau, die geöffnet hatte, ließ ihn kaum ausreden. „Ich weiß, wer Sie sind. Frau Auerswald hat angerufen und mir gesagt, dass Sie kommen würden."

Fux und Sabine traten ein und wurden in ein kleines Wohnzimmer geführt. „Bitte, Frau Hausmann, ich hätte gerne Ihren Mann gesprochen. Man sagte uns, dass er bei dem Firmenjubiläum am Sonntag einen Videofilm gedreht habe."

„Es tut mir sehr Leid, aber mein Mann ist nicht zu Hause. Er arbeitet in der Chemnitzer Filiale des Möbelhauses Möller. Er kommt sicher erst spät nach Hause."

„Gut, dann sagen Sie ihm, er möchte morgen Vormittag zu unserer Dienststelle kommen. Er muss uns einige Fragen beantworten.

Die Videokassette nehmen wir aber gleich mit."

Frau Hausmann dr[u]ckste herum. „Ich weiß nicht, ob das meinem Mann recht ist. Herr Möller ist nicht nur Besitzer der hiesigen Filiale, sondern hat auch Anteile an der gesamten Kette und mein Mann dokumentiert alle betrieblichen Ereignisse, schon seit Jahren. Es wird ihm nicht recht sein, wenn Sie die Kassetten mitnehmen. Die sind eigentlich Firmeneigentum."

„Frau Hausmann. Es kommt nicht darauf an, ob es ihm recht ist. Er hat zwei Morde gefilmt. Vielleicht lässt sich auf dem Band ein Verdächtiger ermitteln. Ihr Mann wird wahrscheinlich sowieso Ärger bekommen, wegen der Zurückhaltung von Beweismaterial. Außerdem bekommen Sie eine Quittung und an dem Film passiert nichts. Er wird ihn zurück bekommen."

Sabine mischte sich ein. „Sagten Sie Kassetten? Plural?"

„Ja, er hat zwei oder drei Kassetten bespielt. Moment, ich hole sie." Kurz darauf kam sie zurück, brachte eine Ledertasche mit, in der sich zwei Videokassetten befanden und die Kamera. „Ein Film ist noch im Apparat. Ich weiß nicht, ob da auch was drauf ist."

Fux quittierte den Erhalt und erinnerte Frau Hausmann noch mal daran, dass ihr Mann zum Revier kommen müsse."

„Hoffentlich macht er keinen Ärger, dass ich Ihnen die Kassetten gegeben habe."

Fux beruhigte sie. „Sie hatten gar keine andere Wahl. Ich hätte sie notfalls beschlagnahmt und die richterliche Verfügung dann nachgereicht. Ich denke, es ist für Ihren Mann besser, dass wir sie ohne Umstände von Ihnen bekommen haben."

Sabine wollte sich draußen von Fux verabschieden und in ihr Auto steigen. Fux fasste sie am Arm. „Ich mache Ihnen einen Vorschlag Sabine", er nannte sie beim Vornamen. „Wollen wir uns die Kassetten zusammen ansehen. Sie waren an dem Abend dabei. Vielleicht sehen Sie mehr als ich?"

Natürlich war Sabine einverstanden. Schließlich war sie Journalistin und sie würde die Erste sein, die das mögliche Beweismaterial sehen könnte. Fux sah sie an und wirkte etwas verlegen. „Was halten Sie davon, wenn wir das bei mir zu Hause ansehen würden. Da werden wir nicht gestört. In der Dienststelle laufen eine Menge Leute herum."

Sabine lächelte über seine offensichtliche Verlegenheit. „Wollen Sie mich verführen, Herr Hauptkommissar?"

Fux wurde rot und Sabine fand ihn süß. Sieh mal an, der gestrenge Herr Hauptkommissar, dachte sie. „Bitte verstehen Sie mich nicht falsch. Wir werden nicht alleine sein. Ich dachte nur...."

„Ich hätte auch keine Angst, wenn wir alleine wären. Schließlich bin ich doch sozusagen in polizeilicher Obhut."

Sie kamen überein, Sabines Wagen stehen zu lassen und mit dem BMW zu fahren. Er bringe sie wieder her, versprach Fux.

Fux hielt vor dem Haus in der Parkstraße. Er stieg aus und öffnete Sabine galant die Wagentür. „Hier ist es", sagte er. Das ist unser Haus."

Sabine sah ihn verwundert an. „Unser?"

„Ja, ich wohne mit meiner Mutter hier. Sie ist nicht ganz auf dem Posten. Sie hat MS und sitzt im Rollstuhl. Eine Pflegerin kümmert sich tagsüber um sie. Sie bleibt auch mal über Nacht, wenn ich sie darum bitte. In meinem Job kommt man ja nicht immer pünktlich nach Hause. Das wissen Sie ja auch."

Er ging voraus, suchte alle Taschen nach einem Schlüssel ab, aber fand keinen. „Ich bin ziemlich unordentlich. Ich muss immer alles suchen. Sicher liegen sie im Auto", meinte er achselzuckend, aber in dem Moment wurde die Tür von innen geöffnet. Eine junge Frau in einer Jeanshose und einem bedruckten Pulli stand im Eingang.

„Suchst du deinen Schlüssel? Der hängt hier am Haken." Sie lächelte Sabine an. „Er stand schon öfter vor der Tür, weil er immer alles vergisst. Dann muss er hinten rum durch den Keller gehen. Den Schlüssel für den Keller hat er in einem alten Blumentopf versteckt."

Wieder wurde Fux verlegen. „Sie behandelt mich immer so", sagte er. „Das ist Patty, eigentlich Patricia, aber auf den Namen hört sie nicht. Sie ist ausgebildete Krankenschwester. Sie und meine Mutter haben mich unter Kontrolle. Patty, das ist Sabine Aaron. Wir wollen hier ein bisschen arbeiten."

„Hallo Sabine", sagte Patty und reichte ihr die Hand. „Ich darf doch Sabine sagen? Du musst was Besonderes sein. Du bist die erste

Frau, die Marcus mit nach Hause bringt, seit ich hier arbeite."

Fux wurde ärgerlich. „Das ist keine Frau...", verhaspelte er sich, „natürlich ist das eine Frau, aber sie ist Journalistin, und wir müssen über die Morde reden bei Möller. Du hast es ja in der Zeitung gelesen."

Patty amüsierte sich. „Das ist ja mal ganz was Neues. Mit mir und deiner Mutter sprichst du nie über deine Arbeit und jetzt bringst du eine Journalistin mit? Mit ihr willst du zusammen Morde aufklären?

Sabine lächelte und Fux wurde immer verlegener. „Hören Sie nicht auf sie. Sie hat mich noch nie ernst genommen. Das hat sie von meiner Mutter. Kommen Sie rein, Sabine."

Er führte sie in das Zimmer mit dem Computer samt Equipment und dem einsamen Sessel an dem kleinen Tisch auf der gegenüberliegenden Seite. Sabine war überrascht von der nüchternen unpersönlichen Ausstattung das Zimmers.

„Hier bin ich, wenn ich arbeite. Das ist der einzige Raum in diesem Haus, wo man mich in Ruhe lässt."

Patty unterbrach ihn. „Komm und bringe deinen Gast hinüber." Sie deutete auf eine Tür. „Deine Mutter ist schon neugierig auf deinen Besuch."

Sie öffnete die Tür und durch ein kleines Empfangszimmer gingen sie in ein riesiges Wohnzimmer. Es war geschmackvoll eingerichtet. Moderne Möbel standen an farbig gestrichenen Wänden. Vor großen Fenstern hingen luftige Gardinen. Statt einer älteren, kranken Frau hätte man in diesem Raum eigentlich ein junges Mädchen vermutet.

Auf einer hellgelb bezogenen Couch saß eine zierliche, kleine Frau mit einem Gesicht, das trotz des Alters, sie war bestimmt um die siebzig, noch die einstige Schönheit erkennen ließ. Sie winkte Sabine mit einer winzigen Handbewegung zu. „Kommen sie, Kindchen. Lassen sie sich ansehen. Es passiert nicht oft, dass der seriöse Hauptkommissar Damenbesuch mitbringt."

Sabine trat etwas verlegen an die Couch. „Guten Abend, gnädige Frau, sagte sie", und Fux stellte Sabine vor. „Das ist Sabine Aaron, eine befreundete Journalistin." Sabine wusste noch nicht, dass sie mit Fux *befreundet* war.

„Bitte entschuldigen Sie, dass ich Ihnen nicht die Hand geben kann, Kindchen, aber jede Bewegung bringt mir Schmerzen, doch ich will Sie nicht mit meiner Krankheit belästigen. Erzählen Sie ein bisschen über sich.”

Sabine war ein wenig von dieser direkten Neugierde überrascht, meinte aber, dass die alte Dame sicher nicht viel mit anderen Menschen zusammenkam und erzählte, wo sie herkam und was sie machte.

„So, das ist aber jetzt genug,” sagte Fux.. Wir müssen jetzt arbeiten. Vielleicht kommt Sabine wieder mal zu uns, dann könnt ihr stundenlang erzählen.”

„Soll ich euch einen Kaffee machen?”, fragte Patty. Fux sah Sabine fragend an, aber die schüttelte den Kopf. „Gibt es auch was anderes?”

„Er trinkt immer Cincano Bitter in Orangensaft, manches Mal auch umgekehrt”, meinte Patty lächelnd, und Sabine war fast erschrocken, als sie merkte, dass sie ein bisschen eifersüchtig auf die Vertrautheit Pattys mit Fux war.

„Das ist mir zu süß”, meinte sie, „ich würde jetzt einen trockenen Rotwein vorziehen” und sie war über ihre Kühnheit erstaunt.

„Ich bringe euch alles. Geht ruhig ins Arbeitszimmer. Da lassen wir euch in Ruhe.”

Aus dem Vorzimmer nahm Fux einen leichten Sessel mit und bot Sabine den bequemen Ledersessel an. „Sieh mal an”, sagte Patty, als sie die Getränke brachte, „da lässt er sonst niemanden rein.”

Ohne viel zu reden, packte Fux die zwei Kassetten aus und nahm die dritte aus der Kamera. Er sah auf die Kennung und meinte: „Das schaffen wir heute nicht alles. Auf jeder Kassette sind einhundertzwanzig Minuten.”

„Es genügt doch für´s Erste, wenn wir uns die Zeit gegen 21.00 Uhr heraussuchen. Das andere kann man doch später sichten.”

Es stellte sich heraus, dass zwei der Kassetten aus der Hand aufgenommen waren, während die dritte von einen festen Standpunkt ihre Bilder aufnahm, anscheinend von der Seite des Raumes mit einem Weitwinkelobjektiv, so dass links die offen stehende Terrassentür zu sehen war und rechts der Kamin mit dem Tisch, der etwas einen Meter davor stand. Fux legte zuerst den Film von der Handkamera in den Recorder. Die ersten Bilder waren um 19.32 Uhr aufgenommen worden. Fux spulte im Schnellgang mehr als eine Stunde ab und begann, als die Vietnamesin und ein junger Mann die Sektgläser reichten. Zu hören war nur ein gleichmäßiges Stimmengemurmel, ohne dass etwas zu verstehen war. Das hörte erst auf, als Doktor Möller an sein Glas klopfte, das er vor sich auf dem Tisch abgestellt hatte. Er begann seine Rede und von da an war jedes Wort zu verstehen. Leider war nur sein Kopf in Großaufnahme zu sehen. Erst als er sein Glas hob und es austrank, zoomte die Kamera auf Totale zurück. Kurz darauf kam Bewegung in die herumstehenden Zuhörer und die Kamera schwenkte sehr schnell auf den zusammenbrechenden Ebert. Das Bild wurde ausgeblendet und als nächstes Bild sah man Ebert, vor dessen Mund Schaum stand und der die Augen aufriss, in Großaufnahme. Gleich darauf wurde die Kamera ausgeschaltet und der Film war zu Ende.

„Ich glaube, es war nichts zu erkennen oder fiel Ihnen etwas auf?", fragte Fux, aber Sabine schüttelte den Kopf. „Nein. Sehen wir uns doch noch den Film aus der Standkamera an."

Fux wechselte die Kassetten aus. Diese Kassette begann jetzt genau um zwanzig Uhr. Es waren schon viele Leute in dem Raum. Sie standen in Grüppchen beisammen und hielten Gläser in der Hand. Da die Kamera nicht bewegt wurde, war das Bild langweilig, ohne Spannung. Eines der ersten Bilder auf dem Film war der Moment, als Sabine und Mag den Raum betraten. Man sah, wie sie von Möller begrüßt wurden und sich eine Weile mit ihm unterhielten. Dann gingen sie auf die Kamera zu, die anscheinend etwas erhöht stand, liefen unter dem Bild durch und waren nicht mehr zu sehen. „Wir standen in der Ecke neben der Tür zum Nebenraum. Die Kamera muss unmittelbar über uns gestanden haben", sagte Sabine.

„Das Ganze wirkt erst, wenn die Filme zusammengeschnitten sind", meinte Fux und legte wieder den schnellen Vorlauf ein. Er begann wieder dort, wo die Sektgläser gereicht wurden. Möller empfing sein Glas aus einer Frauenhand, möglicherweise von der vietnamesischen Serviererin, das war nicht genau zu erkennen, stellte es aber sofort wieder auf dem Tisch vor ihm ab. Als er zu reden begann, stand Ebert direkt neben ihm. Auch er stellte sein Glas auf den Tisch. Möller beendete seine Ansprache, griff nach seinem Glas. Auch Ebert hob das Glas und prostete Möller und anderen zu. Schon nach dem ersten Schluck griff Ebert an seinen Hals und fiel mit aufgerissenen Augen um.

„Halt!", sagte Sabine, „Das möchte ich noch mal sehen."

„Ist Ihnen etwas aufgefallen?"

„Drehen Sie einfach mal ein Stück zurück."

Fux ließ den Film wieder von dem Augenblick an laufen, wo die Gläser verteilt wurden. Es war wirklich nicht zu sehen, von wem er sein Glas bekam. Zwischen mehreren Gästen reichte es eine Hand, die Hand einer Frau, ihm zu. Die Frau war von drei oder vier Leuten verdeckt, die sich jetzt alle um Möller drängten. „Jetzt passen Sie auf!", sagte Sabine und beide kamen mit dem Kopf näher zum Bildschirm. „Stellen Sie mal auf langsamen Vorlauf, bitte!"

Möller stellte sein Glas in Zeitlupe auf den Tisch. Ebert stellte das seine, dann genau davor. Möller hielt seine Ansprache. Durch den langsamen Vorlauf waren seine Worte nicht zu verstehen. Man hörte nur ein gurgelndes Brummen. Dann griffen beide, Möller und Ebert, nach ihren Gläsern.

Stop!", rief Sabine aufgeregt. „Sehen Sie, Möller greift nach dem Glas, das Ebert auf den Tisch stellte, und Ebert nimmt das andere, das Möller zuerst hingestellt hatte."

„Dann haben wir den falschen Toten", sagte Fux fassungslos. „Das Glas war für Doktor Möller bestimmt. Das könnte aber zum Beispiel bedeuten, dass Frau Möller ihren Mann beseitigen wollte. Sie soll ja einen Geliebten gehabt haben."

Sabine nickte. „Ja ich weiß, diesen Graphiker, den Meißner."

„Woher wissen Sie das schon wieder?", fragte Fux verwundert, aber Sabine lächelte ihn bloß an. Er ging zu einem kleinen Schrank, nahm ein Flasche und zwei Gläser heraus. „Jetzt brauche ich einen Cognac", stöhnte er, goss die zwei Gläser ziemlich voll und reichte eins davon Sabine. „Bitte, Sabine, nutzen Sie das jetzt nicht aus. Das muss unter uns bleiben. Verzichten Sie auf einen Knüller für ihre Zeitschrift. Dass Sie gut schreiben, hat mir Ihr Artikel gezeigt, den Sie über die beiden Morde verfassten. Er war im Gegensatz zu anderen Zeitungen sehr sachlich."

„Wissen Sie, was Sie da von mir verlangen. Ich bin Journalistin und muss meine Leser informieren. Ganz abgesehen davon, dass ich damit an die Spitze käme. Was hätte ich davon, wenn ich ihre Bitte erfüllte?"

„Ich weiß, Sabine. Ich verspreche, dass Sie ab jetzt immer die Erste sind, die von mir den Stand der Ermittlungen erfährt. Sie haben den Vorteil, dass ihre Zeitschrift wöchentlich erscheint. Sie müssen nicht topaktuell sein. Sie fahren besser, wenn Sie gut informiert sind. Ich werde jetzt jeden Montag die Presse informieren und Sie bekommen einen Vorlauf. Das heißt, Sie können in Ruhe Ihre Artikel schreiben, sorgfältig und korrekt informiert. Das ist doch auch was. Mir gäben Sie damit die Möglichkeit, ohne lästige Fragen meine Arbeit zu machen. Wir sind jetzt Komplizen."

„Aber nach dem Pressegesetz sind Sie verpflichtet die Öffentlichkeit gleichberechtigt zu informieren:"

„Es muss ja keiner wissen. Der Unterschied liegt nur darin, dass Sie Zeit haben, ihre Kenntnisse zu vertiefen, während die anderen unter Zeitdruck schreiben müssen. Das erhöht doch die Qualität Ihrer Arbeit. Die einzige Bedingung ist, dass Sie vorher niemandem erzählen, was Sie wissen, und dass Sie ihre Kenntnisse nicht im Voraus an andere Tageszeitungen weitergeben.

Sabine dachte nach und hob dann ihr Glas. „Okay. Ich bin einverstanden. Zum Wohl Herr Hauptkommissar."

„Sagen Sie Marcus zu mir!"

„Ist das nicht riskant? Wird man sich da keine Gedanken machen? Kommt man nicht hinter unsere Komplizenschaft, wie Sie das nennen?"

„Ach was. Du bist klug genug damit umzugehen, oder?"

„Weißt du was. Ich habe Hunger. Gehen wir zusammen was essen. Da können wir ausprobieren, ob das klappt."

„Ich sage Patty Bescheid, sie soll uns was schönes zurechtmachen. Meine Nichte ist eine gute Köchin."

„Ach, Patty ist Ihre Nichte?" Sabine wunderte sich, dass ihr diese Neuigkeit anscheinend gut tat.

„Nein", sagte sie. „Wir gehen zu Stratos."

Fux sah sie verwundert an.

„Stratos ist mein persönlicher Grieche. Er wird dir gefallen!"

Fux reagierte fast ein wenig wie Sabines Mutter als sie vor der Kneipe standen. „Typisch griechisch. *Am Harthwald,"* stellte er ironisch fest.

Sabine verkniff sich eine Entgegnung und schob ihn durch die Eingangstür.

Von einem der hinteren Tische klang helles Lachen durch den Raum, der Duft von allerlei Gewürzen lag in der Luft, aus der Küche war das leise Geräusch brutzelnden Fleisches zu hören.

Auch wenn er es nie gesagt hätte, Fux fühlte sich sofort wohl.

Doch dann kam Stratos mit ausgebreiteten Armen auf sie zu und während er Sabine freundschaftlich umarmte, stellte er anscheinend erfreut fest: „Das ist schön, dich schon wieder zu sehen. Wollt ihr deinen Stammplatz haben?"

„Aber gerne", stimmte die junge Frau zu. „Und übrigens, das ist Herr Fux," und nach kurzem Überlegen: „Ein Freund.". Den Kriminalhauptkommissar verschwieg sie. Das besänftigte ihren Begleiter, der bei der vertrauten Begrüßung ein flaues Gefühl in der Magengegend verspürt hatte. Er reichte nun lächelnd Stratos die Hand.

Als die beiden zusammen am Tisch saßen, sahen sie sich eine Weile stumm an und es schien fast so, als hätten sie keinen Gesprächsstoff außerhalb der Arbeit. Doch dann knurrte Fux´s Magen hörbar. Sabine musste lachen und er ließ sich ausführlich beraten, was von dem Speisenangebot besonders empfehlenswert sei.

So ganz nebenbei flocht Sabine ein, warum sie Stratos beim Vornamen nannte, denn sie wollte eine ähnliche Fragerei, wie die von ihrer Mutter, umgehen. Fux wollte den Familiennamen des Wirtes korrekt aussprechen, was aber in unbändigem Gelächter endete.

Beide hatten nicht einmal bemerkt, dass Stratos schon einige Zeit mit Block und Stift neben dem Tisch stand. Als er plötzlich sagte: „Herr Fux, Sie können mich natürlich ebenfalls Stratos nennen", zuckten sie zusammen. Fux fasste sich kurz, stand auf und reichte dem Wirt die Hand. „Ich bin Marcus. Nennen Sie mich Marcus."

Sie bestellten griechische Vorspeisen für Zwei, dann er einen Guyrosteller, sie gegrillte Leber auf Reis mit extra viel Zwiebel und natürlich eine Flasche des roten Hausweins. Da das Essen immer frisch zubereitet wurde, hatte der Rebensaft schon ein wenig gewirkt bis die Vorspeisen kamen, zumal Stratos immer wieder mal mit der Ouzoflasche an den Tisch trat. Die Unterhaltung war flüssiger geworden, hatte jedoch immer wieder zur Auswertung der Videos geführt. Ab und zu mussten sie sich gegenseitig zu geringerer Lautstärke ermahnen. Schließlich redeten sie über Vertrauliches. Vor allem stellte Sabine wilde Theorien auf, was die Mordmotive betraf. Mit jedem Schluck wurde die Geschichte abenteuerlicher.

Fux wischte ihre phantastischen Überlegungen mit einer Handbewegung vom Tisch als der Hauptgang kam. „Und jetzt Schluss mit der Arbeit! Das Essen kann uns ja gar nicht bekommen.”

Sabine nickte brav und beide ließen es sich schmecken.

Das gute Essen machte sie gelassener und Fux stellte nach dem letzten Bissen fest: „Ich habe schon lange nicht mehr in so angenehmer Begleitung so vorzüglich gegessen”, worauf Sabine etwas rot wurde und seine Begeisterung dämpfte. „So gut kennst du mich ja gar nicht um zu wissen, ob ich angenehm bin. Vielleicht bin ich ja nur hinter den Ergebnissen der Recherchen über die beiden Morde her.”

Er ließ sich aber nicht beirren und nahm den Faden auf. „Da hast du allerdings recht. Viel weiß ich nicht von dir, aber das können wir ja ändern. Wenn mich meine Ohren nicht trügen, kommst du irgendwo aus Mecklenburg. Also sind wir zwei Fremde in dieser Stadt. Mich würde schon interessieren, was dich hierher verschlagen hat.”

Sabine legte den Kopf schief auf den aufgestützten Arm, kniff die Augen zusammen und forderte kindlich trotzig: „Erst du! Wie bist du hierher gekommen?”

Fux lachte und meinte versöhnlich: „Also gut. Meine Beichte zuerst.”

Die Frau erfuhr von seinem unbedingten Hang zur Gerechtigkeit, dass er deshalb, als sich die Gelegenheit ergab, zum NYPD gegangen sei, um ein vorbildlicher und unbestechlicher Polizist zu werden.

„NYPD? New York Police Department. Du warst Polizist in Amerika? Wie kamst du dahin?”

„Ach, da gibt es eine Vorgeschichte. Ich bin in den USA groß geworden, aber das erzähle ich dir ein anderes Mal."

Sabines Augen wurden ganz dunkel, als Fux ihr schilderte warum er dort weggegangen war. „Weißt du Sabine, ich bin schon sehr für die Durchsetzung von Recht und Ordnung, aber ich musste feststellen, dass in NY allzu oft die Gerechtigkeit auf der Strecke blieb. Von Menschlichkeit wollen wir gar nicht reden. Hier in Chemnitz ist alles überschaubarer, auch wenn, oder gerade weil es nicht der Nabel der Welt ist. Ich glaube hier Polizeiarbeit nach meinen Maßstäben machen zu können. Und ich habe meine Mutter wieder in der Nähe. Das ist mir wichtig."

Um die Ernsthaftigkeit seines Berichtes zu unterstreichen suchte er ihre grünen Augen und musste erschrocken feststellen, dass Tränen über ihre Wangen liefen. Instinktiv griff er nach ihrer Hand und hielt sie ganz fest, so fest, dass es ihr weh tat. Wenig damenhaft wischte sich das Mädchen mit der freien Hand die Tränen ab und die Wimperntusche breit, zog die Nase hoch und sinnierte: „NY scheint nicht unsere Stadt zu sein."

„Wieso unsere?", fragte Fux neugierig.

„Das ist eine lange Geschichte, lass uns bezahlen und noch einen Spaziergang machen. Ich werde sie dir dabei erzählen."

Sie wollten gerade nach der Kellnerin rufen, als sie hinter sich ein lautes Hallo hörten. Mag rief mit ihrem Schnoddermaul durch die halbe Kneipe: „Da sind ja unsere Turteltäubchen: Was macht ihr hier?" Ohne zu fragen saß sie schon auf einem Stuhl am Tisch der beiden.

Sabine wurde rot und Fux sah Mag ärgerlich an. „Müssen Sie so schreien? Und wie kommen sie auf Turteltauben? Wir haben gut gegessen, nachdem wir gut gearbeitet haben. Und jetzt führen wir ein gutes Gespräch unter guten Freunden."

Mag war nicht beeindruckt. „Was, Sie haben mit Sabine gearbeitet? Und wo, in der Dienststelle?"

Sabine wollte gerne ja sagen, aber bevor sie dazu kam, hatte Fux schon geantwortet. „Nein, bei mir zu Hause. Das heißt im Haus meiner Mutter."

„Huch!", rief Mag. „Muttern hat er sie auch schon vorgestellt. Sie sind ja ein ganz Schneller."

Diese Reaktion Mags hatte Sabine befürchtet. „Hör endlich auf, verdammt! Kannst du nicht dein loses Mundwerk halten. Übrigens wollten wir gerade gehen."

In diesem Moment stand ein Mann um die vierzig hinter Mags Stuhl. „Hi Mag. Wie kommst du hierher? Ich habe dich noch nie hier gesehen."

Mag drehte sich um und lachte laut. „Mensch Uwe. Wie lange habe ich dich nicht gesehen. „Das ist Uwe Petzold. Eine alter Kicker vom CFC", stellte sie den Mann vor. „Das ist Sabine Aaron, Journalistin, und dieser beachtliche Mann ist Hau...."

Fux fiel ihr ins Wort. „Fux, Marcus Fux, angenehm."

Während Mag sich nach dem Mann umdrehte, machte Sabine ihm ein Zeichen, deutete auf Mag und zeigte mit dem Daumen auf die Theke. Der Mann grinste. Anscheinend hatte er verstanden und nickte mit dem Kopf.

„Komm Mag. Ich gebe einen aus."

„Gut, ich störe sowieso hier, glaube ich. Außerdem musst du mir eine Menge erzählen."

Er wehrte mit beiden Handflächen ab. „Ich weiß was du hören willst. Ich rede aber nicht über den Club. Du willst mich nur aushorchen. Ich weiß doch, dass du unter einem anderen Namen Kolumnen für mehrere Zeitungen schreibst. Morgen lese ich dann: *Wie die Autorin von Uwe Petzold erfuhr...."*

„Du bist ein Scheusal. Komm, gehen wir an den Tresen. Macht's gut, ihr beiden Hübschen." Sabine holte tief Luft zu einer Antwort, aber Mag wehrte ab. „Ich bin schon weg."

Petzold zog Mag am Arm und sie hatte die beiden anscheinend schon vergessen. Sabine und Marcus riefen nach Stratos, der gerade vorbeikam und baten um die Rechnung. „Das war Uwe Petzold", sagte er, „der Fußballer. Er ist bei mir Stammgast.","Wir wissen. Mag hat ihn uns vorgestellt."

Draußen gingen die beiden zwischen den hübschen Häusern am Eisenweg hindurch. Sabine begann zu erzählen „Also.....".

Als Sabine zu Ende war, hatten sie zum zweiten Mal das Hochhaus mit ihrer Wohnung hinter sich gelassen. Zaghaft legte Fux ihr den Arm um ihre Schultern und meinte: „Ich glaube ja eigentlich nur an Dinge, die ich logisch herleiten kann, aber vielleicht steckt doch ein tieferer Sinn dahinter, dass wir beide hier in dieser Stadt gelandet sind." Statt einer Antwort legte Sabine ihren Kopf an seine Schulter. Und so liefen sie, einer am anderen geborgen, schweigend die Runde zu Sabines Haus noch einmal zu Ende. Dort angekommen ging ein Ruck durch Sabine. Sie war wieder das taffe Mädchen und verabschiedete sich übergangslos und betont lässig. "Also dann bis zur Pressekonferenz am Montag."

"Wir könnten doch..."

"Wir sollten aber nicht." Und schon war sie im Haus verschwunden. "Vorne an der Ecke ist ein Taxistand", rief sie durch die geschlossene Glastür.

Mittwoch, 8. August 01

Obwohl es gestern spät geworden war, kam Fux schon früh in die Dienststelle. Marlene Gläser war bereits an ihrem Platz. "Hallo Herr Fux", sagte sie. "Kaffee?"

"Ja gerne. Gibt es was Neues? Hat man die Blumenerde aus dem Kübel im Haus von Doktor Möller untersucht?"

Gläser suchte in den Papieren auf ihrem Schreibtisch. "Ja, hier ist eine Notiz von der Nachtschicht. Doktor N´Gomble hat angerufen. Sie sollen sich bei ihm melden. Es gäbe eine Überraschung."

Fux nahm den Hörer ab und wählte N´Gombles Nummer. Es dauerte eine ganze Weile, ehe sich eine verschlafene Stimme meldete.

"Hallo Doktor", grüßte Fux und nannte seinen Namen. "Ich soll Sie anrufen. Wieso sind Sie schon im Haus?"

"Sie machen Spaß, Fux. Ich bin *noch* im Haus. Ich habe die ganze Nacht an ihrer Bodenprobe gearbeitet. Sie hatten Recht. Ich konnte Giftspuren nachweisen. Es war ziemlich schwierig, aber das sage ich ihnen nicht am Telefon. Ich komme rüber. Habt ihr einen Kaffee für mich."

Marlene Gläser hatte mitgehört, da Fux den Lautsprecher eingeschaltet hatte. Sie nickte. "Sie haben den letzten bekommen, aber ich setze gleich noch mal eine Kanne an."

Kurze Zeit später trat N´Gomble ohne anzuklopfen in das

Zimmer. „Guten Morgen Oberkommissarin, Hauptkommissar. Es hat tatsächlich jemand Gift in den Blumenkübel gegossen.”

„Ich habe es geahnt. Sämtliche Blüten waren abgefallen und die Blätter braun. Da hatte der Mörder wahrscheinlich zu viel von dem Zeug.”

Der Doktor lächelte und schüttelte den Kopf. „Hatte er -oder sie- nicht. Deshalb habe ich es ihnen nicht am Telefon gesagt. Ich wollte ihr Gesicht sehen, wenn sie erfahren, was ich gefunden habe. Natürlich wollte ich zuerst Zyankali nachweisen, aber davon war nichts zu finden.”

„Wie denn nun? Ich dachte, Sie haben was gefunden? Haben Sie, oder haben Sie nicht?”

„Ich habe. Aber kein KCN. Ich fand organisches Gift, und das war eine ganz schöne Schinderei. Ich fand einen Extrakt aus dem Gift des Feuerfisches aus dem Roten Meer. Absolut tödlich und es wirkt in Sekunden. Allerdings nur, wenn es injiziert wird. Der Feuerfisch bringt das Zeug mit einem Stachel in den Blutkreislauf eines Tieres, selten eines Menschen. Wird es oral verabreicht, dauert es ein paar Minuten.”

Fux runzelte die Stirn. „Machen Sie Witze mit mir, Doktor?”

„Ich weiß, dass es sich so anhört, aber es ist tatsächlich mein Ernst. Ein Giftkonzentrat vom Feuerfisch. Wissen Sie wie viele Bücher ich gewälzt habe, ehe ich das herausfand?”

Inzwischen hatte Unger den Raum betreten und einige andere Mitglieder der Sonderkommission. „Bitte Kolleginnen und Kollegen, nehmen Sie im Beratungsraum Platz. Ich komme sofort mit dem Doktor zu ihnen. Es gibt eine unglaubliche Neuigkeit. Wir müssen neu nachdenken.”

Als Fux ein paar Minuten später in den Beratungsraum kam, saßen schon alle um den großen Tisch herum. Er gab keinem die Hand, sondern nickte ihnen nur zu. „Guten Morgen. Es gibt einige neue Erkenntnisse. Ich werde Sie damit bekannt machen, soweit die Gerüchte noch nicht zu allen durchgedrungen sind. Zuerst möchte ich wissen, wer die Befragungen bei dem Ehepaar Möller vorgenommen hat, und wer Herrn Hausmann befragt hat?”

Unger meldete sich. „Ich habe Doktor Möller und seine Frau übernommen, da ich ja an dem Abend der Erste war, der mit den

Ermittlungen begonnen hatte. Frau Landers war dabei, die Stenotypistin, die Sie uns besorgt hatten. Da konnte sie gleich das Protokoll aufnehmen. Übrigens: Eine gute Kraft, diese Frau Landers. Ich habe mich auch um die Vermögensverhältnisse gekümmert. Frau Möller hat ein eigenes großes Vermögen. Sie ist nicht abhängig von ihrem Mann."

„Danke. Und wer war bei Herrn Hausmann?"

„Das war ich", sagte Kommissar Bräge. „Zusammen mit Doppelhuber, Polizeimeister." Alle lachten.

Fux wusste nicht warum. Er ging die Liste der Namen aller SOKO-Mitglieder durch. „Ich finde keinen Doppelhuber."

Wieder lachten alle und Bräge wurde verlegen. Er deutete auf einen sehr beleibten, uniformierten Polizisten. „Entschuldigung. Er heißt eigentlich Halbhuber, aber jeder nennt ihn Doppelhuber."

Fux zog die Stirn kraus. „Ich finde es nicht sehr kollegial, einen Mitarbeiter mit einem Spitznamen anzusprechen". Doch Halbhuber lachte. „Ist schon gut, Herr Hauptkommissar. Kein Mensch nennt mich Halbhuber, und ich weiß nicht mal, ob ich darauf hören würde."

„Gut, reden wir ein anderes Mal darüber. Jetzt zu den neuen Erkenntnissen. Keiner der Vernehmer hatte herausbekommen, dass der ganze Mordabend mit einer Videokamera gefilmt wurde. Herr Unger, wenn Doktor Möller Ihnen das nicht sagte, konnten sie kaum darauf kommen. Aber Ihnen, Herr Bräge, hätte doch eigenartig vorkommen müssen, dass Herr Hausmann einer der Gäste war, der ohne Ehepartner eingeladen war und der einzige, der keine herausragende Position in der Firma Möller, beziehungsweise in der Chemnitzer Gesellschaft hatte. Also, wieso war er eingeladen? Sie hätten ihn doch daraufhin ansprechen müssen."

Bräge wollte etwas sagen, aber Fux winkte ab. „Lassen Sie, Herr Kollege, das war nicht als Rüge gemeint. Es ist sowieso passiert. Nun, wie ich Ihnen sagte, wurde alles gefilmt. Ich habe mir gestern Abend zwei der drei Filme angesehen. Es wurde mit zwei Kameras gefilmt. Einmal aus der Hand und dann noch mit einer Standkamera. Auf dieser ist zu sehen, dass das Glas, welches von Herrn Ebert ausgetrunken wurde, also das Glas mit dem Gift, eigentlich Doktor Möller gereicht wurde. Ebert hat nur das falsche Glas erwischt, als er und Möller die Gläser auf einem Tisch abstellten. Das wirft alles über den Haufen, was ich mir als mögliche Theorie gedacht habe. Ich hielt es für möglich, da die anwesende Frau Brunner anscheinend erpresst wurde, dass entweder Ebert, möglicherweise aber auch Meißner, der Erpresser sein könnte. Das hätte bedeutet, dass Frau Brunner, oder jemand aus ihrer Umgebung der Urheber eines der beiden Morde sein konnte. Aber da muss ich mir den Vorwurf machen, dass ich eine alte Polizeiregel nicht ernstgenommen habe. Nämlich: Keine Thesen aufstellen, sondern Fakten sammeln. Ich weiß nicht, wie oft ich das ihnen oder anderen nahe gelegt habe. Jetzt sollten wir jedoch überlegen, an Hand von Fakten, und nur von Fakten, wer sonst einen Grund gehabt haben könnte, einen der beiden umzubringen. Meine Herren, meine Damen? Wer hat eine Idee?"

Marlene Gläser meldete sich. „Ich war bei Eleonore Giese, der Schauspielerin. Die sagte aus, dass Frau Möller ein Verhältnis hatte mit Harald Meißner. Könnte nicht Doktor Möller einen plausiblen Grund gehabt haben, den Geliebten seiner Frau auszuschalten. Das wäre meiner Meinung nach ein Motiv und könnte eine Erklärung für den Schuss auf Meißner sein. Dagegen spricht allerdings, dass ein Mann wie Möller wissen müsste, wie man an einen Auftragskiller herankommt."

„Gut! Sehen wir das als eine Hypothese an. Prüfen Sie das. Aber damit haben wir immer noch keine Idee, wer das mit dem Gift gewesen sein könnte und welches Motiv es dafür geben könnte. Das ist jedoch noch nicht alles. Was ich ihnen jetzt sagen werde, ist wahrscheinlich einmalig. Es wurde ein weiteres Gift entdeckt. In einem Blumenkübel. Dort hat man es anscheinend zur gleichen Zeit entsorgt, als die beiden anderen Morde geschahen. Es ist ein organisches Gift, extrahiert aus einem giftigen Fisch, dem Feuerfisch, der fast ausschließlich im Roten Meer vorkommt. Das bedeutet: a) dass ein Mann erschossen wurde - der Täter ist uns bekannt- b) zur gleichen Zeit wurde ein Mann vergiftet, wobei mit aller Wahrscheinlichkeit der falsche Mann starb, aber wie es scheint, war c) ein weiterer Giftmord geplant, der vielleicht nicht ausgeführt wurde, weil kurz zuvor die beiden Morde geschahen und die Polizei gerufen wurde. Der potentielle Täter wurde davon gestört und entsorgte das Gift in einem

Blumenkübel. Also drei Morde zur gleichen Zeit, wahrscheinlich von drei verschiedenen Tätern ausgeführt, beziehungsweise geplant. Ich denke, dieser Fall wird in die Kriminalgeschichte eingehen."

Nun mischte sich N`Gomble, der Pathologe, ein, der die beiden unterschiedlichen Gifte analysiert hatte. „Jetzt stellt sich uns die Frage, wo bekommt man das Zeug her. Das Zyankali ist wahrscheinlich in jeder Apotheke zu finden. Vielleicht sollte man da mal mit Professor Kelling reden, der uns möglicherweise Hinweise geben kann. Er war ja auch Gast auf der Jubiläumsparty. Schwieriger wird es wahrscheinlich mit dem organischen Gift. Das kann sich hier niemand beschaffen."

Fux nickte zustimmend. „Das sehe ich auch so. Dürfte ich sie, Doktor N′Gomble bitten, mit Oberkommissarin Gläser einmal bei diesem Kelling vorbeizugehen. Sie wissen, was sie fragen müssen, und Frau Gläser weiß, wie man fragt."

Es wurden einige Vermutungen besprochen, die aber zu keinem Resultat führten. „Herr Dreilich", fragte Fux, „wie weit sind sie mit den Finanzunterlagen dieses Herrn Salfelder gekommen? Haben sie alles durch den Computer laufen lassen? Da fällt mir übrigens ein, dass man vielleicht beide Gifte durch einen Medikamentengroßhandel, wie ihn der Salfelder betreibt, beschaffen könnte. Da sollten vielleicht sie, Herr Dreilich, zusammen mit Kommissar Bräge mal hingehen und auf den Busch klopfen."

Dreilich nickte mit dem Kopf. „Geht in Ordnung. Mit den Finanzen des Salfelder kommt keiner zurecht. Die Kollegen von der Wirtschaftskriminalität haben alles hin und her untersucht. Salfelder hat Dutzende von kleinen Firmen in ganz Europa, aber auch in den USA und Afrika. Er kauft von bekannten Arzneimittelfirmen Medikamente und vertreibt diese über seine Firma *Medical Distribution* an seine anderen Firmen in Deutschland und der halben Welt weiter. Diese wieder verkaufen sie untereinander. Es gibt aber dabei eine Auffälligkeit: Die Summe aller Rechnungen, die er an Arzneimittelfirmen bezahlt, deckt sich nicht mit der Summe aller Rechnungen, die seine verschiedenen Firmen ausschreiben. Das heißt er schreibt Rechnungen, die wesentlich höher sind, als der Wert der Waren, die ihm berechnet wurden. Dabei sind die mutmaßlichen Summen für seine Kosten, sowie der branchenübliche Gewinn bereits berücksichtigt. Es wäre also möglich, dass er Medikamente schwarz einkauft, an der Steuer vorbei. Das prüfen die Kollegen gerade im Einzelnen. Sie sagen allerdings, dass das Wochen dauern kann."

Nachdem noch eine halbe Stunde heftig von allen diskutiert worden war, beendete Fux die Besprechung und bedankte sich. „Bitte machen Sie die Befragungen, über die wir gesprochen haben, möglichst noch heute."

Sabine war schon am Morgen in die Wohnung von Mag gekommen. Sie hatte Brötchen mitgebracht und eine Flasche Orangensaft. Vorher hatte sie Mag angerufen und der Kaffee war bereits fertig.

„Das hat dir wohl nicht recht gepasst, dass ich dich mit deinem Hauptkommissar erwischt habe?" Mag lächelte Sabine an. „Das ist nicht *mein* Hauptkommissar", meinte die und bekam einen roten Kopf."

„Wo er dich schon seiner Mutter vorgestellt hat", lästerte Mag.

„Sag das nicht so anzüglich. Wir haben gearbeitet," und obwohl sie Fux versprochen hatte nicht darüber zu reden, erzählte sie Mag die Sache mit den Videokassetten und was sie herausfanden. „Aber kein Wort zu Fux, dass ich dich davon unterrichtet habe."

Mag schien beleidigt. „Was denkst du von mir! Ich tratsche doch nicht herum. Wieso weiht er dich in seine Geheimnisse ein? Sonst sind die Bullen doch nicht so gesprächig zu Journalisten. Außerdem darf er das laut Pressegesetz überhaupt nicht. Wenn das ein anderer spitz kriegt, bekommt er Ärger:"

Da erzählte ihr Sabine, dass sie jetzt immer vorab informiert werden würde. „Du musst ja einen ungeheuren Eindruck auf den Mann gemacht haben."

„Lästere nicht schon wieder. Du hast mich gestern schon bei Stratos in Verlegenheit gebracht." Es war ihr gestern Abend tatsächlich peinlich gewesen, wie Mag sie und Fux zweideutig auf den Arm genommen hatte.

„Ach, Sabine, du musst mich doch inzwischen kennen gelernt haben. Ich bin für mein loses Mundwerk bekannt und gefürchtet. Was macht übrigens deine Mutter?" Anscheinend wollte sie Sabine ablenken, was ihr auch gelang.

„Sie fährt morgen zurück. Ich habe ihr versprochen, dass ich heute noch mal mit ihr Kaffee trinke. Sie will dann früh zu Bett gehen, denn ihr Zug geht zeitig am Morgen. Wenn das hier alles geklärt ist, werde ich mal ein paar Tage zu ihr nach Sellin fahren. Da habe ich dann mehr Zeit für sie. Gestern Abend war sie im Theater. Ich habe sie vorhin schon angerufen. Sie sah die Chemnitzer Inszenierung von *Fame*. Es hat ihr sehr gut gefallen.”

„Dein Artikel gestern im *Kaleidoskop* war übrigens auch gut. Ich wollte es dir gestern Abend schon sagen, habe es dann aber wieder vergessen. Du warst ja mit deinem Fux beschäftigt und meine Meinung zu deiner Arbeit hat dich ja überhaupt nicht interessiert.”

Jetzt versuchte Sabine abzulenken. „Kennst du einen gewissen Salfelder? Er hat einen Medikamentengroßhandel. Bei den Recherchen sind Fux's Leute anscheinend auf eine Steuergeschichte gekommen. Das Kommissariat für Wirtschaftskriminalität befasst sich im Moment damit. Vielleicht gibt das noch eine gute Story für mich. Wenn das so weitergeht, kann ich mich vielleicht ein bisschen profilieren bei meiner Zeitschrift. Schließlich bin ich noch nicht lange dabei.”

Mag zog nachdenklich die Stirn kraus. „Warte mal, Salfelder? An dem war ich schon mal dran. Noch als ich beim *Kaleidoskop* war. Aber meine Recherchen sind im Sand verlaufen. Der kauft seine Medikamente über eine Firma in Tschechien ein. Wahrscheinlich macht er da Profit mit dem Währungsgefälle. Ich suche mal meine alten Unterlagen raus. Vielleicht kann ich dir da ein bisschen helfen.”

Sabine fiel ein, was der ehemalige Fussballer über Mag gesagt hatte. „Hat der Petzold nicht behauptet, du schriebst für verschiedene Zeitungen noch Kolumnen und Glossen unter einem anderen Namen. Du kannst das mit dem Salfelder ruhig für dich bearbeiten. Wenn du sagst, du hättest dich schon mal damit befasst, dann hast du doch die älteren Rechte.”

Mag lächelte und meinte: „Mach dir mal über mich keinen Kopf. Aktuelle Reportagen sind nicht mehr mein Ding. Wenn wir was rausbekommen, dann mache ich nach deinem Bericht eine böse Glosse über die *feine Gesellschaft* von Chemnitz. Das macht mir mehr Spaß, und nach den Morden bei Möller kann mir das keiner übel nehmen.

Sabine verabschiedete sich von Mag. Sie habe noch ein paar Telefonanrufe zu erledigen, und dann wolle sie zu ihrer Mutter.

„Sehen wir uns morgen?", fragte Mag.

„Nein, ich muss nach Leipzig. Wir haben Redaktionssitzung."

„Hallo Mama!" Sabine umarmte ihre Mutter. „Wie geht es dir?"

Frau Aaron war ein bisschen beleidigt. „Weißt du, da mache ich die weite Fahrt zu dir nach Chemnitz und du hast dich überhaupt nicht um mich gekümmert. Da hätte ich auch zu Hause bleiben können."

„Ich verstehe dich ja, Mama, aber ich muss halt arbeiten. Ich habe dir aber doch eine ganze Menge von Chemnitz gezeigt. Hier ist nun mal keine Weltstadt. Ich mache dir aber einen Vorschlag. Ich muss morgen nach Leipzig. Das habe ich erst heute Vormittag erfahren. Wie wäre es, wenn wir zusammen nach Leipzig fahren. Wir fahren früh, du wolltest ja sowieso schon um halb sechs fahren. Da kommst du mit mir."

Frau Aaron gab nicht gerne beschlossene Vorhaben auf. „Ich fahre aber doch über Dresden. Wie komme ich dann von Leipzig nach Dresden? Das ist doch sicher ein Umweg?"

Sabine beschwichtigte ihre ängstliche Mutter, für die eine Fahrt von Chemnitz auf die Insel Rügen fast einer Weltreise gleichkam.

„Aber Mama! Das ist doch völlig gleich, ob du über Dresden oder Leipzig fährst. Du hättest auch über Dresden nicht direkt nach Sellin fahren können, sondern nur bis Stralsund, und das kannst du von Leipzig aus auch. In Stralsund hätte dich doch ohnehin jemand abgeholt."

„Aber...."

„Nichts aber. Wir fahren morgen nach Leipzig. Du siehst dir den neuen Bahnhof an. Ich habe noch die Zeit, dir die wunderschöne Leipziger Innenstadt zu zeigen, dann setze ich dich in den richtigen Zug, rufe bei dir zu Hause an und teile denen mit, wann du in Stralsund ankommst. Und so wird es gemacht."

Ganz zufrieden war Frau Aaron noch nicht, aber sie widersprach auch nicht mehr. Sabine hakte sie unter und ging mit ihr zu Fuß in Richtung Rathaus. „Wir gehen jetzt Mittag essen. Willst du in den *Ratskeller*, oder lieber mal wo anders hin? Da gibt es in der

Klosterstraße ein kleines Restaurant mit französischer Küche, *La bouchèe* da bekommen wir auch ein gutes Glas Wein.”

Sabine wusste aber schon, wie sich ihre Mutter entscheiden würde und sie lächelte, als Frau Aaron sagte: „Ach, gehen wir doch in den Ratskeller. Da weiß ich, was mir schmeckt.”

„Gut, wie du willst, aber bestell dir keine so große Portion, denn anschließend gehen wir noch ins *Dolce Vita,* das ist in der *Galerie Roter Turm* ein italienisches Eiscafé mit einer wunderbaren Auswahl an köstlichem Eis.”

Ihre Mutter seufzte auf. „Was ihr bloß immer mit den ausländischen Restaurants habt. Es geht doch nichts über eine gute deutsche Küche.”

„Aber beim Eis geht nichts über einen guten Italiener.”

Frau Aaron hatte es im *Ratskeller* geschmeckt und in dem Eiscafé bestellte sie sich den größten Eisbecher, der auf der Karte stand. Sabine trank einen Espresso und ihre Mutter einen Kaffee Hag.”

Sabine brachte ihre Mutter noch ins Hotel. „Ich komme morgen früh bei dir vorbei. Vielleicht kannst du den Hotelpagen dazu bewegen, dass er dir deinen Koffer noch heute Abend zum Bahnhof bringt. Gegen mein Auto hast du ja Vorbehalte.”

Donnerstag, 9. August 01

Als Sabine am nächsten Morgen ins Hotel kam, saß ihre Mutter schon in der Halle. „Wo bleibst du denn?”, fragte sie aufgeregt, aber Sabine beruhigte sie. „Mama, es ist noch mehr als eine halbe Stunde Zeit. Bis zum Bahnhof brauchen wir nicht mal zehn Minuten.”

Frau Aaron bedankte sich, dass Sabine das Hotel bezahlt hatte. „Das war aber nicht nötig”, meinte sie. „Du wirst sicher gerade soviel verdienen, dass es für dich reicht. Du wolltest mir überhaupt erzählen, was das für eine komische Arbeit ist, die du hier machst. Du bist hier ganz alleine in Chemnitz und deine Redaktion ist in Leipzig. Diese Mag”, den Namen sprach sie spitz aus, „die ist ja nur vorübergehend zu deiner Unterstützung dabei, wie du mir erzählt hast.”

„Wir haben gut neunzig Minuten Zeit im Zug. Dann erkläre ich dir alles. Hast du ordentlich gefrühstückt?”

Frau Aaron schüttelte den Kopf. „Ich war viel zu aufgeregt. Ich hätte keinen Bissen herunterbekommen.”

„Da suchen wir uns erst gar keinen Platz in einem Abteil. Wir setzen uns gleich zum Frühstück in den Speisewagen. Vielleicht ist es auch nur ein Bistro, aber zum Frühstücken reicht das auch.”

Die beiden Frauen saßen in dem Zug, der eben abgefahren war. Sie hatten einen Platz im Speisewagen gefunden und sich ein Frühstück bestellt. Frau Aaron wollte nur Butter und Konfitüre zu den Brötchen, Sabine hatte Eier mit Speck bestellt.

„Guten Appetit”, wünschte der Kellner und nachdem beide die Teller leer gegessen hatten, begann Sabine zu erzählen.

„Als ich aus den USA zurückkam, habe ich in einer Redaktion am Computer gearbeitet. Ich musste die Artikel eintippen, die von den Journalisten auf Band gesprochen oder direkt über das Telefon diktiert wurden. Aber das weißt du ja schon. Da ich ziemlich schnell schreibe, bin ich gut mitgekommen, aber die Arbeit füllte mich nicht aus. Nebenbei durfte ich auch mal einen Bericht schreiben. Irgendwelche Kleinigkeiten, für die sich die anderen zu schade waren. Einen dieser Artikel hat mein heutiger Redakteur gelesen, fand ihn gut und stellte mich ein. Ich musste deshalb nach Chemnitz umziehen.”

„Ich kaufe mir jede Woche das *Kaleidoskop*, habe aber noch nie was von dir gelesen und ich war immer enttäuscht. Darfst du noch nicht schreiben?”

„Doch”, lächelte Sabine, „das hängt mit der Struktur unserer Zeitschrift zusammen. Wir produzieren für ganz Deutschland, aber einen Düsseldorfer interessiert meist nicht, was zum Beispiel in Halle an der Saale passiert oder in der Lüneburger Heide. Deshalb befasst sich die Hälfte der Seiten unseres Blattes mit Themen, die überall Interesse finden. Außerdem gibt es in jeder Region eine Lokalredaktion. Deren Aufgabe ist es für die unterschiedlichen Ausgaben Themen aus dieser Region zu finden. Meine Redaktion befindet sich in Leipzig. In fast jeder größeren Stadt Sachsens gibt es einen Mitarbeiter. Dessen Aufgabe ist es, jeweils eine Seite -mal mehr, mal weniger- für seinen Bereich zu füllen. Ich bin für Chemnitz und seine Umgebung, zum Beispiel Freital, zuständig. Das heißt also, wenn du in Sellin unsere Zeitung kaufst, wirst du selten einen Artikel über

Chemnitz finden, weil du dort die Rostocker Ausgabe bekommst. Deshalb kannst du meine Sachen nicht lesen. Es steht immer etwas über Sachsen drin, aber eben nicht unbedingt aus Chemnitz. Ich werde dir aber ein Abo von der Leipziger Ausgabe besorgen."

„Ist das denn nicht sehr arbeitsaufwändig und umständlich so viele unterschiedliche Ausgaben zu drucken."

„Mama, das geht heute alles über den Computer. Meinen derzeitigen Fall, den du ja selbst miterlebt hast, habe ich übers Internet an die E-Mail Adresse meiner Redaktion in Leipzig geschickt. Da mein Bericht aber von allgemeinem Interesse war, ging er von dort über den selben Weg an die Hauptredaktion und erschien in allen Regionalausgaben. Für die Bilder kann ich übrigens einen Chemnitzer Bildreporter gegen Honorar beschäftigen, aber ich werde mich daran gewöhnen die Fotos selber zu schießen. Das klappte ja beim letzten Mal ziemlich gut. Außerdem bringt das mehr Geld."

Frau Aaron war erstaunt. „Ja weißt du denn mit diesem *Indernetz* Bescheid. Ist denn das nicht schwierig?"

„Ach Mama, das kann heute jedes Schulkind."

Die freundliche Stimme aus dem Zugfunk gab bekannt, dass in wenigen Minuten Leipzig erreicht sei und wünschte den Reisenden einen guten Tag in Leipzig oder eine angenehme Weiterreise. Sabine hatte ihr Frühstück schon bezahlt, nahm die beiden kleinen Koffer ihrer Mutter und ging mit ihr zur Tür. Die Räder des Zuges ratterten über Weichen und quietschten beim Bremsen. Langsam kam der Zug zum Stehen und an den Türen drängten sich die Leute, die aussteigen wollten.

Sabine half ihrer Mutter aus dem Zug, erwischte einen der Kofferwagen, die auf dem Bahnsteig herumstanden und schob ihn zu den Gepäckfächern in der Halle.

„Was tun wir jetzt?", wollte Frau Aaron wissen und Sabine drehte sich im Kreis mit ausgestrecktem Arm. „Sieh dich um, Mama. Das ist der modernste Bahnhof Europas." Das hörte sich so stolz an, als habe sie selbst daran mitgebaut.

Doch Frau Aaron war anscheinend nicht so begeistert. „Ich verstehe das alles nicht mehr. Ich begreife ja, dass man auf einem Bahnhof ein Buch oder eine Zeitung bekommen muss, ein bisschen

Verpflegung vielleicht, aber das alles hier ist doch verwirrend. Man weiß ja überhaupt nicht, wie man zum Bahnsteig kommt. Da gefällt mir unser Bahnhof in Sellin oder Saßnitz aber besser. Da gibt es zwei Bahnsteige, in der Halle einen Kiosk und eine Gaststätte. Das reicht doch, oder?"

„Mir ist es schon angenehm, in moderner Umgebung einkaufen zu gehen oder etwas zu essen. Aber im Grunde hast du natürlich Recht. Die Leipziger mit ihrem hintergründigen Humor haben auch schon einen Namen für den Bahnhof: Supermarkt mit Gleisanschluss."

Die beiden Frauen hatten etwa vier Stunden Zeit. Kurz nach Mittag fuhr der Zug nach Stralsund. Sabine sah auf dem Fahrplan nach der Ankunftszeit, telefonierte mit ihrem Bruder in Sellin und bat ihn, die Mutter in Stralsund abzuholen. Frau Aaron sagte auch noch ein paar Worte, aber sie telefonierte nicht gerne, denn sie hörte seit einiger Zeit nicht mehr so gut.

„Was wollen wir uns ansehen?"

„Was gibt es denn hier zu sehen?"

„Eine ganze Menge. Vielleicht willst du mal zum Völkerschlacht-Denkmal?"

„Ich kann Denkmale nicht leiden, die an einen Krieg erinnern. Vater war mal in seiner Jugend hier. Er nannte es immer den Schlachterturm. Was gibt`s denn noch?"

„Vielleicht das Theater oder das Gewandhaus? Wir könnten uns die Mädlerpassage ansehen oder Barthels Hof, zwei Objekte, die Leipzig dem Pleite-Schneider zu verdanken hat. Oder was hältst du von Auerbachs Keller, du weißt schon. *Faust.* Vielleicht willst du die Nicolai Kirche sehen. Dort begannen die Montagsdemonstrationen. Im Sommer neunundachtzig."

„Weißt du was, ich habe in den letzten Tagen genug Kirchen, historische Häuser und neue Einkaufstempel besucht. Theater oder Gewandhaus wäre schön, dann will ich aber auch eine Aufführung hören oder sehen, aber das wird ja wohl um diese Zeit nicht möglich sein. Wenn du mir einen Gefallen tun willst, geh mit mir in den Zoo. Der soll ja in Leipzig sehenswert sein."

Sabine zuckte die Achseln. Sie war anderer Meinung. Einen

Zoo kann man überall sehen, aber nicht Auerbachs Keller, doch sie war ja hier wegen ihrer Mutter. „Gut, gehen wir in den Zoo", meinte sie. Obwohl Sabine selten in den Zoo ging -in Leipzig war sie noch nie dort- war es ganz amüsant. Das große Affengehege war interessant. Im Stillen wunderte sie sich, dass es Leute gab, die glaubten, nicht von den Affen abzustammen. In der Zoogaststätte aßen sie noch ein Eis und dann war es Zeit, zum Bahnhof zu kommen.

„Hast du was dagegen, wenn wir das Stück zu Fuß gehen?", fragte Sabine. „Es sind vielleicht fünfzehn Minuten."

„Aber nein. Es ist doch schönes Wetter und laufen kann ich noch ganz gut." Die beiden Frauen hakten sich unter und machten sich langsam auf den Weg.

Mag war schon früh auf den Beinen. Obwohl es bei ihr abends meist spät wurde, stand sie oft früh auf. Für ihr Frühstück nahm sie sich immer Zeit, kochte sich einen starken Kaffee und schaltete das Frühstücksfernsehen ein, denn die Zeitung kam erst später. Da fiel ihr Salfelder ein. Heute hatte sie noch nichts Bestimmtes vor. „Eigentlich könnte ich mir mal ansehen, was dieser Gauner so treibt", dachte sie, aber sie hatte es nicht eilig.

Saalfelder besaß ein Haus in Flöha. Sie rief dort an und fragte die Sekretärin, ob sie heute Herrn Salfelder sprechen könne. Sie gab sich als eine Pharmavertreterin aus.

„Nein", hörte sie die Sekretärin antworten. „Das tut mir furchtbar Leid, aber Herr Salfelder hat heute einen Auswärtstermin. Er ist schon fast auf dem Weg. Könnten Sie ihren Besuch auf Freitag verschieben? Da hätte ich noch einen Termin frei." Mag hörte, wie sie in einem Terminkalender blätterte.

Sie bedankte sich höflich, aber sie würde dann lieber noch mal anrufen. Dann zog sie sich rasch um, packte ihren Autoschlüssel und lief die Treppe hinab. Sie hatte Glück. Als sie in Flöha ankam, öffnete sich gerade das Garagentor und Salfelder fuhr in einem 300er Mercedes auf die Straße. Mag musste nicht einmal anhalten und konnte dem Wagen folgen. Sie hielt einen angemessenen Abstand und war froh, dass er nicht zu schnell fuhr, sodass sie bequem hinterher fahren konnte. Es war natürlich ungewiss, ob sie etwas Besonderes herausbekam, wenn sie ihm hinterherfuhr, aber irgendwo musste sie ansetzen, wenn sie Sabines Verdacht vielleicht verifizieren wollte. Glück gehörte nun mal auch zu ihrer Arbeit.

Als sie bemerkte, dass Salfelder die Richtung zum Grenzübergang Reitzenhain einschlug, war sie froh, dass sie den Entschluss gefasst hatte ihm mal ein bisschen auf die Finger zu sehen. Sie wusste, dass er Geschäfte machte in Tschechien. Vielleicht erfuhr sie heute etwas was darüber.

Plötzlich klingelte ihr Handy. Sie suchte lange in ihrer Handtasche auf dem Beifahrersitz, bis sie es fand.

Es war Sabine, die sich aufgeregt meldete.

Auf dem Bahnsteig in Leipzig war viel Gedränge. Ganze Familien warteten auf den Zug an die Ostsee. Die Insel war wieder Urlaubsziel für Ostdeutsche, aber auch viele Westdeutsche hatten die Ostsee entdeckt. Das war einer der Gründe, dass es in dem Hotel, das Sabines Familie besaß, so gut lief. Alle Zimmer waren bis zum Saisonende ausgebucht.

„Weißt du, dass ich mich freue, wieder nach Hause zu kommen? Du hast sicher ein interessantes Leben, aber für mich ist das zu anstrengend. Außerdem habe ich ein schlechtes Gewissen, dass ich die Kinder so mitten im Geschäft allein gelassen habe. Viel tun kann ich zwar nicht mehr, aber wenigstens im Büro kann ich noch ein bisschen helfen, auch wenn ich den Computer nicht anrühre. Die gesamte Buchhaltung läuft über den Apparat, die Zimmerbuchungen und Abrechnungen. Mit einem Knopfdruck kannst du den Lagerbestand an Lebensmitteln oder auch an Bettwäsche ermitteln. Die Bestellungen beim Großhändler erledigt der Zauberkasten. Ich begreife es nicht.”

Sabine sah ihre Mutter liebevoll an und lächelte ihr zu. „Ach Mama. Du musst das doch auch nicht. Du hast dich doch lange genug für uns abgerackert, vor allem, nachdem Papa gestorben war. Deine Kinder machen das schon. Manchmal habe ich ein schlechtes Gefühl, dass ich euch so im Stich gelassen habe.”

Frau Aaron strich Sabine über das Haar. „Du hast dein eigenes Leben und du musst selbst bestimmen was du tust. Schade ist nur, dass wir uns so selten sehen.”

Sabine wurde unsanft von hinten angestoßen, aber der Mann, der daran schuld war, entschuldigte sich höflich bei ihr. „Ich wurde selbst gestoßen. Bitte, habe ich Ihnen weh getan?"

Er sah sie verwundert an, weil Sabine überhaupt nicht auf ihn reagierte. Sie schaute starr geradeaus. Auf dem gegenüberliegenden Bahnsteig war ein Zug angekommen und sie sah wie gebannt auf die Menschen, die dort ausstiegen. Sie drehte sich abrupt zu ihrer Mutter um und sagte aufgeregt: „Mama, der Zug kommt in ein paar Minuten. Sei mir bitte nicht böse, aber ich kann nicht warten. Ich habe die Zeit schon verpasst und ich kriege Ärger, wenn ich zu spät komme. Ich wünsche dir eine gute Fahrt." Sie umarmte ihre Mutter, drehte sich auf dem Absatz um und rannte den Bahnsteig entlang.

Ihre Mutter schaute ihr entgeistert nach und schüttelte den Kopf. Sie sah auf die Uhr. „Ich denke, die Redaktionssitzung beginnt um ein Uhr? Die jungen Leute sind so hektisch heute. Auf die paar Minuten wäre es doch bestimmt nicht angekommen."

„Hallo Mag", flüsterte Sabine in ihr Handy, „du wirst es kaum glauben...."

„Warum flüsterst du? Sprich lauter! Ich kann dich nicht verstehen. Was sind das für Geräusche im Hintergrund?"

Sabine wusste auch nicht, warum sie geflüstert hatte und sprach jetzt lauter. „Du wirst es nicht glauben. Ich sehe Mrotzek. Ich bin auf dem Leipziger Bahnhof und Mrotzek ist gerade mit einem Zug hier angekommen. Ich werde ihm hinterhergehen. Schalte dein Handy nicht ab. Ich rufe wieder an. Ende!"

Mrotzek ging die Treppe zur Osthalle des Leipziger Bahnhofs hinunter, durchquerte sie und stieg draußen in ein Taxi. Zum Glück standen mehrere Wagen am Taxistand und Sabine stieg ebenfalls ein.

„Bitte fahren sie dem Wagen hinterher", rief sie dem Fahrer zu, und der sah verwundert nach hinten. „Spielen wir Krimi?", wollte er lächelnd wissen.

Sabine hielt ihm ihren Presseausweis hin. „Ich bin Journalistin. Der Mann in dem Taxi dort vorne, ist ein VIP", log Sabine. Ich muss wissen wo er hinfährt. Das ist mein Job. Vielleicht bekomme ich ein Interview."

Auf der Straße war dichter Verkehr und der Mann hatte Mühe,

seinem Kollegen zu folgen. „Ich kann den Wagen über Funk erreichen", meinte er, „der Kollege kann uns sagen wo der Mann hin will."

„Um Himmels willen, nein! Wenn der Fahrgast merkt, dass ich ihn erkannt habe, verschwindet er, und meine Chance ist verpasst", sagte Sabine aufgeregt. „Diese Promis sind empfindlich."

„Ist der alte Knabe ein Filmschauspieler?", wollte der Fahrer wissen. „Muss man ihn kennen?"

„Nein", log Sabine weiter. „er ist ein Politiker, aber er agiert mehr im Hintergrund. Ich glaube nicht, dass Sie ihn kennen." Damit gab sich der Mann zufrieden.

Das Taxi mit Mrotzek fuhr hinaus nach Connewitz und hielt vor dem Eingang einer kleinen Pension. Mrotzek stieg aus, reichte dem Fahrer das Geld durch die offene Scheibe, grüßte höflich und ging hinein. Sabine stieg ein paar Meter vor dem Eingang aus, ging vorsichtig weiter und spähte durch die geöffnete Tür. Mrotzek stand vor der Rezeption und füllte den Meldezettel aus. Er unterhielt sich noch eine Weile mit der Frau hinter dem Tresen und als er jetzt den Hut abnahm, sah Sabine, dass er sein schütteres Haar mit einer silbergrauen, gut gearbeiteten Perücke aufgewertet hatte. Er trug eine modische Brille mit leicht getönten Gläsern.

Sabine trat einige Schritte zurück. Sie wollte verhindern, dass er sie entdeckte, falls er sich unverhofft umdrehte. Nach einer Weile sah sie wieder durch die geöffnete Tür und merkte, dass er die Rezeption verlassen hatte. Die Leuchtziffer über der Fahrstuhltür blinkte. Vorsichtig betrat sie die Pension und hielt den Kopf gesenkt.

„Verzeihen sie", sprach sie die Frau an, „war der Gast, der soeben noch bei Ihnen stand nicht Herr Mrotzek aus Wien?"

Die Frau schüttelte den Kopf. „Nein." Sie sah auf das ausgefüllte Formular. „Einen tschechischen Namen hat er aber auch. Er „Danke sehr. Da habe ich mich geirrt. Ich dachte es sei ein heißt Petr Hrdina. Petr ohne *e* vor dem *r*. Er kommt aus Prag." Bekannter. Sagen Sie ihm nichts, das wäre mir peinlich." Sie drehte sich um und ging hinaus auf die Straße. Draußen ging sie um die nächste Ecke, setzte sich auf eine Bank und wählte wieder Mags Nummer. „Hallo Mag, ich bin´s noch mal."

Mag unterbrach sie. „Bist du verrückt. Erzählst mir, du hättest Mrotzek gesehen und legst einfach auf. Ich habe dich schon mit einem Loch im Kopf auf dem Leipziger Bahnhof liegen gesehen. Dann habe ich mir allerdings gedacht, dass du Gespenster siehst. Selbst wenn der Mann in Leipzig wäre, glaubst du doch auch nicht an so einen Zufall. Ausgerechnet du siehst in einer Stadt mit hunderttausenden Menschen und tausenden Besuchern jeden Tag zufällig einen alten Bekannten, einen Profikiller?"

Endlich kam Sabine wieder zu Wort. „Ich sehe keine Gespenster. Ich bin ihm mit einem Taxi nach Connewitz gefolgt. Er hat ein Zimmer in einer Pension genommen. Auf dem Kopf hat er eine graue Perücke und er trägt eine getönte Brille. Ich postiere mich jetzt hier in der Nähe und passe auf ob er rauskommt. Dann folge ich ihm."

Mag schlug einen scharfen Ton an. „Nichts tust du. Du bist wohl lebensmüde. Du rufst die nächste Polizeidienststelle an und sagst denen, was du vermutest. Die sollen sich darum kümmern. Hast du mich verstanden?"

„Ich lass mir doch meine Story nicht entgehen. Da bin ich nächste Woche wieder auf dem Titel. Wenn ich genug gesehen habe, ist immer noch Zeit für die Polizei."

„Oder für den Friedhof", meinte Mag, aber Sabine hatte schon die Verbindung unterbrochen.

Mag wählte die Nummer der Dienststelle von Fux. „Kann ich bitte Hauptkommissar Fux sprechen?", fragte sie, als sich eine Frau meldete.

„Es tut mir Leid. Hauptkommissar Fux ist nicht im Haus. Versuchen Sie es morgen wieder."

„Moment", rief Mag in den Apparat. „Ich muss Fux sprechen. Es geht um die beiden Morde bei Doktor Möller. Meine Freundin ist in Gefahr. Ist Fux nicht irgendwie erreichbar?"

„Ich kann Ihnen eine Handynummer geben, aber ob ihm das recht ist, weiß ich nicht. Vielleicht hat er es gar nicht eingeschaltet. Er ist in Leipzig. Dienstlich."

„Das kann es nicht geben", rief Mag, „alle sind in Leipzig. Aber dort ist er genau richtig. Geben Sie mir seine Nummer. Schnell!" Sie notierte sich die Nummer auf einem Papiertaschentuch und wählte sofort wieder. Es klingelte eine ganze Weile, ehe sich jemand meldete.

„Ja? Fux."

„Dem Himmel sei Dank. Herr Fux. Wenn Sie nicht sitzen, dann suchen Sie sich erst einen Platz. Sabine ist nämlich auch in Leipzig. Sie hat mich gerade angerufen. Sie meint, sie habe Mrotzek gesehen. Er soll in einer Pension in Connewitz abgestiegen sein. Mit grauer Perücke und getönter Brille. Sie will ihn observieren. Ich habe ihr geraten die Polizei zu rufen aber sie ist verrückt auf eine Story."

„Verdammt. Ich versuche sie zu erreichen. Ihre Nummer habe ich. Ich rufe Sie zurück, wenn ich etwas erfahre. Wo sind Sie eigentlich? Etwa auch in Leipzig?"

„Nein, ich bin in Tschechien. In einem kleinen Nest. Ich bin auch hinter einer Story her. Ich erzähle es Ihnen, wenn wir uns wieder sehen. Ich mach jetzt Schluss. Versuchen Sie Ihr Bestes."

Fux wählte Sabines Nummer. Er ließ es lange klingeln, aber Sabine schien nicht abzunehmen. Er versuchte es noch mal und wieder meldete sich niemand am anderen Ende.

Sabine musste nicht lange warten. Schon nach fünfzehn Minuten kam Mrotzek wieder aus dem Haus. Er ging nach links die Straße hinab, schien sich aber Zeit zu nehmen. Ab und zu blieb er vor einem Schaufenster stehen und betrachtete anscheinend interessiert die Auslagen. Die Straße war ziemlich belebt, sodass Sabine dem Mann leicht unbemerkt folgen konnte. Sie hörte ihr Handy klingeln, das in ihrer Tasche lag, aber sie meldete sich nicht. Jetzt hatte sie keine Zeit. Sicher war es wieder Mag, die sich Sorgen um sie machte, aber sie würde sich ihr Vorhaben sowieso nicht ausreden lassen.

Mrotzek hatte jetzt keinen Hut mehr auf und auch die Brille trug er nicht mehr. An der nächsten Ecke bog er rechts ab. Er schien sich hier auszukennen, denn er steuerte gezielt ein Restaurant an. Nachdem er die ausgehängte Karte studiert hatte, betrat er das Lokal.

Sabine konnte durch die großen Fenster den Raum gut übersehen. Mrotzek -vielleicht hieß er ja Hrdina oder auch ganz anders- setzte sich an einen kleinen Tisch, aber mit dem Gesicht zur Wand. Gleich darauf stand er jedoch wieder auf, sprach mit dem

Kellner und ging durch eine Tür hinaus. Vielleicht zur Toilette oder möglicherweise zum Telefonieren. Sabine nutzte die Gelegenheit, ebenfalls in die Gaststätte zu gehen. Sie hatte gesehen, dass in einer Ecke ein Tisch stand, der von einem Kleiderständer verdeckt wurde. Von dort aus könnte sie Mrotzek beobachten ohne von ihm gesehen zu werden. Sie bestellte sich beim Kellner eine Tasse Kaffee und einen Cognac. Dann nahm sie eine Zeitung, die in einem Holzgriff an der Wand hing. Sie legte sie neben sich auf den Tisch. So konnte sie ihr Gesicht verbergen, sollte Mrotzek auf die Idee kommen aus irgendeinem Grund durch das Lokal zu gehen.

Mrotzek telefonierte tatsächlich an dem Apparat, der im Gang an der Wand hing. Sie konnte es sehen, als ein Mann in Kochkleidung aus der Tür kam und mit dem Büfettier sprach. Mrotzek kam hinterher und setzte sich wieder an den Tisch. Wieder mit dem Gesicht zur Wand. Sicher war das eine Vorsichtsmaßnahme.

Er hatte sich eine große Schweinshaxe bestellt und nagte genüsslich an den letzten Knochen. Danach trank er einen Underberg zum Bier, winkte dem Kellner und bezahlte seine Rechnung. Anscheinend hatte er ein gutes Trinkgeld gegeben, denn der Kellner bedankte sich überschwänglich. Mrotzek stand auf, ging aber nicht in Richtung des Ausgangs, sondern kam auf Sabines Tisch zu.

„Hallo, Frau Aaron", sagte er, „darf ich mich einen Augenblick an Ihren Tisch setzen? Ist Frau Müller auch in den Nähe und wie geht es Ihrer Mutter?"

Sabine saß mit offenem Mund da. Sie brachte kein Wort über die Lippen. Auf ihrer Stirn bildeten sich Schweißtropfen.

Mag war Salfelder bis in den kleinen tschechischen Ort gefolgt. Als er dann aber auf den Waldweg einbog, fand sie es klüger nicht weiter hinter ihm herzufahren. Mitten im Dorf, gleich neben einer kleinen, barocken Kirche, die dringend eine Renovierung nötig hatte, fand sie ein einfaches Dorfgasthaus. Sie stieg aus ihrem Auto und ging durch die schwere, eichene Tür hinein. Sie war, außer drei Männern in Arbeitskleidung, der einzige Gast.

„Guten Tag", sagte sie laut auf deutsch. Sie kannte zwar ein paar tschechische Worte, aber sie wusste auch, wenn sie erst einmal mit *dobrý den* einen tschechischen Gruß entboten hätte, die Wirtin sofort mit einem Wortschwall in ihrer Sprache antworteten würde. Jetzt wussten alle, dass sie deutsch sprach.

In Tschechien gibt es, vor allem unter den älteren Leuten, viele, die recht gut deutsch sprechen, auch wenn sie es in der melodischen Art ihrer eigenen Sprache benutzen.

„Mechtän Sie essän?", fragte die Frau, die anscheinend die Wirtin war. „Wir haben gute, tschechische Kichä. Vielleicht Schweinbraten mit Knedliky. Knedel", verbesserte sie sich.

„Mit Sauerkraut?", fragte Mag.

„Mit Sauerkraut", bekam sie zur Antwort.

Mag hatte zwar keinen großen Hunger, aber wenn sie nicht bestellte, würde sie kaum in ein Gespräch mit der Frau kommen. „Bringen sie bitte eine Portion. Und ein Bier, bitte."

Das Bier war gut gezapft und kam schnell. „Auf Essän, Sie missen wartän, dauert kleine Moment." Sie lächelte freundlich.

Während Mag wartete, versuchte sie noch mal Sabine zu erreichen, aber wieder meldete die sich nicht, obwohl das Freizeichen ertönte. Ihr Handy war demnach eingeschaltet. Jedoch nach dem dritten Klingeln brach der Ruf ab. Sie musste es absichtlich ausgeschaltet haben. Jetzt versuchte sie es bei Fux. Als habe er darauf gewartet, meldete er sich sofort. „Fux. Bist du es Sabine?"

„Nein. Ich bin es, Mag. Hast du sie erreicht?" Sie merkte gar nicht, dass sie ihn duzte, aber auch Fux schien sich nicht darüber zu wundern.

„Nein, aber wir wissen jetzt, dass sie tatsächlich Mrotzek gesehen hat. Ich habe mir hier ein paar Leute geschnappt und wir haben sämtliche Hotels und Pensionen in Connewitz abgegrast. Zum Glück waren es nicht so viele. Ich habe mir das Phantombild von Mrotzek faxen lassen. Eine Pensionsangestellte hat ihn erkannt und sie hat sich gewundert, dass schon vorher eine Frau nach ihm gefragt hatte. Sie habe wissen wollen, ob der Mann -sie musste nachdenken- Mrotzek heißt. Er ist aber als Petr Hrdina hier eingetragen, aus Prag. Er habe einen Pass auf diesen Namen. Er sei aber vor einer halben Stunde weggegangen. Alleine."

„Was willst du jetzt weiter unternehmen?"

„Ich habe die Leute losgeschickt um in allen Gaststätten nach Mrotzek, oder wie er auch heißen mag, zu suchen. Außerdem habe ich bei den Taxi-Unternehmen nachgefragt, ob ihn ein Wagen weggefahren habe. Wir fanden aber nur einen Fahrer, der ihn hergebracht hat, und einen anderen, der seinem Kollegen hinterherfahren musste. Der hat Sabine nach meiner Beschreibung erkannt. Die Frau in der Pension sagte uns, dass Mrotzek jetzt graue Haare habe. Sicher gefärbt. Sabine habe ich ausführlich beschrieben. Mit ihren kurzen, roten Haaren dürfte sie ja nicht zu übersehen sein.

„Sabine sagte, Mrotzek trüge eine graue Perücke und eine Brille mit getönten Gläsern, aber das habe ich dir bereits gesagt. Sie wolle hinter ihm hergehen, wenn er aus der Pension komme.”

„Man sollte ihr den Hintern versohlen”, schimpfte Fux. „Vielleicht mache ich das auch, wenn wir sie finden.”

Mag lachte. „Das könnte dir gefallen”, aber Fux ging auf ihren Ton nicht ein. „Mach jetzt keine Späße. Hoffentlich hat sie keine Dummheiten gemacht.” Man hörte seiner Stimme an, dass er sich ernsthaft Sorgen machte.

„Ruf mich zurück, wenn du was hörst”, bat Mag.

Unger saß jetzt schon zwei Stunden diesem Jewgeni Charkow im Vernehmungszimmer gegenüber und war noch keinen Schritt weiter gekommen. Dessen Lebensgefährtin Beate Brunner, die Inhaberin mehrerer gastronomischer Betriebe, hatte er seinem Assistenten Bräge überlassen.

Langsam verlor er die Geduld. „Herr Charkow, Sie können mir nicht erzählen, dass da nichts dahintersteckt, wenn Sie jeden Monat genau 10 000,- Mark in bar abheben, wofür es keine Ausgabenbelege gibt. Kassiert man bei Ihnen Schutzgeld? Und wer kassiert?”

Charkow zog verächtlich die Mundwinkel nach unten. „Sie haben keine Ahnung, mein Freund...”

„Ich bin nicht Ihr Freund. Ich bin Oberkommissar Unger. Kriminaloberkommissar.”

„Sie haben trotzdem keine Ahnung. Die Läden gehören nicht mir, sondern Frau Brunner, meiner Lebensgefährtin. Und Schutzgeld? Sie machen sich doch lächerlich. Glauben Sie wirklich, dass irgendeine

Bande Krimineller Schutzgeld für das Betreiben von sieben Lokalen sich mit 10 000.- Mark zufrieden gäbe, dann wissen Sie überhaupt nichts, wie das läuft. Frau Brunner besitzt drei renommierte Speiselokale, zwei gutgehende Bars und zwei verrückte Diskos. Lassen Sie mich also in Frieden. Ich bin lediglich der angestellte Geschäftsführer für die Nachtlokale. Frau Brunner kümmert sich persönlich um die Tagesgeschäfte.”

Unger lachte höhnisch. „Mir können Sie nichts weismachen, Charkow....”

„Herr Charkow, bitte!”

„Du kannst mir nichts weismachen, Charkow. Du ziehst die Fäden in allen Lokalen, die offiziell der Brunner gehören. Das werde ich dir noch beweisen.”

„Das kannst du nicht, Unger. Ich will jetzt meinen Anwalt hier sehen, sonst sage ich gar nichts mehr. Du kannst mich nicht einschüchtern, du mieser kleiner Bulle.”

Jetzt ging alles rasend schnell. Unger stürzte auf Charkow zu, riss ihn an den Revers seines teuren Armani Anzuges vom Sitz, dass die Nähte krachten. Er packte ihn mit der linken Hand am Hals und holte mit der rechten Hand aus, packte ihn am Hinterkopf und stieß ihn mit dem Gesicht auf die Tischplatte, dass das Blut aus der Nase spritzte.

Später wusste Unger nicht mehr zu sagen, wie es kam, dass er plötzlich von hinten von Charkows Armen umschlungen war. Der hatte ihm seine Hände unter den Achseln durchgeschoben, sie hinter dem Genick gefaltet und drückte mit aller Kraft Ungers Kopf ruckweise auf die Brust, dass dieser seine Halswirbel krachen hörte.

Unger schrie laut auf. Er hatte tatsächlich Angst, dass dieser Bandit ihm das Genick brechen würde. Die Tür wurde aufgerissen. Doppelhuber und Haumüller kamen in den Raum gerannt. Doppelhuber stürzte sich mit seinem ganzen Gewicht auf Charkow und mit Hilfe Haumüllers gelang es ihm, Charkows Arme nach hinten zu reißen und ihm die Handschellen anzulegen. Vorher hatte der sich jedoch mit einem Ruck eines der Revers heruntergerissen

Er stand schnell atmend neben dem Tisch und ließ sich langsam auf den Stuhl sinken, in dem er vorher gesessen hatte. Mit bösem Blick sah er Unger an. „Dieses verdammte Bullenschwein", zischte er.

Unger stand fassungslos auf der anderen Seite des Tisches, drehte vorsichtig seinen Kopf in alle Richtungen, als wolle er sich überzeugen, dass er noch an der richtigen Stelle saß. Dann sprang er mit einem lauten Schrei auf Charkow los, ergriff den schweren Aschenbecher, der auf dem Tisch stand und holte aus.

Haumüller fasste die Hand, die Unger mit dem Aschenbecher hinter seinem Kopf hielt, und Doppelhuber umfasste die andere wie mit einem Schraubstock.

„Mach kein Scheiß, Unger", sagte er. „Willst du Ärger?"

„Dieser Mistkerl ist plötzlich aufgesprungen und hat meinen Hals gewürgt. Ich dachte, er reißt mir den Kopf ab."

„Ja, ja", meinte Halbhuber ironisch, „vorher hat er sich noch die Nase blutig geschlagen, oder?"

Unger wurde wütend. „Du glaubst mir wohl nicht?"

„Nein, ich kenne dich." Jetzt wurde Halbhuber auch wütend. „Das wäre doch nicht das erste Mal, dass du ausflippst. Erzähle deine Märchen nicht Fux. Sieh lieber zu, dass du diesen Charkow beruhigst."

Der lachte Unger höhnisch an und deutete auf den zerrissenen Anzug. „Das wird teuer, Bulle."

Haumüller schickte ihn nach Hause. „Wir sind noch nicht fertig miteinander!", sagte er zu ihm.

Sabine sah Mrotzek mit weit aufgerissenen Augen an. Man merkte die schreckliche Angst, die sie verspürte. Sie öffnete den Mund, als wolle sie etwas sagen, brachte aber kein Wort heraus.

„Aber liebe Frau Aaron", sagte Mrotzek sanft und äußerst liebenswürdig „was ist los mit Ihnen? Ich bin es doch, Mrotzek, Ihr Bekannter aus dem Chemnitzer Hotel."

„Sie heißen nicht Mrotzek. Sie heißen Hrdina", antwortete Sabine tonlos.

„Ich heiße auch nicht Hrdina", lächelte er. „Aber das werden Sie sich sowieso gedacht haben. Nennen Sie mich ruhig Mrotzek, das ist Ihnen vertrauter, soweit ich Ihnen überhaupt vertraut bin. Was machen wir jetzt bloß mit Ihnen? Ich kann Sie doch nicht einfach laufen lassen. Wissen Sie was, Sie kommen mit mir in meine Pension, dann sehen wir weiter."

Sabine wurde weiß im Gesicht. Sie spürte förmlich, wie ihr das Blut aus dem Kopf strömte. „Ich gehe nirgendwo mit Ihnen hin. Ich denke nicht daran."

Mrotzek lächelte unbeirrt. „Da bin ich nicht so sicher, liebe Frau Aaron, oder darf ich Sabine sagen. Ich habe nämlich in meiner Tasche etwas, was sie überzeugen könnte: Eine niedliche, kleine Pistole, nichts Besonderes, ganz kleines Kaliber."

„Sie werden es nicht wagen, Sie hier in aller Öffentlichkeit zu benutzen." Sabine merkte, dass sie langsam ihre Fassung wieder fand.

„Ich würde mich nicht darauf verlassen." Mrotzeks Stimme klang jetzt nicht mehr so unverbindlich. „Was bleibt mir anderes übrig? Ich weiß, dass es für mich riskant sein könnte, aber wenn ich Sie gehen lasse, ist es noch riskanter. Sie würden doch sofort Ihren Mister Fux informieren, nicht wahr?"

„Woher kennen Sie seinen Namen?"

Mrotzek wurde wieder liebenswürdig. „Wissen Sie, in meiner Branche muss man orientiert sein. Ich habe Ihre Rechnung schon bezahlt. Sie stehen jetzt ruhig auf und gehen brav an meiner Seite hinaus. Und denken Sie an meine Warnung. Sie sollten keinen Versuch machen, mich zu überrumpeln, wie auch immer." Damit stand er auf, packte sie ruhig am Arm und zog sie sanft mit sich zum Ausgang. Er lächelte dem Kellner höflich zu und ging mit Sabine hinaus.

Die Gedanken rasten in Sabines Kopf. Sollte sie trotz seiner Warnung versuchen wegzulaufen oder sollte sie um Hilfe rufen. Sie hatte erlebt, wie er skrupellos einen Mann erschossen hatte, den er wahrscheinlich nicht einmal kannte. Sicher hätte er keine Hemmungen auch auf sie zu schießen. Andererseits, was würde mit ihr passieren, wenn sie mit ihm ginge. Dann wäre es doch noch leichter für ihn sie zu beseitigen. So wie die Situation jetzt war, konnte er sie doch gar nicht davon kommen lassen. Sie setzte mechanisch einen Fuß vor den anderen und merkte plötzlich, dass sie bereits vor dem Eingang zu der Pension angekommen waren.

Er führte sie die drei Stufen hoch, öffnete galant die Glastür und nickte der Frau an der Rezeption zu.

„Bitte rufen Sie....", sagte Sabine schnell zu der Frau, aber Mrotzek unterbrach sie. „Ach ja, bitte rufen Sie den Kellner, er möchte uns zwei Cognac auf das Zimmer bringen." Damit zog er Sabine zu der Treppe, die nach oben führte.

Das Zimmer war sauber, aber einfach eingerichtet. Ein breites Bett, ein Schrank, ein kleiner Tisch mit zwei Sesseln. Telefon und Radio auf dem Nachtschrank und gegenüber dem Bett ein kleiner Fernseher. An den Fenstern hingen leichte, gelbe Gardinen, die Wände waren mit weißer Raufasertapete beklebt.

Mrotzek deutete auf einen der Sessel. „Wenn der Kellner kommt, dann versuchen Sie nicht wieder Dummheiten zu machen. Ich werde langsam böse."

Hauptkommissar Clemens von der Kommission für Wirtschaftskriminalität steckte den Kopf ins Büro von Fux. Am Schreibtisch saß aber nur Oberkommissarin Marlene Gläser.

„Hallo Marlene!", rief Clemens ins Zimmer. „Ich muss mit Fux sprechen. Wo finde ich den?"

„Fux ist in Leipzig, beim Bezirksstaatsanwalt, zum Rapport. Den kannst du erst morgen wieder sehen. Was gibt es denn?"

Clemens überlegt, dann setzt er sich in den Sessel Marlene gegenüber. „Wir haben uns doch um die Geschäfte dieses Salfelder gekümmert. Du weißt schon, der Medikamentengroßhandel. Umfassend können wir das allerdings nicht klären. Der hat Dutzende von Tochterfirmen, die alle selbständig agieren, aber immer hat er Anteile, meist über fünfzig Prozent. Diese Firmen sind über ganz Europa verteilt, aber auch in Amerika und in Afrika. Begonnen hat die ganze Sache im Jemen. In der Stadt Sanaa hat er mit seiner Frau, einer der so genannten Bootsflüchtlinge aus Vietnam, vier Jahre gelebt. Er wurde anscheinend dorthin verschlagen, als er für eine Hilfsorganisation gearbeitet hat. Seine Frau war eine studierte Pharmazeutin, die ihn vielleicht auf den Gedanken gebracht hat. Er machte sich selbständig, handelte mit Medikamenten und kam dann mit seiner Firma über Heidelberg nach Chemnitz."

KOK Gläser schüttelte den Kopf. „Ich habe die ersten Gespräche mit dem Ehepaar geführt. Die Frau ist keine Vietnamesin.

Sie ist aus Frankreich, hat aber einen deutschen Pass. Da musst du dich täuschen."

„Lass mich doch ausreden. Ich sprach von seiner ersten Frau. Soweit wir das ermitteln konnten, ist sie tödlich verunglückt. Sie ist aus ungeklärten Gründen mit dem Auto von der Straße abgekommen, aber das ist nicht wesentlich. Wichtig ist, dass seine Geschäfte scheinbar sauber sind. Ich habe mich mit dem Zoll in Verbindung gesetzt und mit der Steuerfahndung. Salfelder kauft Medikamente en gros und verkauft sie an seine Tochterfirmen weiter. Es gibt ordentliche Rechnungen und alles wird vorschriftsmäßig verzollt, wenn ins Ausland geliefert wird."

„Du meinst also, den können wir vergessen. Kein Motiv für einen Mord, keine Erpressung?"

„Sei nicht voreilig. Ich habe Fux schon gesagt, dass irgend etwas nicht stimmt mit dem. Er verkauft wesentlich mehr als er einkauft. Es ist aber alles so verflochten, dass keiner, auch wir nicht, durchsieht. In jedem Fall werden wir da dran bleiben."

„Was willst du aber jetzt von Fux, wenn du ihm das schon erzählt hast. Am besten, du machst einen Bericht, dann können wir den Mann für die Mordfälle entlasten."

„Eben nicht!" Clemens macht ein geheimnisvolles Gesicht. „Wenn du mir richtig zugehört hättest, müsste dir was aufgefallen sein."

„Red schon endlich. Für Rätselraten habe ich keine Lust und keine Zeit. Was ist also?"

„Wo liegt Sanaa?"

„Du hast doch gesagt im Jemen."

„Ja, und der Jemen liegt auf der arabischen Halbinsel. Und Sanaa am Roten Meer, fast. Schau mal auf den Atlas."

„Du meinst....?"

„Ich meine! Wenn ich euren Bericht ordentlich gelesen habe, dann habt ihr doch ein Gift gefunden von einem Fisch aus dem Roten Meer. Und ihr sucht jemanden, der an das Zeug herankommen könnte. Wenn du noch dazurechnest, dass seine verstorbene Frau Pharmazeutin war, dann käme der Mann doch dafür in Frage?"

Sabine lag auf einer weichen Unterlage. Sie wollte etwas sagen, brachte aber kein Wort heraus. Es war schrecklich heiß in dem Zimmer. Es roch nach Rauch und es knisterte ihr gegenüber. Angst kroch in ihr hoch. *Es brennt, um Gottes Willen, es brennt.* Da sah sie Fux vor sich stehen. „Hilf mir!", wollte sie sagen, aber brachte kein Wort heraus. Fux rührte keinen Finger, er sah sie kopfschüttelnd an und zischte: „Du bist selbst schuld. Was machst du auch für Extratouren? Dafür ist die Polizei zuständig." Er drehte sich um und ging weg.

Sabine bekam Panik, hob den Kopf und sah Mrotzek. Er stand vor einem geöffneten Koffer und rauchte ein Zigarre. Und dann merkte Sabine, dass es nicht heiß war im Zimmer. Ihre Wange brannte wie Feuer, der Rauchgeruch kam von Mrotzeks Zigarre und das Knistern von einem Cellophanbeutel, in den er Wäsche steckte.

„Wo ist Fux?"

Mrotzek hob den Kopf und sah sie an. „Woher soll ich das wissen? Sind Sie wieder okay?"

„Fux war doch gerade hier?"

„Sie sind wohl ein bisschen durchgedreht. Es tut mir Leid. Ich konnte mir nicht anders helfen. Sie wollten das Haus zusammen schreien. Das kann ich mir nicht leisten. Wenn Sie vernünftig sind, passiert ihnen nichts. Sie sind selbst schuld."

Hatte das Fux nicht auch gerade gesagt?

„Trinken Sie den Cognac. Der steht immer noch auf dem Tisch. Vielleicht fühlen Sie sich dann ein bisschen besser."

Langsam kam Sabine wieder zu sich. Das mit Fux musste sie sich wohl eingebildet haben. Die Tür war geschlossen und Mrotzek würde nicht in aller Ruhe einpacken, wäre Fux in der Nähe. Jetzt fiel ihr wieder ein, was passiert war.

Mrotzek hatte ein paar Tropfen aus einer braunen Flasche in ein Glas mit Wasser getan, hielt es ihr hin und sagte: „Trinken Sie das!" Sabine hatte sich geweigert, da hatte er versucht ihr das Wasser einzuflößen, indem er ihr die Arme an den Handgelenken mit einer Hand zusammenhielt, dass sie vor Schmerz wimmerte.

„Los! Trinken!", zischte er sie an. „Das ist ein Schlafmittel, ziemlich stark. Sie werden ein paar Stunden schlafen und ich habe Zeit hier zu verschwinden." Da er immer noch ihre Arme zusammen gedrückt hatte, stieß ihm Sabine mit dem Kopf in den Bauch, dass Mrotzek zusammenzuckte und das Glas fallen ließ."

„Dumme Gans!", rief er, holte aus und schlug ihr mit dem Handrücken grob ins Gesicht. Sie war anscheinend ohnmächtig geworden und jetzt wusste sie, warum ihr so heiß war im Gesicht.

„Wenn ich hier fertig bin, mache ich Ihnen noch ein Glas. Dann können Sie wählen: Entweder Sie trinken es, oder ich muss Sie noch mal k.o. schlagen. Ich tue das nicht gerne, nur, wenn Sie mir keine andere Wahl lassen."

„Sie lügen", sagte Sabine. „Sie können mich doch gar nicht am Leben lassen. Ich weiß doch. wer Sie sind und ich kann verraten, dass Sie hier waren. Es macht Ihnen doch nichts aus einen Menschen zu töten. Ich habe es doch erlebt."

„Nun hören Sie mir mal zu. Ich töte. Ja. Gegen Geld. Nicht aus Vergnügen. Es ist harte Arbeit und erfordert konkrete Planung. Sie sehen das vielleicht anders. Aber warum sollte ich Angst haben, dass Sie mich verraten? Der Fux und seine Truppe weiß doch längst, dass ich das war, aber die wissen doch überhaupt nicht, wer ich bin und wo sie mich suchen sollen. Bis Sie denen sagen können, dass ich hier war, bin ich längst weg. Nun tun Sie, was sie wollen."

Er holte wieder das kleine braune Fläschchen aus einem Etui und zählte ein paar Tropfen in ein Glas. In diesem Moment klopft es an die Tür.

„Was ist, ich habe keine Zeit. Wer ist denn da?"

Er hatte noch nicht ausgesprochen, als das Fenster klirrte, ein heller Blitz aufflammte und zur gleichen Zeit krachend die Tür ins Zimmer fiel. Durch das zerbrochene Fenster sprang Fux mit einem Satz vom Balkon und durch die Tür stürmten vier schwarzgekleidete Männer in kugelsicheren Westen und Helmen mit einer Plexiglasscheibe vor dem Gesicht.

„Auf den Boden!", schrien sie. „Polizei!"

Gleichzeitig rissen sie Mrotzek um und drückten seinen Kopf mit dem Gesicht auf den Fußboden. Fux, der die Blendgranate durch das Fenster geworfen hatte, kniete sich neben ihn, riss ihm die Arme nach hinten und legte ihm Handschellen an.

Er stürmte zu dem Bett, auf dem Sabine immer noch lag und

kaum etwas sehen konnte, weil die Granate auch sie geblendet hatte. Er nahm sie in die Arme, legte ihren Kopf an seine Brust und streichelte sie zart.

Sabine zitterte am ganzen Körper und konnte nur leise wimmern. Fux nahm ihren Kopf zwischen seine großen, warmen Hände und küsste sie zärtlich auf den Mund.

Die rote Lampe leuchtete auf, gleichzeitig ertönte ein akustisches Signal in der Notrufzentrale des Chemnitzer Polizeipräsidiums.

„Notrufzentrale, Polizeimeister Mager. Kann ich Ihnen helfen?"

Die Stimme auf der anderen Seite der Leitung überschlug sich aufgeregt und redete Mager, noch während er sprach, hinein. „Hier hat es mehrere Explosionen gegeben. Die Diskothek *Rockpoint* brennt lichterloh. Ich hörte Schreie. Ich weiß nicht, ob jemand verletzt ist."

„Bitte bleiben Sie ruhig. Wie ist Ihr Name, bitte...."

„Verdammt! Ihr Lahmärsche. Hier brennt es und Sie wollen Namen. Schicken Sie die Feuerwehr und ich denke, auch Krankenwagen. Mein Name ist Schlegel. Ende."

„Moment, die Adresse..."

Der Anrufer gab die Adresse durch und legte auf.

Mager war anscheinend jetzt überzeugt, dass sich keiner einen schlechten Scherz erlaubt hatte, blieb aber ruhig, informierte die Feuerwehrbereitschaft und den Notarzt. Danach rief er den Kriminaloberrat Manet an.

„Sehen Sie zu, wer von der Kripo frei ist. Am besten schicken Sie jemanden von der OK hin. Die sollen sich sofort bei mir melden, wenn klar ist, was passiert ist. Mager wählte eine Nummer und kurze Zeit später hörte er, wie zwei Wagen mit Sirene auf die Straße fuhren.

Als Marlene Gläser, die einzige, die Mager auftreiben konnte, vor der Disko ankam, war die Feuerwehr schon da. Die Sirene des Krankenwagens war zu hören. Aus den Fenstern zu ebener Erde schlugen Flammen. Neben dem Haus standen neugierige Katastrophentouristen. Ein Mann kam auf die Polizistin zu.

„Ich habe angerufen. Mein Name ist Schlegel."

„Danke", sagte sie. „Mein Kollege nimmt Ihre Adresse auf.

Bitte bleiben Sie hier. Ich möchte noch mit Ihnen sprechen. Jetzt muss ich mich erst mal drum kümmern, ob noch Menschen in dem Haus sind."

Im gleichen Augenblick kam Beate Brunner blutüberströmt aus der Tür. Sie zog einen Feuerwehrmann am Arm. „Schnell, mein Lebensgefährte ist noch da drin. Er ist bewusstlos. Gleich in dem Raum neben der Garderobe, rechts. Ich habe versucht ihn herauszuziehen, aber ich schaffte es nicht. Er ist zu schwer."

Zwei Feuerwehrleute mit Masken und in Schutzanzügen stürmten sofort ins Haus. Der Kollege am Schlauch hielt den Wasserstrahl über die beiden so, dass sie von dem herabströmenden Wasser befeuchtet wurden, dann waren sie hinter der Tür verschwunden. Es dauerte nur Minuten, bis sie einen Mann heraus schleppten. Einer der zwei hatte seine Arme von hinten über der Brust des Mannes verschränkt, der andere hielt seine Beine. Zwei Sanitäter standen bereit, den Mann auf eine Trage zu heben. Eine Frau sprach ihn an.

„Ich bin die Notärztin. Können Sie mich hören?", aber der Mann reagierte nicht. Er hatte eine klaffende Wunde über dem Ohr. Die Ärztin hob ein Augenlid an und leuchtete ihm mit einer Taschenlampe in die Pupille. Sie winkte einem dritten Sanitäter.

„Intubieren! Sauerstoff!" Dann schob sie ihm eine Nadel in die Armvene, verband sie mit einem Schlauch, an dessen anderem Ende ein durchsichtiger Plastikbeutel befestigt war. Den drückte sie dem Sanitäter in die Hand, der ihn hochhielt und damit neben der Trage herlief, die jetzt in den Wagen geschoben wurde. Die Sanitäter und die Ärztin stiegen ein und mit lauter Sirene und Blaulicht raste der Wagen davon.

Marlene Gläser trat zu dem Zeugen Schlegel. „Bitte entschuldigen Sie, Herr Schlegel, dass Sie warten mussten. Ich bedanke mich für Ihre Geduld, aber Sie sehen sicher ein, dass ich mich erst um die Verletzten kümmern musste. Bitte sagen Sie mir, was Sie beobachtet haben."

Schlegel war anscheinend sehr erregt und sprach äußerst schnell. „Also, ich sah, wie drei Männer, ich glaube, dass es Männer waren, wie drei Personen aus der Disko kamen. Sie liefen sehr schnell zu einem Auto, das auf der anderen Straßenseite stand und fuhren mit quietschenden Reifen davon in Richtung Innenstadt. Dann..."

KOK Gläser unterbrach ihn. „Moment bitte, was war das für ein Wagen. Farbe, Fabrikat?"

„Ich habe selbst kein Auto und kenne mich da nicht so aus. Es war aber auf jeden Fall dunkelblau und es hatte keinen Kofferraum. Ich meine aber keinen Kombi. Das Heck war in einer Linie. Nicht extra abgesetzt."

„Also Fließheck?"

„Ja, ich glaube so nennt man das."

Frau Gläser wandte sich an ihren Kollegen. „Bitte Georg, kümmere dich mal darum. Vielleicht gibt es Reifenspuren." Dann drehte sie sich wieder zu Schlegel um. „Und dann?"

„Ja, Herr Hoffmann zog mich weg..."

„Moment, Herr Schlegel. Es gibt also noch einen Zeugen?"

„Wieso? Ach so." Schlegel wurde verlegen. „Herr Hoffmann ist mein Hund. Ich gehe immer um diese Zeit mit Herrn...,mit meinem Hund spazieren. Ich hörte plötzlich zwei Explosionen und Fensterscheiben splittern und dachte, da sind vielleicht noch Leute drin, bis mir dann auffiel, dass hinter den Fenstern Feuer war. Wahrscheinlich sind die Scheiben durch die Hitze geborsten. Dann schlugen auch schon die Flammen aus den Fenstern. Ich hatte Angst hineinzugehen und habe die Polizei angerufen. Ich habe ein Handy. Ein Nokia, sehr praktisch." Schlegel hob stolz einen kleinen Apparat hoch. „Ich habe es erst seit drei Tagen."

Gläser lächelte den älteren Herrn an. „Das haben Sie sehr gut gemacht. Zunächst bedanke ich mich mal bei Ihnen für Ihre Umsicht. Bitte kommen Sie morgen früh auf das Revier in der Annaberger Straße. Sicher habe ich noch ein paar Fragen an Sie. Dann müssen wir ein Protokoll machen. Ich wünsche Ihnen noch einen guten Tag."

Sie wandte sich um zu ihrem Kollegen Georg Neuß. „Was ist mit Frau Brunner?"

„Die ist im Krankenwagen mitgefahren. Sie hatte ja auch einige Verletzungen. Keine gefährlichen", meinte die Notärztin.

„Mensch, ich wollte sie fragen, was hier passiert ist und warum.

Kümmere dich bitte um die Spurensicherung, ruf die Kollegen von der KTU an. Ich fahre ins Krankenhaus."

„Die Technik ist schon unterwegs. Weber mit seiner Truppe kommt. Ins Krankenhaus brauchst du wohl jetzt nicht zu fahren. Die Brunner stand unter Schock", sagte die Ärztin.

„Ich versuche es trotzdem. Wenn ich das hier richtig sehe, geht uns der Fall vielleicht gar nichts an. Ich denke, da ist Organisierte Kriminalität im Spiel. Du hast ja sicher das Protokoll über die Brunner gelesen. Anscheinend ging es um Schutzgeld. Wer weiß. Andererseits sind die Brunner und dieser Charkow vielleicht in die Möller-Morde involviert. Das müssen wir abklären. Langsam sehe ich nicht mehr durch. Fux ist auch nicht hier. Der ist, soviel ich weiß, beim Staatsanwalt in Leipzig. Ich werde trotzdem bei der Brunner mein Glück versuchen."

Es war so, wie Georg gesagt hatte. Mit Beate Brunner war nicht zu sprechen. Sie stierte nur vor sich hin und rief immer wieder, man solle das Feuer löschen. Der Arzt hatte ihr eine Spritze gegeben und meinte, sie würde wohl jetzt ein paar Stunden schlafen. Vielleicht sei sie morgen ansprechbar.

Jewgeni Charkow hatte es schlimm erwischt. Er hatte großflächige Verbrennungen, teilweise dritten Grades. Sobald er transportfähig sei, würde man ihn in ein Spezialkrankenhaus verlegen, das auf Verbrennungen spezialisiert ist.

„Sprechen können Sie ihn die nächsten Tage oder Wochen bestimmt nicht. Wir haben ihn in ein künstliches Koma versetzt, sonst hält er die Schmerzen nicht aus."

Marlene Gläser ließ ihre Karte da und bat den Arzt sie im Notfall anzurufen. Sie käme morgen früh noch mal wegen Frau Brunner vorbei. Dann fuhr sie zurück.

Sabine saß in einem Sessel des Zimmers im Ringhotel, das die Staatsanwaltschaft Fux für seinen Besuch in Leipzig zur Verfügung gestellt hatte. Fux goss ihr einen großen Cognac ein. Sie zitterte noch immer und es ging ihr nicht so gut. Sie hatte wieder das Bild vor Augen, als Mrotzek die Tropfen aus der kleinen, braunen Flasche in das Wasserglas goss. Seinen Zusagen, dass er ihr nichts antun wollte, hatte sie keinen Glauben geschenkt und sie war in Todesangst. Sie wusste kaum, wie sie in dieses Zimmer gekommen war.

„Kann ich dich eine Stunde alleine lassen?", fragte Fux besorgt. Ich muss mich darum kümmern, was mit Mrotzek passiert und ich will wenigstens veranlassen, dass die Kollegen aus Leipzig alle Spuren sichern und vor allem, dass ich den Fall in der Hand behalte."

Sabine sah ihn angstvoll an. „Muss das sein. Ich weiß nicht ob ich es schaffe, alleine zu bleiben. Und wie komme ich zurück nach Chemnitz. Eine Bahnfahrt überstehe ich sicher nicht. Vielleicht sollte ich mir ein Taxi nehmen."

„Aber Mädel, ich lass dich doch nicht allein. Ich fahre dich nach Hause. Wenn du mir gesagt hättest, dass du nach Leipzig willst, hätte ich doch dich und deine Mutter hergefahren."

Zum ersten Mal lächelte Sabine schüchtern. „Ich glaube, meiner Mutter hättest du keinen Gefallen getan. Ich wusste ja nicht, dass du ebenfalls hierher kommst. Ich dachte, ich habe Halluzinationen, als ich dich sah. Ich muss mich noch bei dir bedanken." Sie zog ihn herunter und küsste ihn auf die Wange.

„Ich werde dir jetzt vom Leipziger Polizeiarzt ein Schlafmittel spritzen lassen. Er meint, das sei notwendig Dann legst du dich hin und ich gehe erst, wenn du eingeschlafen bist. Ich verspreche, dass ich in einer Stunde zurück sein werde, maximal in zwei Stunden. Dann können wir überlegen, wie es weitergeht. Vielleicht willst du noch eine Nacht hier bleiben. Dann fahren wir morgen früh nach dem Frühstück in Ruhe los."

„Das wäre schön", sagte sie. „Ich werde mir hier ein Zimmer nehmen."

„Darüber können wir später reden", lächelte Fux. Dann ging er zum Telefon und ließ sich mit dem Arzt verbinden.

Sabine bekam eine Injektion. Sie lag auf dem Bett von Fux und er zog ihr zärtlich die Decke unters Kinn. Sabine schlief sofort ein.

Mag war mit der Wirtin der kleinen Dorfgaststätte ins Gespräch gekommen. Sie erkundigte sich nach dem Gebäude auf der Waldlichtung, das sie im Vorbeifahren von der Straße aus gesehen habe. Die Frau wunderte sich, dass sie überhaupt hierher gefunden hatte, denn hier käme man ja gar nicht weiter. Der Weg sei hier zu Ende.

„Das habe ich bemerkt", lachte Mag. „Ich bin irgendwie vom Weg abgekommen. Eigentlich habe ich nach dem Campingplatz gesucht, der in der Straßenkarte verzeichnet ist.

„Habän sie falsch gefahrän. Missen sie vielleicht zwanzig Kilometer weiter auf Hauptstraßä." Die Frau deutete in die entgegengesetzte Richtung.

In dem Gebäude sei eine deutsche Firma. Zwölf Dorfbewohner hätten dort Arbeit gefunden. Man verpacke dort Tabletten für Apotheken. Die würden in die ganze Welt geliefert, sagte sie stolz, als sei es ihr Verdienst.

„Wenn ich das gewusst hätte, wäre ich mal hineingegangen. Ich führe in Chemnitz eine Apotheke. Vielleicht wäre ich ins Geschäft gekommen", log Mag. „Ich sollte vielleicht noch ein Stück zurückfahren. Ich habe ja Zeit und es ist nicht weit."

Mag bezahlte, gab ein sehr gutes Trinkgeld und fuhr mit ihrem Wagen wieder in die gleiche Richtung, aus der sie gekommen war. Sie fuhr ihn in einen engen Seitenweg, wo er kaum zu sehen war und lief zu Fuß zu dem flachen Gebäude.

Gerade als sie aus dem Wald heraustreten wollte, kam ein LKW aus der Richtung des Dorfes. Sie blieb hinter den Zweigen stehen und beobachtete, wie große Plastiksäcke ausgeladen wurden. Ein Tor war zur Seite gerollt und ein Mann herausgetreten, der den Fahrer mit Handschlag begrüßte.

Als alle Säcke abgeladen waren, brachten zwei Frauen auf einem Hubwagen Paletten mit Kartons, die mit dem roten Kreuz gekennzeichnet waren. Alles dauerte nicht mal eine Stunde und der Wagen fuhr sofort wieder zurück. Mag lief zu ihrem Auto und folgte ihm. Sie blieb in sicherem Abstand und fuhr bis nach Flöha hinterher.

Der LKW hielt an einer Lagerbaracke in der Nähe des Bahnhofs von Flöha und der Fahrer lud dort seine Fracht ab.

Mag rekonstruierte was sie gesehen hatte. Also: Da wurden Säcke abgeladen, aufgeladen wurden aber Kartons. Da Salfelder mit Medikamenten handelte, sah es so aus, als wenn diese, lose angeliefert würden. Die Frau in der Gaststätte hatte ja gesagt, dass in dem

Flachbau bei dem Dorf Medikamente verpackt werden.

Mag konnte sich nicht vorstellen, dass ein Pharmakonzern seine Pillen lose anliefert. Sie fuhr auf dem schnellsten Weg nach Hause. Noch bevor sie sich umzog, rief sie die Auskunft an und erbat die Nummer des Bayer Konzerns in Leverkusen, die sie sofort in den Apparat tippte. Es meldete sich die Vermittlung und Mag verlangte die Verkaufsleitung.

Eine freundliche Dame wunderte sich über ihre Frage. „Warum wollen Sie wissen, in welcher Form wir unsere Produkte verschicken?"

„Ich bin Buchautorin", sagte Mag. „Ich schreibe gerade einen Krimi. Um möglichst realistisch zu bleiben recherchiere ich. Mein Protagonist ist Versandleiter in einer Pharmafabrik. Ich will ihn unter anderem an seinem Arbeitsplatz zeigen. Jetzt wäre es doch blöde von mir, ihn Säcke mit losen Arzneimitteln verschicken zu lassen, die eventuell von Subunternehmern handelsüblich verpackt werden, wenn Sie mir sagen, dass das nicht üblich ist."

Die Dame war entrüstet. „Das ist nicht nur unüblich, sondern wäre ein eklatanter Verstoß gegen das Gesetz. Wir, und alle anderen Unternehmen dieser Branche, sind verpflichtet, das Endprodukt auszuliefern. Stellen Sie sich vor, da würde aus Versehen etwas verwechselt. Das ist unvorstellbar. Auf uns kämen riesige Schadensersatzansprüche zu, wenn mit unseren Medikamenten etwas versehentlich oder gar vorsätzlich passierte."

Mag bedankte sich. „Da ist es doch gut, dass ich angerufen habe. Mich hätten alle ausgelacht, die diese Vorschriften kennen. Mein ganzes Buch würde unglaubwürdig. Mit ein bisschen Nachdenken, hätte ich selbst darauf kommen können."

Mag legte nachdenklich den Hörer auf.

Es wäre doch der sicherste Weg, Rauschmittel in Tablettenform mit Originalkartons zu verschicken.

Natürlich waren statt der versprochenen zwei Stunden mehr als drei vergangen, bis Fux wieder im Hotel war. Schwungvoll stieß er die Zimmertür auf und rief, froh sie wieder zu sehen: „Hallo, Sabine, ich bin's. Tut mir Leid, schneller ging's nicht."

Eine Antwort kam nicht. Sie ist sauer, war das Erste, was er dachte, doch dann fiel ihm auf, dass es finster war. Er begann, in Panik zu geraten, hoffentlich war sie nicht gegangen. Als er endlich Licht gemacht hatte, bot sich ihm ein friedlicher Anblick.

Sabine lag, tief atmend in seinem Bett und schlief in der Art kleiner Kinder, die Arme nach oben gewinkelt und die Hände zu beiden Seiten des Kopfes abgelegt. Ihre Wangen hatten wieder den gewohnten, rosigen Teint.

Fux war in seinem Innersten getroffen. Völlig verwirrt, wusste er nicht, welches der Gefühle am stärksten war. Er war gerührt von dem unschuldigen Ausdruck des sonst so energisch wirkenden Gesichts. Und er war erregt von dem Anblick des schönen Frauenkörpers, dessen Linien sich unter der dünnen Decke abzeichneten. Begehrte er sie oder wollte er sie beschützen? Er setzte sich, unfähig sein Gefühlschaos zu ordnen, in einen Sessel dem Bett gegenüber und schaute unentwegt auf die Schlafende.

Was war nur mit ihm los? Seit er diese Frau kannte, hatte er Dinge getan, die sonst wirklich nicht seine Art waren. Er hatte Sabine mit nach Hause genommen, er hatte in Ansätzen über NY gesprochen, und, was noch nie vorgekommen war, er hatte seinen Grundsatz verletzt, Dienstliches nie mit Privatem zu vermischen.

Aber langsam wurde Fux ganz ruhig. Ich liebe sie, war alles was er noch denken konnte. Als hätte sie es gehört, schlug sie die Augen auf und sagte mit schläfriger Stimme: „Na, du Rumtreiber, auch wieder da?"

„Wie geht es dir?" Fux´s Stimme klang besorgt.

„Viel besser. Mach dir keine Sorgen. Aber ich bin müde, ich möchte weiterschlafen." Ihm war klar, er konnte sie jetzt nirgendwo anders unterbringen und wollte das auch gar nicht. Aber gegen seinen Willen hörte er sich sagen: „Ich werde an der Rezeption nachfragen, bestimmt gibt es noch ein anderes Zimmer für mich."

Sabines Stimme war voller Angst. „Nein, bitte geh nicht weg. Ich kann noch nicht alleine bleiben. Sei nicht albern, das Bett ist breit genug für Zwei und Angst vor mir musst du nicht haben, mir fallen gleich wieder die Augen zu."

Er musste lächeln. Furcht hatte er nun wirklich nicht, blieb aber betont sachlich. „Du hast Recht, wir sind schließlich nicht kindisch und was die Leute denken ist unwichtig."

„Dann schlaf gut", war alles, was er noch von Sabine hörte.

Wenig später waren ihre ruhigen, regelmäßigen Atemzüge das einzige Geräusch im Raum. Fux, der sonst lieber duschte, ließ Wasser in die Wanne laufen und nahm ein ausgiebiges Bad, dann legte er sich behutsam und vorsichtig an Sabines Seite. Er betrachtete sie liebevoll und stellte wieder fest, dass ihr Gesicht im Schlaf ganz weiche, fast kindliche Züge annahm.

Irgendwann, beim Zählen ihrer Sommersprossen, schlief er ein.

Als der Morgen graute, hielt er eine Frau im Arm, der vor Glück Tränen über die Wangen liefen. Er selbst hatte die letzten Stunden wie im Traum erlebt und wären nicht diese Tränen gewesen, die ihm auf die Schulter fielen, hätte er es wohl immer noch für einen schönen Traum gehalten. Fux war von einem ganz vorsichtigen Streicheln erwacht. Sabine zeichnete mit ihren samtenen Fingern die Linien seines Gesichts nach. Er hielt die Augen geschlossen um diesen Zauber nicht zu vertreiben. Fux spürte auch so, dass sich der Körper der Frau dem seinen näherte und dann berührten ihre Lippen seine, mit einer Leichtigkeit, wie er sie nicht gekannt hatte. Es war wie der sagenumwobene Flügelschlag des Schmetterlings, der das Universum ins Chaos stürzen kann.

Er riss sie förmlich in seine Arme und küsste sie wie ein Ertrinkender. Zwischen zwei Küssen flüsterte er „Ich liebe dich", und „ich weiß", war Sabines Antwort gewesen.

Danach waren die Wogen der Leidenschaft über ihnen zusammengeschlagen. Ihre Haare waren so weich, ihre Augen so grün, ihre Sommersprossen so süß, ihre Haut so glatt und wo sie zusammenkamen war sie so unendlich..

Die Morgensonne sah ein erschöpftes, glückliches Paar.

Freitag, 10. August 01

KOK Gläser hatte keine Ruhe. Schon früh um acht war sie im Krankenhaus. Bevor sie zu Beate Brunner ging, konsultierte sie den Stationsarzt. Er konnte sie beruhigen. „Frau Brunner hat den ersten

Schock überstanden. Ihre Verletzungen sind zwar schmerzhaft -Sie wissen sicher, wie weh Verbrennungen tun- aber sie sind nicht gefährlich und mit ein bisschen Glück, wird sie keine Narben zurückbehalten."

„Kann ich zu ihr?"

„Ja, bleiben Sie aber bitte nicht zu lange und sehen Sie zu, dass sie sich nicht aufregt."

„Ein frommer Wunsch", dachte die Gläser. „Schließlich will ich wissen, was passiert ist und vor allem warum."

Frau Brunner saß in einem bequemen Stuhl am Fenster ihres Zimmers und sah nachdenklich auf den Park hinaus. Der rechte Fuß und beide Arme waren dick in Mullbinden verpackt. Auf der rechten Kopfseite, vom Kinn bis zu den Augenbrauen klebte ein großes Pflaster.

„Guten Morgen, Frau Brunner", sagte Marlene freundlich. „Verzeihen Sie, dass ich so früh komme. Wie geht es Ihnen? Haben Sie Schmerzen? Darf ich mich setzen?", haspelte sie die Fragen schnell hintereinander heraus.

„Danke, es geht." Die Brunner blieb wortkarg.

„Es tut mir Leid. Ich kann mir vorstellen, wie Sie sich fühlen. aber ich muss Ihnen ein paar Fragen stellen. Wie geht es Ihrem Lebensgefährten?"

„Sie können sich vorstellen, wie ich mich fühle? Ich fühle mich wie eine Frau, der ein großer finanzieller Schaden zugefügt wurde, denn der Ruf meiner Betriebe steht auf dem Spiel. Wer geht schon in ein Restaurant oder eine Bar, die von Vandalen verwüstet wurde. Und ich fühle mich wie eine Frau, dessen Lebensgefährte mit gefährlichen Verbrennungen zwei Zimmer neben mir liegt. Ich liebe Jewgeni. Er ist ein guter Mann. Aber sicher denken Sie, dass ich selbst dran schuld bin, wenn ich mich mit einem Ausländer einlasse. Und auch noch mit einem Russen."

Fux hatte Sabine das Frühstück ans Bett bringen lassen mit einer einzigen langstieligen roten Rose. Sie hatten sich Zeit genommen und waren dann gegen 9.00 Uhr nach Chemnitz gefahren. Er wollte, dass sie mit ihm nach Hause käme. Da brauche sie sich um nichts zu kümmern. Patty würde für sie sorgen. Er könne noch eine Weile bei ihr bleiben. Erst um eins habe er in der Dienststelle eine Beratung angesagt. Aber sie hatte abgelehnt

„Das ist lieb von dir", antwortete sie, „aber weißt du, ich muss jetzt alleine sein. Ich muss zur Ruhe kommen. Das kann ich am besten bei mir zu Hause. Ich lege mir eine schöne CD auf und versuche mich zu entspannen. Ich hatte Todesangst, als der Mrotzek mir diese Tropfen einflößen wollte. Ob das wirklich nur ein Schlafmittel war, weiß ich immer noch nicht."

„Da kann ich dich beruhigen. Ich habe die braune Flasche in Leipzig dem Polizeiarzt gegeben, es war wirklich nur ein starkes Sedativum. Ich habe heute nach dem Frühstück angerufen."

Mit der Ruhe wurde es jedoch nichts. Als Sabine nach Hause kam, stand Mag schon vor der Tür. Sabine hatte von unterwegs angerufen und ihr gesagt, dass Fux sie heimbringe. Natürlich wollte Mag wissen, was alles passiert sei, obwohl Fux ihr schon gestern das Notwendige gesagt hatte. Sie könnten doch später darüber reden, meinte Sabine. Mag hatte gemault, aber Sabine schaltete einfach ihr Handy ab.

Jetzt ließ sie sich nicht abweisen. „Gehen wir zu Stratos", meinte sie, aber Sabine blieb hart. „Wenn du schon nicht warten kannst, dann machen wir uns hier einen Kaffee. Dort unten ist ein guter Bäcker, gleich gegenüber der Post. Da holst du uns etwas. Ich setze den Kaffee an."

Sabine merkte, dass es ihr trotz allem gut tat über ihr gestriges Erlebnis zu reden und die zwei Frauen sprachen länger als zwei Stunden darüber, bis Mag ging. Danach legte Sabine sich auf ihre Couch und trotz CD war sie in weniger als fünf Minuten eingeschlafen.

Fux hatte zu Hause nichts erzählt. Er redete nie über seine Arbeit. Gegen Mittag setzte er sich in seinen BMW und fuhr in die Annaberger. Zuerst ging er zu Manet und gab einen Bericht über die gestrigen Vorgänge. Dann ging er zu Frau Landers, der Stenotypistin, die alles in den Computer tippte und Manet einen Ausdruck schickte.

Punkt dreizehn Uhr ging er ins Beratungszimmer, wo alle Mitglieder der SOKO bereits warteten. Natürlich wollten sie alle genau wissen, was passiert war, aber Fux sagte nur ein paar Sätze dazu.

„Ich habe einen schriftlichen Bericht für Manet gemacht. Ihr bekommt alle ein Duplikat. Außerdem wird Kollege Unger das im Tat-Buch eintragen. Jetzt haben wir Dringenderes zu tun."

Er setzte sich ans Kopfende und sah einen nach dem anderen an. „Wir treten auf der Stelle, Leute. Wir werden erst mal Inventur machen."

Marlene Gläser widersprach. „Es war doch ein schöner Erfolg, dass sie diesen Killer gestellt haben. Das ist doch was."

Fux schüttelte den Kopf. „Wir haben das Werkzeug, was anderes ist Mrotzek doch nicht. Wir haben keine Ahnung, wer ihn bezahlt hat und er redet nicht, er grinst die Vernehmer nur an. Im Laufe des Tages wird er uns überstellt, dann beschäftigen wir uns mit ihm. Dass wir ihn überhaupt gefasst haben, verdanken wir nicht unserer Klugheit, sondern dem dummen Zufall, dass eine Journalistin ihn zufällig sah und leichtsinnig unsere Arbeit machen wollte. Ich kann mir gar nicht vorstellen, was hätte passieren können, wenn die Leipziger Kollegen nicht so kooperativ gewesen wären."

Fux lief es heiß den Rücken hinab, wenn er daran dachte, in welcher Gefahr sich Sabine befunden hatte.

„Also, gehen wir eines nach dem anderen durch. Ich mache die Vorgaben und Sie sagen dazu ihre Meinung, sofern es eine Meinung gibt. Beginnen wir mit Ebert und Meißner. Beide waren alleinstehend. Ich habe inzwischen ermittelt, dass sie sich gegenseitig als Erben eingesetzt haben. Die zwei können wir logisch als Täter ausschließen. Da keine weiteren Erben ausgemacht werden konnten, müssen wir den Staat als solchen annehmen. Es ist also ausgeschlossen, dass sie von einem Dritten umgebracht wurden, der als Erbe in Frage käme. Außerdem wären in diesem Fall wohl nicht zwei Tatwaffen -nennen wir es mal so- benutzt worden. Einverstanden?"

Doppelhuber meldete sich. „Ich glaube, Sie haben einen Denkfehler gemacht, Herr Hauptkommissar. Es wäre doch durchaus möglich, dass einer der beiden den Giftmörder oder auch den Schützen angeheuert hatte um an das Geld des anderen heran zu kommen."

„Sehr gut, Herr Dop..., Verzeihung, Herr Halbhuber. Das müssen wir beachten. Ich werde bei Mrotzek mal auf den Zahn fühlen, in dieser Richtung. Bitte nehmen Sie die Anregung ins Protokoll, Frau Kollegin. Was ist mit Doktor Möller selbst? Immerhin hat er als erster nach dem Glas gegriffen, das sauber war. Ein Motiv könnte sein, dass er den Liebhaber seiner Frau töten wollte. Nicht nur diese Frau Giese hat ja von Meißner in dieser Hinsicht gesprochen, auch einige andere."

„Das halte ich für nicht wahrscheinlich. Das Risiko hat er ja selbst heraufbeschworen, als er eine so junge Frau heiratete. Außerdem hätte er eine sichere Möglichkeit gefunden. Vor allem hätte er dann nicht Hausmann zum Filmen engagiert", warf Unger ein.

Fux sah ihn an. „Bevor ich weiterspreche, Herr Unger, bitte bleiben Sie nach der Beratung hier. Ich möchte noch etwas mit Ihnen besprechen. Ihren Einwand Möller gegenüber finde ich logisch. Möller können wir vorläufig vergessen. Das Gleiche gilt wahrscheinlich für seine Frau. Sie wusste ja von der Videokamera und ich glaube auch nicht, dass es Liebe war, die sie zu dem jüngeren Meißner hinzog. Er war kein Mann zum Heiraten, er soll ein Windhund gewesen sein. Außerdem konnte es ihr auch nicht um Geld gehen. Sie hat mehr davon als ihr Mann. Den siebzehnjährigen Sohn können wir wohl auch streichen, denn er war nicht im Haus an dem betreffenden Abend. Das Alibi hat Polizeimeister Sägebrecht überprüft."

„Sollten wir nicht erst mal überprüfen, woher das Gift gekommen sein könnte?" ‚fragte PM Schneider.

„Richtig!" Marlene Gläser meldete sich zu Wort. „Ich war gestern bei Professor Kelling. Er kam mir sehr fahrig vor, als ich nach der Möglichkeit fragte, wie man an das Gift kommen könnte. Das sei sehr schwierig, meinte er, fast unmöglich. Als ich gehen wollte, kam mir eine Schwester hinterher. Sie zog mich in ein leeres Krankenzimmer und meinte, ich solle doch mal die Giftbestände mit dem Kontrollbuch vergleichen. Es sei etwas weggekommen. Das konnte ich natürlich nicht, ich hatte ja nicht die Befugnis dazu. Ich habe mich daraufhin sofort mit dem Richter in Verbindung gesetzt, aber der wollte mir mit einer solchen Begründung keinen Durchsuchungsbefehl geben. Aber das wäre doch eine Möglichkeit, etwas herauszufinden. Oder?"

Fux nickte. „Aber ja doch. Ich werde mit Manet sprechen, der soll sich darum kümmern. Sie wissen ja, wie pingelig unsere Justiz ist, wenn es sich um Prominenz handelt."

KOK Gläser meldete sich noch mal zu Wort. Ich habe mich, als ich in Kellings Vorzimmer wartete, mit der Patientendatei beschäftigt. Der Computer war eingeschaltet. Es gab da eine Namensliste. Die gesamte Familie Möller, die Brunner und ihr Charkow, Hausmann und Salfelder sind Patienten bei Kelling. Alle waren in den letzten zwei Monaten in seiner Praxis."

Fux war ungehalten. „Das war ungesetzlich, Frau Gläser. Sie hätten große Probleme bekommen, wenn Sie jemand erwischt hätte."

Sie lachte. „Hat man aber nicht."

„Das macht überhaupt nichts. Ich möchte nicht, dass einer meiner Leute seine Kompetenzen überschreitet. Wir werden dafür bezahlt, dass wir das Gesetz achten, Frau Gläser. Ich möchte so etwas nicht wieder hören."

Marlene schaute weg. Sie hatte etwas aufgeklärt und wurde deshalb gerügt. *Scheiß dir nicht ins Hemd!*

„Gut. Machen wir mit Kelling weiter. Ich kümmere mich um eine Durchsuchung seines Giftschrankes. Das machen dann aber Sie, Frau Gläser. Jetzt zu diesem Salfelder. Das scheint mir vor allem eine Wirtschaftssache zu sein. Es könnte jedoch mit einem der beiden Morde zusammenhängen. Vielleicht ist ihm da jemand vor uns auf die Schliche gekommen und er wurde bedroht. Er könnte an Gift herankommen, das müssen wir prüfen. Da er jedoch Verbindungen in den Jemen hat - Ihr wisst, dieser Giftfisch aus dem Roten Meer- scheint es mir wahrscheinlicher, dass er, wenn überhaupt, eher der Mann gewesen sein könnte, der das Zeug in den Blumenkübel gekippt haben könnte. Das wird allerdings schwer zu beweisen sein. Ich kenne einen Mann aus den Staaten, der sich irgendwo auf der arabischen Halbinsel herumtreibt. Vielleicht kann der uns helfen."

„Was ist mit dieser Beate Brunner und ihrem Russen?", wollte Unger wissen.

„*Ihr Russe!* Höre ich da eine Ausländerfeindschaft heraus? Sie meinen Herrn Charkow. Das wäre mein nächster Punkt gewesen. Ich denke, dass das mit organisierter Kriminalität zu tun hat. Es sieht ganz so aus, als ob Frau Brunner erpresst wurde. Ich habe mir erzählen lassen, was in dieser Disco-Bar passiert ist. Frau Gläser wollte mit der

Brunner reden, aber die lässt nichts raus. Ihr Lebensgefährte ist schwer verletzt. Mir ist schon mal der Gedanke gekommen, dass auch einer der beiden Toten etwas über Charkow oder die Brunner gewusst hat. Aber nach dem gestrigen Anschlag scheint mir das nicht sehr wahrscheinlich. Wir sollten das aber trotzdem im Auge behalten."

Mehr als eine halbe Stunde diskutierten die Kolleginnen und Kollegen noch miteinander, bis Fux noch mal das Wort nahm. „Ihr seht, dass wir nichts als Theorien haben. Die einzigen Fakten, die wir ermittelt haben, nämlich das Geschäftsgebaren des Herrn Salfelder, die mögliche Erpressung und der Anschlag auf die Bar, stehen nicht unbedingt mit den beiden Toten in Zusammenhang. Vielleicht finden wir bei Professor Kelling tatsächlich Hinweise auf das Gift und möglicherweise redet Mrotzek doch noch. Die Leipziger Kollegen haben alles, was in seinem Hotelzimmer gefunden wurde, mitgenommen und schicken es uns zu. Sie, Oberkommissar Unger, kümmern sich dann darum. Machen wir Schluss. Danke!"

Als Unger den Raum verlassen wollte, hielt ihn Fux an. „Setzen Sie sich bitte!" Dann wartete er, bis alle anderen weg waren.

„Herr Unger. Bedanken Sie sich bei Polizeimeister Halbhuber, er hat über den Vorfall mit Charkow keinen Bericht geschrieben. Ich habe es trotzdem erfahren. Seien Sie froh, dass es nicht über den Dienstweg lief. Sie machen hier einen ausgezeichneten Innendienst, aber sowie man Sie auf Menschen loslässt, bauen Sie Mist. Sie werden ab sofort keinen Kontakt mehr haben mit Verdächtigen oder Zeugen. Das ist eine Anordnung. Sollte ich noch einmal das Geringste über Sie hören, gehen Sie Streife. Auf Wiedersehen."

„Aber ich...."

„Auf Wiedersehen, Oberkommissar Unger."

Fux hatte in der Kantine eine Kleinigkeit gegessen. Als er wieder sein Büro betrat, klingelte das Telefon. Bevor er abnahm, setzte er sich erst in seinen Drehstuhl hinter dem Schreibtisch.

„Fux, SOKO GIFT. Guten Tag, was kann ich für Sie tun?"

„Hallo, Marcus. Hier ist Sabine. Ich muss dich sehen. Dringend. Kann ich zu dir kommen oder stört dich das? Ich muss aber Mag mitbringen."

„Natürlich kannst du kommen. Musst du Mag unbedingt mitbringen?"

Sabine erzählte Fux, was Mag in Tschechien recherchiert hatte, aber Fux meinte, man wisse doch, dass Salfelder in Tschechien Geschäfte mache und Sabine sagte: „Das ist aber nicht alles. Lass dich einfach überraschen. Es könnte was bringen. Er macht nämlich unerlaubte Geschäfte."

Zwanzig Minuten später kam Sabine mit Mag im Schlepptau ins Dienstzimmer von Fux. Er küsste Sabine zur Begrüßung und Mag bekam den Mund nicht wieder zu. Sabine wurde rot, aber dann fasste sie sich und meinte: „Na und?"

Mag zuckte mit den Achseln. „Was soll´s?"

Fux tat, als ginge es ihn nichts an und begrüßte Mag mit Handschlag. „Ich habe gehört, du machst jetzt Polizeiarbeit."

„Ich mache journalistische Arbeit", antwortete sie. „Ich habe Salfelder schon seit zwei Jahren oder mehr im Visier, aber bisher hatte ich keinen Erfolg. Es ist mein Job oder eigentlich war es mein Job, Unregelmäßigkeiten aufzudecken und zu veröffentlichen. Das geht allerdings nur, wenn man Beweise hat. Aber das weißt du selbst."

Sabine stand wortlos an der Wand, bis sie misstrauisch fragte: „Ihr seid per du? Seit wann?"

Fux zuckte unschuldig mit den Schultern. „Seit du dich mit Killern abgibst. Ohne Mag hätte ich dich nicht gefunden. In der Sorge um dich..."

„...sind wir uns näher gekommen", vollendete Mag den Satz und sah scheinbar gelangweilt zur Decke.

„Wie nah?"

Jetzt prustete Mag los, und auch Fux musste lachen.

Mag umarmte Sabine. „Du musst keine Angst haben. Ich nehm dir deinen Hauptkommissar nicht weg. Obwohl....So übel ist er gar nicht. Ich könnte mich an ihn gewöhnen."

Sabine nahm das Kissen, das auf einem Stuhl lag und warf es nach Mag, die jedoch geschickt auswich.

Jetzt wurde Fux sachlich. „Schluss, meine Damen. Was hast du herausgefunden, Mag?"

Mag erzählte ihm was sie herausgefunden hatte und auch von

dem Anruf bei Bayer. „Was verpackt Salfelder also in Medikamenten-packungen? Crack? Extasy? Oder was sonst?"

Fux strich sich nachdenklich übers Haar. „Ob das nun mit unserem Fall zusammenhängt, kann ich nicht sagen, aber das wäre auf jeden Fall ein großes Ding. Weißt du was, ich setze mich mal mit den tschechischen Kollegen in Verbindung, ganz inoffiziell. Der Dienstweg ist unendlich, aber wir sollten schnell reagieren. Darf ich notfalls deine Informationen weitergeben? Und darf ich deinen Namen nennen? Das wäre schon dienlich."

„Natürlich. Ich bitte sogar darum", tat Mag überlegen. „Wenn da was auffliegt, möchte ich schon meinen Namen hören. Die erste Meldung darf selbstverständlich Sabine rausgeben, falls sich der Verdacht bewahrheiten sollte, das habe ich ihr versprochen. Vielleicht bekomme ich jedoch Stoff für ein neues Buch."

Fux versprach, unverzüglich alles in die Wege zu leiten und die drei diskutierten noch eine Weile miteinander. Dann drängte Fux jedoch: „Lasst ihr mich jetzt allein? Ich muss ein Gespräch mit einem ehemaligen Kollegen in Amerika führen, das mit unserem Fall zusammenhängt. Nein", sagte er auf die Frage von Mag, „ich kann noch nichts darüber sagen, aber ich erzähle es Sabine, wenn sich daraus etwas ergibt."

Als die beiden Frauen das Zimmer verlassen hatten, suchte Fux in seinem Telefonregister nach einer Nummer. Er wählte und es dauerte eine ganze Weile, ehe jemand abhob. Es meldete sich eine weibliche Stimme in englischer Sprache. „NY Police Department, Officer Wambley speaking. Can I help you?"

Fux antwortete in Englisch. „Ich rufe aus Deutschland an. Kann ich bitte Chief Stanford sprechen?"

„Einen Moment bitte." Nach einiger Zeit meldete sich die Frau wieder. „Ja, der Chief ist im Dienst. Ich verbinde, Sir."

„ Stanford speaking", meldete sich eine tiefe Stimme.

„Hallo Joe. Hier ist Fux. Ich brauche deine Hilfe."

„Fux? Ich kann mich nicht..., ah Fux. Marcus Fux? Wo steckst du. Unsere Telefonistin sagte, es sei ein Anruf aus Deutschland. Bist du in Deutschland?"

„Ja", rief Fux. „Das ist eine lange Geschichte. Ich bin zurück zu meiner Mutter gegangen. Ich erzähle es dir ein anderes Mal. Ich muss wissen, ob Bengtson noch im Jemen ist und wo ich ihn erreichen kann. Seine Telefonnummer vielleicht?"

Die Stimme auf der anderen Seite war eine ganze Zeit still. „Bengtson? Du weißt, dass ich dir das nicht sagen kann. Außerdem kann sich jeder hier melden und behaupten, er heiße Fux. Bevor wir weiterreden, gib mir deine Nummer. Und erzähle mir, was du tust. Dann lege auf. Ich werde dich zurückrufen."

„Okay, ich bin Kriminalkommissar in Chemnitz und mit der Aufklärung von zwei Morden beauftragt. Ich gebe dir die Nummer meines Chefs, dort kannst du dich nach mir erkundigen. Ich gebe dir meine ID-Nummer vom Police Department in NY. Ich lege jetzt auf."

Fux rief Manet an und erzählte ihm von seinem Telefonat mit New York und dass er mit einem Rückruf rechnen könne. „Bitte informieren Sie den Mann, wer ich bin und was zur Zeit meine Aufgabe ist. Machen Sie es wichtig! Ich kann vielleicht Informationen bekommen, die uns in unserem Fall weiterhelfen. Ich erkläre alles später. Jetzt möchte ich Ihre Leitung frei machen."

Fux war Polizeioffizier in New York gewesen und hatte dort einen Freund aus seiner Armeezeit wiedergetroffen, eben diesen Joe Stanford, den er gerade angerufen hatte. Sie waren dicke Freunde gewesen und konnten sich immer aufeinander verlassen.

Ein Kollege von ihnen, Butch Bengtson, war damals nach Sanaa delegiert worden um dort Polizeibeamte auszubilden. So was lief natürlich inoffiziell. Amerika hat in der ganzen Welt Ausbilder und Berater in den Armeen und bei der Polizei. Ihr Dienstverhältnis wird offiziell aufgehoben und sie gehen als Privatpersonen in diese Länder. Fux war sich im Klaren darüber, dass es hauptsächlich darum ging Informationen einzuholen und die Ausbildung nur das Nebengeschäft war. Deshalb hatte Stanford so misstrauisch reagiert. Fux hoffte jedoch, dass er ihm helfen würde. Während er auf einen Anruf von Manet wartete, trommelte er nervös mit den Fingern auf der Tischplatte. Das Gespräch mit den USA schien geklappt zu haben, denn plötzlich klingelte das Telefon auf seinem Schreibtisch. Joe Stanford war am Apparat.

„Ich bin's wieder, Fux. Ich habe mit deinem Boss gesprochen. Er scheint ja eine gute Meinung von dir zu haben. Das hat mich gefreut. Du bist anscheinend weniger rebellisch als bei uns. Kurzum: Ich habe auch mit dem Commander gesprochen. Vielleicht kennst du ihn noch, es ist Glenn W. Mostar, er ist jetzt der Polizeichef bei uns. Er ist bereit, Auskunft zu geben über Bengtson. Mit Vorbehalt! Er wird nicht dich informieren, sondern ein offizielles Schreiben an deinen Chef schicken. Natürlich confidential, es darf ja nicht in die falschen Hände kommen. Solltet ihr dort drüben Dummheiten machen, werden wir jeden Zusammenhang mit der Arbeit von Bengtson und dem amerikanischen Government bestreiten. Ist dir das klar?"

Fux sagte zu, die Angelegenheit diskret zu behandeln. „Du weißt, dass du dich auf mich verlassen kannst. Danke!"

„Hör mal, Marc, ich will im nächsten Frühling einen Trip machen nach Old Germany. Rhein und Mosel, die alten Burgen besichtigen. Treffen wir uns mal?"

„Ich würde mich freuen, Joe. Du kannst doch eine Woche dranhängen und mich hier besuchen. Ich habe hier in Chemnitz ein schönes Haus und ich würde dich und deine Frau gern einer reizenden jungen Dame vorstellen."

„Du hast die schlimme Geschichte von damals verarbeitet? Du lebst wieder wie ein normaler Mensch? Das würde mich für dich freuen. Ich glaube, ich werde dein Angebot annehmen."

„Dann freue ich mich darauf. See you."

„Halt, Marc. Wenn du Bengtson siehst oder mit ihm sprichst, grüß den alten Butch von mir." Damit war das Gespräch zu Ende und Fux legte auf. Jetzt musste er Manet informieren und auf die Nachricht aus den USA warten.

Am späten Nachmittag war Mrotzek, oder wie er heißen mochte, von Leipzig nach Chemnitz überstellt worden. Der Leipziger Staatsanwalt hatte ein bisschen bremsen wollen, aber da es in Leipzig *nur* um Kidnapping ging, hier aber der Verdacht auf einen Auftragsmord vorlag, wurde dann zugunsten einer Überstellung entschieden.

Fux hatte Marlene Gläser gebeten bei der ersten Vernehmung

dabei zu sein. Die Masche mit dem bösen Vernehmer und dem guten Vernehmer würde wohl bei Mrotzek nicht ziehen. *Der ist ein Profi,* hatte Fux gemeint. *Der geht uns nicht auf den Leim.*

Sie hatten sich entschlossen, Mrotzek nicht in das triste Verhörzimmer, sondern ins Büro von Fux kommen zu lassen. Fux saß hinter einem breiten, mit Papieren und Aktenordnern überladenen Schreibtisch. KOK Gläser in einem kleinen Sessel daneben. Bilder von Chemnitz hingen an den Wänden, die Fenster waren mit Kunststoffjalousien verhangen. Es war aber hell genug, sodass die Deckenleuchte noch nicht angeschaltet war. Trotzdem stand eine Schreibtischlampe auf dem Tisch, deren Licht auf die Unordnung fiel. Eigentlich war Fux ein ordentlicher Mensch, er hatte das Durcheinander bewusst arrangiert. Es sollte Mrotzek vortäuschen, dass der Schreibkram wichtiger war als Mrotzek.

Von einem uniformierten Polizeibeamten wurde er in Handschellen hereingeführt. Ein zweiter stand vor der Tür.

„Nehmen Sie ihm die Armbänder ab", sagte Fux in ruhigem Ton und bat ihn auf dem Stuhl ihm gegenüber Platz zu nehmen. Er blätterte scheinbar interessiert in den Akten, die auf seinem Tisch lagen. Mrotzek saß ohne erkennbare Aufregung auf seinem Platz und sah Fux ruhig lächelnd an.

„Ihnen ist bekannt, was wir Ihnen vorwerfen, warum Sie hier sind? Über Ihre Rechte wurden Sie bereits belehrt."

Mrotzek holte tief Luft, als wolle er zu einer ausführlichen Antwort ausholen, sagte aber nur: „Mir ist bekannt, was Sie mir Ungeheuerliches bei ihrem Überfall auf mich vorgeworfen haben."

Genau wie Mrotzek, ließ sich Fux nicht aus der Ruhe bringen. „Ich werfe Ihnen vor, am Sonntag, dem 5. August diesen Jahres, in eine leerstehende Wohnung auf dem Kaßberg eingeschlichen zu sein und dort einen hinterhältigen Anschlag auf eine Person verübt zu haben, die sich auf einer Feier in der Villa eines Chemnitzer Geschäftsmannes befand."

„Ich...."Mrotzek war die Ruhe selbst.

„Bitte, Herr Mrotzek, ich bin noch nicht fertig. Ich werfe Ihnen weiter vor, die Journalistin Sabine Aaron, Mitarbeiterin der Zeitschrift

Deutsches Kaleidoskop, gestern in Leipzig entführt und betäubt zu haben und ich gehe davon aus, dass Sie sie töten wollten.

Außerdem haben Sie sich der Urkundenfälschung strafbar gemacht. Sie haben sich in Chemnitz unter dem Namen Mrotzek im Hotel eingetragen. In Leipzig benutzten Sie den Namen Hrdina. In Chemnitz kamen Sie angeblich aus Wien. In Leipzig gaben Sie sich als Tscheche aus Prag aus."

Mrotzek schmunzelte. „Junger Mann, ich bin verheiratet und habe die Neigung zu amourösen Abenteuern. Ich lebe in Scheidung und möchte meiner Frau keine Handhabe gegen mich liefern. In Chemnitz habe ich mich mit einem gefundenen Pass ausgewiesen, in Leipzig genügten meine Angaben. Ich sagte, ich würde meinen Pass später aus dem Gepäck nehmen. Es würde mir Leid tun, wenn ich der guten Frau damit Schwierigkeiten bereitet hätte. Für die Falschnamen werde ich mich natürlich verantworten müssen. Dafür wird wohl eine Geldstrafe fällig sein. Sie werden ja deshalb nicht den *Elektrischen Stuhl* wieder einführen wollen."

Fux lächelte mit überlegener Miene. „Dieser Vorwurf steht in Ihrem Fall an letzter Stelle. Ihre wirkliche Identität werden wir herausbekommen. Dazu haben Sie ja bei meinem Kollegen, während der polizeilichen Registrierung, jede Auskunft verweigert."

„Ich werde dazu Angaben machen, wenn Sie mir Beweise für Ihre Vorwürfe vorlegen, die mich überzeugen. Ich werde verhindern, dass Sie ihre Ermittlungen zu schnell abschließen um mir irgendwelche Beweise unterzuschieben. Einen gültigen Pass auf meinen Namen habe ich in einem Banksafe deponiert."

„Gut, bleiben wir erst mal dabei", sagte Fux und blätterte in seinen Papieren. „Wir haben in der leerstehenden Wohnung in Chemnitz Patronenhülsen gefunden, die eindeutig identisch sind mit Hülsen bei einem Mord in Frankfurt am Main. An ebendiesem Tatort wurden ihre Fingerabdrücke gefunden. Das bedeutet, der Mann, der die Tat in Frankfurt begangen hat, die hier nicht Gegenstand der Ermittlungen ist, hat auch in Chemnitz geschossen."

„Wenn Sie wissen, dass die Waffe inzwischen nicht weiterverkauft ist, leuchtet das ein. Ich war allerdings des öfteren in Frankfurt am Main und habe sicher an vielen Stellen meine Abdrücke hinterlassen. Ich sehe da keinen Zusammenhang.”

„Die Abdrücke wurden in einer Passage an der Frankfurter Zeil gefunden, das ist eine Straße in Frankfurt. Aus dieser Passage heraus wurde ein bekannter Bankier erschossen. Ihre Abdrücke befanden sich auf einer Folie, in der Butterbrote eingewickelt waren.”

Mrotzek lachte meckernd. „Diesen Beweis wird Ihnen jeder Richter um die Ohren hauen. Ich habe die Angewohnheit immer ein paar Brote mitzunehmen, wenn ich unterwegs bin. Ich habe einen nervösen Magen und man weiß nie, wann man wo was zu essen bekommt, das man auch verträgt. Ganz bestimmt habe ich Papier von einem Stullenpaket irgendwann in Frankfurt auf der Zeil entsorgt. Haben Sie dort auch das Gewehr gefunden, mit dem ich meine Stullen erschossen habe? Oder hier in Chemnitz?”

Fux schien die Ruhe nicht zu verlieren und überhörte den Hohn. „Sie wurden mehrmals in Chemnitz auf dem Kaßberg gesehen, wo der Tatort ist. Sie saßen zweimal in einem Straßencafè in der Nähe. Am Tattag sind Sie einmal früh und ein zweites mal kurz vor und kurz nach der Tatzeit eine Nebenstraße hinauf- und hinuntergefahren. Mit einem Fahrrad. Bestreiten Sie das?”

„Ich bestreite das nicht, aber ich stimme dem auch nicht zu. Andere joggen, ich bin begeisterter Radfahrer und ich versuche überall mir ein Fahrrad zu besorgen. Ich bin in Chemnitz herumgefahren, aber da ich die Stadt zum ersten Mal sah, weiß ich nicht, welche Straßen das waren. Aus Fitnessgründen bevorzuge ich Wege, die bergauf führen.”

Fux fiel plötzlich ein, dass sie bei den Ermittlungen etwas Wichtiges vergessen hatten. „Wo hatten Sie das Fahrrad her?”

„Das will ich Ihnen gerne erzählen”, erwiderte Mrotzek mit freundlicher Stimme. „Ich habe den Garagenwart der Tiefgarage am Theaterplatz, das ist in der Nähe des Hotels, gefragt. Er hat mir seines geliehen und er bekam ein großzügiges Trinkgeld. Deshalb hoffe ich, dass er sich daran erinnert.”

„Wir werden das überprüfen. Im Grunde ist es allerdings fast egal, woher Sie das Rad hatten.” Fux machte sich eine Notiz. „Wenn alles so harmlos ist, Herr Mrotzek -bleiben wir bei diesem Namen- wieso entführen Sie dann Frau Sabine Aaron und versuchen sie umzubringen?"

„Zugegeben, die Tatsache, dass ich Frau Aaron gebeten habe mit mir zu kommen..."

„...mit einer Pistole *gebeten* habe!", unterbrach Fux ihn scharf.

„...gebeten habe, mit der Lüge, eine Pistole zu besitzen. Also, dass ich sie mitgenommen habe, war eine Dummheit, aus der Sorge vor Unannehmlichkeiten. Schließlich war mir bekannt, was Sie mir vorwerfen würden."

„Woher bekannt. Von wem?"

„Das werde ich Ihnen nicht sagen."

Das Spiel ging noch eine Weile hin und her, aber es führte zu keinem Resultat. Fux brach vorerst die Vernehmung ab.

„Ein Fuchs", meinte KOK Gläser. „Mit dem werden S
ie Mühe haben, fürchte ich.

Fux ging auf das unbeabsichtigte Wortspiel ein. „Der Fux bin ich. Wir haben Indizien, die jeden Richter überzeugen müssen. Sein größter Fehler, und Fehler macht jeder, sein größter Fehler war, dass er in Leipzig einen weiteren Falschnamen benutzte. Das beweist, dass er was zu verbergen hat. Da kommt er mit der Scheidungsmasche nicht durch."

Marlene Gläser und N'Gomble hatten bei Professor Kelling mit richterlicher Genehmigung eine Überprüfung des Giftschrankes vorgenommen. Anfangs hatten sie keine Anhaltspunkte gefunden, die darauf schließen ließen, dass etwas nicht in Ordnung sei. Bis Doktor N'Gomble auffiel, dass die Verpackung der kleinen Flasche, in der laut Aufschrift Zyankaly sein sollte, beschädigt war. Er nahm die braune Glasflasche heraus. Sie war noch gefüllt, aber es stellte sich heraus, dass sie mit Kochsalz gefüllt war.

KOK Gläser fragte ihn, wozu man in einem Krankenhaus das Gift brauche. „Da gibt es verschiedene Möglichkeiten, aber es ist immer die Dosis, die Gift zu einem Gift macht. Richtig dosiert kann man damit heilen."

Sie stellten den Arzt zur Rede und er gab verlegen zu, dass er vor einiger Zeit bemerkt hatte, genau am 27. Juli diesen Jahres, dass die Flasche leer sei. Er hatte gedacht, dass vielleicht eine der

Schwestern sie versehentlich verschüttet habe. Dass die Substanz gestohlen worden sei, wollte er nicht annehmen. Natürlich sei er verpflichtet gewesen, dies beim Berufsverband zu melden. Er sei sich aber auch im Klaren darüber gewesen, dass es eine ungeheure Aufregung gegeben hätte und wenn es publik geworden wäre, hätte der Ruf seines Krankenhauses stark gelitten. Er habe gehofft, im Laufe einer gewissen Zeit sein Dokumentationsbuch irgendwie ausgleichen zu können.

„Aber Professor Kelling", antwortete ihm N´Gomble. „Sie können doch eine solche Angelegenheit nicht auf die leichte Schulter nehmen. Sie sind Arzt und hätten sich der möglichen Folgen bewusst sein müssen. Zumindesten, als der Mord genau mit diesem Gift geschah, hätten Sie die Polizei informieren müssen."

„Es war Ihnen also egal, ob der Mörder je gefasst würde. Die Reputation Ihrer Klinik ging Ihnen über alles", mischte sich Marlene Gläser jetzt ein. „Wer sagt uns denn, ob Sie den Diebstahl nicht nur vorgetäuscht haben, und selbst Möller umbringen wollten. Was hatten Sie denn gegen ihn?"

Kelling lief vor Wut rot an. „Was fällt Ihnen ein? Was glauben Sie, wen Sie vor sich haben. Ich werde mich bei Manet über Sie beschweren. Sie....Sie."

„Ich glaube nicht, ich weiß, wen ich vor mir habe. Einen gewissenlosen Arzt, dem es egal ist, was mit dem bei ihm gestohlenen Gift passiert. Wenn es gestohlen wurde, wie ich bereits sagte. Auf jeden Fall stehen Sie jetzt auf der Liste der stark Verdächtigen und selbst wenn sich der Diebstahl als wahr herausstellt, wird sich der Staatsanwalt mit Ihnen beschäftigen." Marlene hatte ziemlich laut gesprochen.

Kelling wurde zusehends kleiner. Er sackte in sich zusammen und atmete schwer. „Es war mir keineswegs gleichgültig, aber wenn es herauskäme, wäre mein Lebenswerk zerstört worden. Das müssen Sie doch verstehen?"

„Sie werden eine Vorladung bekommen und ich rate Ihnen genau nachzudenken, was Sie aussagen. Wer hat außer Ihnen noch von dem angeblichen Diebstahl gewusst?"

„Nur die Oberschwester", murmelte Kelling kleinlaut. „Sie hat es entdeckt."

„Und da haben Sie keine Nachforschungen unter dem Personal eingeleitet?"

„Nein, ich dachte doch, es sei ein Versehen gewesen und ich wollte nicht, dass die Geschichte an die Öffentlichkeit kommt. Sie werden das doch jetzt hoffentlich nicht publik machen?"

„Es wird mir eine Freude sein Sie den Journalisten zum Fraß vorzuwerfen", zischte die Gläser wenig damenhaft.

Jetzt kam N´Gomble wieder ins Gespräch. „Wir werden jetzt Ihr Patientenbuch durchsehen. Wir werden prüfen, wer in den letzten vierzehn Tagen bei Ihnen in der Sprechstunde war und wer eventuell Gelegenheit hatte an den Schrank heranzukommen."

Kelling versuchte kleinlaut zu protestieren. „Das ist Arztgeheimnis."

„Sie irren, Professor. Wir wollen nicht wissen, über was Ihre Patienten klagen oder welche Krankheit sie hatten. Wir wollen lediglich die Anwesenheit in Ihrer Klinik checken. Rufen Sie die Dame von der Anmeldung und lassen Sie das Buch bringen."

Die beiden Polizisten fanden heraus, dass in den letzten zwei Wochen, bevor der Verlust bemerkt wurde, 68 Patienten in Kellings ambulanter Praxis behandelt wurden. Sie ließen die Seiten kopieren und wollten sie mitnehmen, aber da zeigte Marlene Gläser auf einen Namen: Salfelder! Zwei Tage später war Jewgeni Charkow bei Kelling.

„Professor, es ist mir klar, dass Sie mir nicht antworten müssen, aber würden Sie mir sagen, was die beiden Herren bei Ihnen wollten?"

Kelling antwortete ihnen missmutig: „Bei Herrn Salfelder bin ich tatsächlich an das Schweigegebot des Arztes gebunden. Ich darf einfach nicht, aber bei Herrn Charkow kann ich Ihnen das sagen. Seine Lebensgefährtin, Frau Brunner, ist bei mir in Behandlung. Sie bekommt regelmäßig ein Medikament, das in unserer Apotheke extra für sie angefertigt wird. Als Herr Charkow hier war dieses Medikament zu holen, hat er sich bei mir einen Cholesterintest machen lassen. Da dieser Test sehr gut ausfiel, kann ich Ihnen das mitteilen, obwohl ich, wenn ich ganz korrekt wäre, ihn erst um Erlaubnis bitten müsste."

„Danke", sagte N´Gomble, aber Marlene konnte sich eine

Bemerkung nicht verkneifen.

„Reden wir lieber nicht über Korrektheit."

„Marlene!", der schwarze Arzt schüttelte den Kopf.

„Schon gut", sagte Marlene. Und zu Kelling gewandt: „Ihnen ist schon klar, dass der Staatsanwalt sich mit Ihnen beschäftigen wird. Zumindest wegen der Vernachlässigung der Sorgfaltspflicht in Bezug auf Giftbestände. Ebenso wegen der Nichtanzeige, wenigstens nach dem Mord an Ebert. Vielleicht auch wegen Beihilfe zum Mord und ich werde mich darum kümmern, ob Sie vielleicht selbst damit zu tun haben, Sie haben doch nicht etwa die Absicht, in den nächsten Tagen zu verreisen. Das würde ich an Ihrer Stelle gut überlegen. Auf Wiedersehen."

Die beiden verließen den Raum und Kelling stand mit hängenden Armen neben seinem Schreibtisch.

Kriminaloberkommissar Unger hatte sich mit den Asservaten beschäftigt, die in Mrotzeks Pensionszimmer gefunden wurden. Es war wenig dabei, was etwas über dessen Identität aussagen konnte. Da gab es jedoch ein Notizbuch, in das rätselhafte Zahlen eingetragen waren. Es waren meist lange Zahlenreihen mit bis zu zwanzig einzelnen Ziffern. Unger konnte nichts damit anfangen. Er ging zu Fux und berichtete ihm darüber. Fux schaute sich das Buch an.

„Das sind chiffrierte Notizen. Faxen Sie die bitte an das LKA. Schicken Sie sie auch ans BKA. In beiden Ämtern gibt es exzellente Dechiffrierer. Die haben auch eine ausgezeichnete Software. Es wäre doch gelacht, wenn die das nicht herausbrächten. Ein bisschen Ahnung habe ich auch. Machen sie mir also eine Kopie der Buchseiten."

„Ich erledige das sofort", sagte Unger und nach einer halben Stunde brachte er Fux diese gewünschte Kopien.

Fux legte sie beiseite. Er wollte sich zu Hause damit beschäftigen, nahm er sich vor. Dann meldeten sich N'Gomble und Gläser. Sie gaben ihm einen mündlichen Bericht über das, was sie bei Kelling erfahren hatten.

„Bitte fertigen Sie ein Protokoll an. Schicken Sie einen der Polizisten zur Unterschrift bei Kelling vorbei. Bitte heute noch. Das Original geben Sie persönlich zum Staatsanwalt. Soll der entscheiden."

Als die beiden aus dem Zimmer waren, rief er Sabine an. „Hallo, Liebes. Es gibt Neuigkeiten. Ich will dir das aber nicht am Telefon erzählen. Kannst du später bei mir vorbeikommen? Ich denke, gegen achtzehn Uhr werde ich hier weggehen." Sabine sagte zu und Fux legte den Hörer auf.

Sabine setzte sich in ihren kleinen Flitzer, als es an der Zeit war und fuhr in die Parkstraße. Fux war noch nicht zu Hause, aber Patty bat sie herein. „Trinkst du noch einen Kaffee mit uns? Ich habe gerade frisch gebrüht."

Im Wohnzimmer saß die alte Dame in ihrem Rollstuhl, den sie an ein kleines Tischchen gerollt hatte, auf dem Erdbeertorte stand und zwei Kaffeetassen daneben. Patty brachte eine dritte Tasse und eine Glaskanne mit Kaffee.

„Das ist aber lieb von Ihnen, Kindchen," meinte Frau Fux freundlich. „Wie geht es Ihnen? Schreiben Sie fleißig?" So ging das eine Weile im Plauderton weiter, bis Sabine eine Fotografie an der Wand bemerkte, die ihr bisher noch nicht aufgefallen war. Sie wurde blass. Auf dem Bild stand Fux mit einer wunderschönen Frau und einem süßen kleinen Mädchen an dem kleinen Yachthafen hinter dem World Trade Center. Neben den beiden stand Fux und legte seine Arme um beide.

Patty sah den Blick und bemerkte die Verstörtheit Sabines. „Das ist seine Frau Dina, eigentlich Geraldine und das kleine Mädchen ist seine Tochter Delila", sagte sie leise. Bevor sie weiterreden konnte, trat Fux in das Zimmer. Er hatte die letzten Worte Pattys gehört und sah, dass Sabine verunsichert war. Er legte einen Arm um sie, küsste sie auf die Wange und sagte: „Die beiden sind tot. Ein Verkehrsunfall vor fast vier Jahren. Ich erzähle dir das später, wenn wir alleine sind. Meine Mutter ist immer sehr aufgeregt, wenn wir davon sprechen."

Nach dem Kaffee gingen Fux und Sabine in dessen Arbeitszimmer und Fux erklärte ihr den neuen Stand der Ermittlungen.

„Ihr konzentriert euch demnach jetzt auf Kelling, Salberger und Brunner-Charkow, wenn ich dich recht verstehe. Ich kann natürlich darüber schreiben, aber ich darf keine Namen nennen. Das lässt sich nun mal nicht ändern."

Fux wiegte den Kopf. „Konzentrieren kann man das nicht nennen. Es ist nur so, dass wir jetzt vier Leute haben, die in den engeren Kreis der Verdächtigen gerückt sind. Das betrifft aber auf jeden Fall nur den Zyankali-Mord. Lediglich Salfelder könnte noch an das organische Gift gekommen sein. Da habe ich auch etwas in die Wege geleitet, allerdings weiß ich nicht, was daraus wird. Dass man mit dem Gift jemanden umbringen wollte, ist aber auch nur eine Arbeitsthese. Wenn wir dahinter kommen, wer das Gift besaß, kann derjenige immer noch behaupten, er wollte Möller ärgern und seinen Rhododendron vernichten. Für den Schuss gibt es überhaupt noch keinen Anhaltspunkt. Mrotzek schweigt wie ein Grab, aber wir haben jetzt ein verschlüsseltes Notizbuch gefunden, das noch ausgewertet werden muss. Das alles kannst du schreiben. Am Montag werde ich es so in der Pressekonferenz darstellen."

„Danke, da kann ich eine gute Arbeit leisten. Du musst mir nur sagen, wenn bis Montag noch weitere Erkenntnisse dazukommen. Das kann ich dann nachträglich einarbeiten."

Die beiden Verliebten saßen noch eine ganze Weile still nebeneinander. Dann sah Sabine zu Fux und sagte sehr leise und behutsam: „Willst du darüber reden?"

Fux brauchte eine Weile, ehe er antworten konnte. Man sah ihm an, dass es ihm schwer fiel. „Ich mache dir einen Vorschlag. Es ist so schönes Wetter und nicht mehr so sehr heiß. Wollen wir einen langen Spaziergang machen? Wir könnten durch den Stadtpark gehen bis ins Zentrum. Dort trinken wir ein Glas Wein. Unterwegs erzähle ich dir meine Geschichte. Dazu muss ich ein bisschen zurückgehen, bis in meine Jugend. Danach werden wir nie mehr darüber reden."

Sabine nickte. Sie verabschiedeten sich von seiner Mutter und Patty. Dann gingen sie nebeneinander die Händelstraße hinunter und bogen links in den Stadtpark ein.

Und Fux erzählte seine Geschichte.

„Nach dem Krieg, als sich hier die Kommunisten festsetzten, ging meine Mutter mit ihren Eltern nach dem Westen. Das Haus in der Parkstraße ließen sie zurück. Später wohnte hier eine bekannte Sportlerin. Meine Mutter war damals gerade mal achtzehn Jahre alt.

In Frankfurt am Main wurden sie sesshaft. Mein Großvater starb schon Anfang der Fünfziger an einem Herzinfarkt. Das war damals in den meisten Fällen das Todesurteil.

Die beiden Frauen, meine Mutter und meine Großmutter, mussten sehen, wie sie alleine durchkamen. Mutter arbeitete als Zivilangestellte bei der US-Army und lernte dort meinen Vater kennen. Sie heirateten 1960, meine Mutter war schon dreißig. Mein Vater wurde in die Staaten zurückversetzt und meine Mutter fuhr hinterher. Damals flog man noch nicht so selbstverständlich. Man überquerte den Atlantik mit einem Schiff. Sie bauten sich ein Haus in einem idyllischen kleinen Ort in West-Virginia.

Mein Vater war damals Oberst bei der Armee und er war ein Soldat aus Leidenschaft. Er musste jeden Tag etwa dreißig Kilometer nach Washington fahren, wo er stationiert war.

Ich wurde 1962 geboren und wuchs mit der Gewissheit auf später auch Soldat zu werden. Mein Vater war sehr oft nicht zu Hause. Sein Dienst in Washington ließ es nicht zu. Meine Mutter war meist alleine. Sie bekam Heimweh. Vater, ein stattlicher Offizier in einer schmucken Uniform hatte viele attraktive, junge Frauen um sich.

Es konnte so nicht ausbleiben, dass die Ehe meiner Eltern auseinander fiel. Sie fanden beide ein anständiges Arrangement, das meiner Mutter, die zurückging nach Frankfurt, ein sorgenfreies Leben garantierte. Mein Vater hatte von seinen Eltern ein kleines Vermögen geerbt. Außerdem hatte ihm seine Familie Ländereien im Süden der USA vermacht.

Mir stellte man frei, selbst zu entscheiden, wo ich bleiben wolle. Natürlich blieb ich in Amerika, wo mich scheinbar eine glänzende Laufbahn erwartete. Ich liebte meine Mutter genau so sehr wie meinen Vater und ich habe sie öfter besuchen können, sodass sie mir nicht fremd wurde. Mein Vater heiratete wieder. Mit der Frau meines Vaters, die ich beim Vornamen nannte, kam ich sehr gut aus. Sie war immer guter Laune und stets freundlich besorgt um mich. Ich habe heute noch gute Verbindung zu ihr.

Als ich sechzehn wurde, begann mein großer Traum. Mein Vater brachte mich in einer elitären Kadettenschule der Marines unter. Mein Traum war schnell geplatzt. Ich wurde dort zwar körperlich fit, aber die Umstände, unter denen dies geschah, waren unmenschlich. Wir wurden Tag und Nacht bis zum Umfallen schikaniert und ich merkte schnell, dass das Ziel war unseren eigenen Willen zu brechen. Wir sollten, ohne zu fragen, bedingungslos jedem Befehl gehorchen, auch wenn es gegen jede Vernunft war. Das Einzige was ich dort gelernt habe: Ein unbedingtes: *Yyyyesss, Ssssir!* Ohne zu zweifeln. Unter allen Umständen."

Fux ging fast fünf Minuten neben Sabine her, nachdenklich, ohne ein Wort zu sagen. Sabine störte ihn nicht in seinen Gedanken.

Dann redete er weiter.

„Da ich trotz allem meinen Dienst gut versah und in jeder Disziplin gute Leistungen erbrachte, schlug man mir am Ende der zwei Jahre vor in einer Sondereinheit zu dienen, -sie nannten sich SEALS- die meist illegal im Auftrag des Präsidenten in jedem Land der Welt eingesetzt wird, um dort amerikanische Interessen mit allen Mitteln durchzusetzen. Das passte mir nicht und damit war zum Verdruss meines Vaters meine militärische Laufbahn beendet.

Ich studierte ein paar Semester, nachdem ich extern meinen Highschool-Abschluss nachgeholt hatte, gab Gastrollen an allen Fakultäten, brach dann aber alles ab und trieb mich hauptsächlich auf Parties herum. Ich rauchte meinen ersten Joint und wäre untergegangen, wenn ich nicht Geraldine, meine spätere Frau Dina, kennen gelernt hätte. 1987 haben wir geheiratet, ich war vierundzwanzig und zwei Jahre später, im Februar 1989 kam Delila, unsere Tochter zur Welt.

Mein Schwiegervater war beim NYPD Polizeioffizier, und er hatte mich dort untergebracht. Endlich konnte ich etwas tun, was mir Spaß machte. Ich kam nach einiger Zeit zum Crime Departement. Meine Aufgabe war es Kriminelle zu ermitteln und zu fassen. Es war für mich eine Art Sport mit moralischer Berechtigung. Ich tat etwas, was für die Menschen gut war. Ich hütete das Gesetz - dachte ich.

Wir waren nicht zimperlich, setzten schon mal jemanden unter Druck und fassten nicht gerade sanft zu, wenn wir glaubten, es sei notwendig. Den größten Spaß machte es, wenn man einen Täter ausgemacht hatte und der im Auto floh. Wir hatten schnelle Wagen und mit unseren grellen Sirenen und Umlicht auf dem Dach, sausten wir durch New York. Was machte es aus, wenn wir dabei mal ein paar Kratzer auf einem unbeteiligten Wagen hinterließen oder eine Stoßstange abrammten. Am Ende waren wir meist die Gewinner.

So war es auch am 4. Juli 1993, dem amerikanischen Nationalfeiertag. Ich hatte Dienst und fuhr mit einem Kollegen in einem unauffälligen Wagen zu einer Kontrollfahrt durch Manhattan. An Feiertagen hatten vor allem die Taschendiebe ihre Zeit. Im Festtagsgedränge war schnell mal die Hand in einer fremden Tasche. Wir fuhren entlang des Central Parks. Plötzlich hörten wir lautes Rufen. Aus einem der Zu-und Ausgänge rannte ein junger Schwarzer mit einer großen Damentasche unter dem Arm. Am Straßenrand öffnete sich eine Autotür und der Wagen fuhr, noch bevor der Schwarze die Tür geschlossen hatte, mit quietschenden Reifen davon. Mein Partner setzte die Blinkleuchte aufs Dach und schaltete die Sirene an, die in Amerika einen schnell auf-und abschwellenden, nervtötenden, hohen Ton hat. Ich trat das Gaspedal durch und wir flogen fast über die Straße. Ich hatte großen Spaß an solchen Jagden, es gab mir ein Gefühl, wie beim Formel-1-Zirkus. Auf dem Beifahrersitz hatte mein Kollege, besser mein Freund, den ich noch aus der Armyzeit kannte, den Sprechfunk eingeschaltet und rief Hilfe herbei. Es meldeten sich zwei Wagen, die von meinem Beifahrer auf den richtigen Weg geleitet wurden. Der Diebeswagen kurvte auf zwei Rädern um die Ecken. Keiner, auch wir nicht, kümmerte sich um rote Ampeln und manchmal kratzten wir haarscharf am Bordstein entlang.

Der Wagen, den wir verfolgten, war gerade an einer Straßenbiegung vor uns verschwunden. Da hörten wir es krachen. Einer der Streifenwagen war in ein Zivilfahrzeug geknallt. Es war das Auto meiner Frau. Meine Frau war sofort tot und meine vierjährige Tochter starb auf dem Weg ins Krankenhaus."

Fux sah Sabine von der Seite aus an. Ihr liefen die Tränen über die Wangen. Fux strich ihr sanft über das Haar und mit der Hand strich er ihr eine Träne von der Wange. „Weine nicht. Ich habe schon für dich mitgeweint. Meine Tochter war ein so süßes kleines Mädchen und ich weiß nicht, ob ich ihren Tod jemals begreifen werde. Meine Frau habe ich sehr geliebt. Und ich liebe sie immer noch. Das musst du akzeptieren."

Sabine strich sanft über seinen Arm. „Es tut mir so Leid, Marcus." Sie schämte sich ihrer Tränen nicht.

„Um einen Taschendieb zu fassen, habe ich die zwei liebsten Menschen getötet, die ich hatte."

„Du hattest keine Schuld, Marcus."

„Es hätte jeder sein können. Auch ich. Wir haben unserer Jagdlust gefrönt und nicht die Verhältnismäßigkeit abgeschätzt. Und das passiert jeden Tag. Vielleicht in den USA öfter als hier, aber es passiert. Ich begann die Augen zu öffnen und sah endlich all die Korruption rings um mich. Polizisten, die Schmiergeld nahmen, die Kokain stahlen, wenn bei einer Verhaftung die Hälfte beiseite geschafft wurde, bevor es in die Asservatenkammer kam. Wie Täter, vor allem Schwarze, erbarmungslos geprügelt wurden.

Ich konnte das alles nicht mehr ertragen und verließ den Polizeidienst in New York."

Samstag, 11.August 01

Fux war schon früh auf der Dienststelle. Als Marlene Gläser hereinkam, bot er ihr einen Kaffee an.

„Ich werde mir heute mal frei nehmen. Ich muss Abstand gewinnen. Vorher muss ich meinen Papierkram noch ein bisschen aufräumen. Ich möchte Sie bitten noch mal bei Frau Brunner im Krankenhaus vorbeizugehen. Vielleicht hat sie es sich überlegt und will doch eine Aussage machen. Danach können Sie auch mal einen Tag ausspannen. Die Bereitschaft hat Unger. Wenn etwas passiert, das wir nicht voraussehen konnten, wird er mich informieren. Ich lasse mein Handy eingeschaltet."

KOK Gläser trank ihren Kaffee aus. „Gut ich mache mich auf den Weg. Im Notfall können Sie mich auch anrufen. Ich bin zu Hause. Ich habe nichts Bestimmtes vor." Dann verließ sie die Dienststelle.

Im Krankenhaus traf sie Beate Brunner in der Cafeteria. Ihre Binden hatte man abgenommen nur das Pflaster auf der Wange war noch zu sehen.

„Wie geht es Ihnen?"

„Meine Wunden waren doch kaum der Rede wert. Ich soll am Montag nach Hause gehen. Was soll ich dort."

„Sie haben doch Pflichten in Ihren Restaurants. Das muss doch wohl weitergehen, oder wollen Sie aufgeben?"

„Meine Geschäfte laufen auch ohne mich. Ich habe gutes Personal", meinte sie teilnahmslos. „Jewgeni liegt noch immer im Koma. Wenn ich hier bin, kann ich wenigstens mal an sein Bett gehen."

Marlene strich Frau Brunner über den Arm. „Es wird schon wieder werden", meinte sie, aber Beate Brunner schüttelte den Kopf. „So optimistisch sind die Ärzte nicht. Selbst wenn er durchkommt, werden riesige Brandnarben zurückbleiben. Sie sind sich noch nicht mal sicher, ob er wieder laufen kann." Tränen liefen über ihre Wangen.

„Sie haben ihn sehr lieb?"

„Wir sind seit fast sechs Jahren zusammen; wir brauchen einander. Er ist ein rücksichtsvoller Mann. Ich fühle mich wohl bei ihm. Ob das Liebe ist? Ich habe noch nicht darüber nachgedacht."

„Warum heiraten Sie nicht?", wollte Marlene wissen.

„Weil er verheiratet ist." Sie machte eine lange Pause, dann sah sie Marlene Gläser an. „Ich werde Ihnen alles erzählen."

Marlene holte sich einen Kaffee und setzte sich wieder an den Tisch. Reden Sie. Ich höre Ihnen zu."

Frau Brunner schluckte und seufzte tief auf. Dann begann sie zu reden. „Jewgeni war Major in der Roten Armee. In Deutschland hat es ihm gefallen. Er wollte nicht zurück und ist desertiert. Seine Frau wollte mit ihren beiden Kindern, zwei Töchtern, nicht nach Deutschland. Sie hat einen anderen. Jewgeni war so lange von zu Hause weg und bekam nur einmal im Jahr zehn Tage Urlaub. Er sorgt finanziell gut für seine beiden Töchter."

Sie machte eine Pause und dachte nach. Marlene war still, sie konnte gut zuhören.

„Er bekam eine vorläufige Aufenthaltserlaubnis und darf arbeiten. Er stand eines Tages in meinem Büro und suchte Arbeit. Er machte die schmutzigste, die es in einem Restaurant gibt. Er war Topfwäscher, was anderes konnte er ja nicht. Im Laufe der Zeit hat er sich alle Kenntnisse angeeignet und als wir zueinander fanden, habe ich ihm Verantwortung übertragen und es nie bereut. Er ist umsichtig und fleißig." Dann begann sie unvermittelt über ihre Sorgen zu reden. „Alles lief gut, bis die Mafia sich meldete."

„Also doch!", meinte Marlene. „Die 10000 Mark monatlich."

„Nein, ich habe doch gesagt, dass es nicht um Erpressung oder Schutzgeld ging. Die hatten ganz andere Absichten. Die wollten meine Lokale benutzen um Rauschgift abzusetzen. Sie verlangten, dass wir in jedem Betrieb täglich einen bestimmten Tisch reservieren, an dem sich ein Dealer setzen konnte. Wir sollten lediglich keinen Ärger machen, wenn wir die Geschäfte beobachten. Sie haben einen Mann im Rauschgiftdezernat der Polizei, der immer rechtzeitig warnte, wenn irgend etwas in der Luft lag. Wir bekamen dann einen Anruf und mussten als Warnzeichen einen bestimmten Aschenbecher auf den Tisch stellen. Dann verließ der Dealer sofort den Raum."

„Und Sie haben das mitgemacht, weil sie Ihnen mit Anschlägen auf Ihre Restaurants drohten?"

„Nein, das war es nicht. Sie drohten Jewgeni seine Töchter zu entführen und auch zu töten. Um das zu beweisen, haben sie die beiden Mädchen zwei Tage gekidnapt und ihnen die Haare abgeschnitten. Jewgeni hatte Angst und tat, was sie wollen. Ich will ihn nicht als Engel darstellen, er kann notfalls auch skrupellos sein, aber in dem Fall hatte er wirklich Angst."

„Und warum jetzt dieser Anschlag? Gab es dafür einen Grund?"

„Charkow hat vor einer Woche seine Töchter aus Moskau geholt und sie in Holland bei Bekannten versteckt. Dann hat er die Dealer aus unseren Objekten verjagt. Der Brandanschlag war die Rache."

Marlene Gläser ließ sich die Einzelheiten des Überfalles schildern. „Es waren drei Männer, die die Disco betraten, als sie noch geschlossen war. Anscheinend hatten sie einen Nachschlüssel. Sie sprachen nicht viel, sondern begannen sofort, Jewgeni zu verprügeln. Dann zog einer eine Flasche aus der Tasche. Aus dem Flaschenhals ragte eine zusammengedrehte Papierserviette, alle rannten zur Tür. Sie warfen die brennende Flasche direkt nach Jewgeni, dann explodierte alles. Ich warf eine Decke über meinen Lebensgefährten und konnte das Feuer zwar löschen, aber Jewgeni konnte ich nicht herausziehen, er war zu schwer. Ein Herr Schlegel hatte schon Polizei und Feuerwehr verständigt. Das war, was ich weiß. Muss ich jetzt mit einer Strafe rechnen, weil ich doch die Dealer in mein Lokal gelassen habe?"

KOK Gläser sah sie nachdenklich an. „Ich bin kein Jurist, aber ich denke mir, dass die Umstände bedacht werden, unter denen dies alles ablief. Gut wäre es natürlich, wenn Sie die Namen der Hintermänner wüssten oder gar Phantombilder der Dealer anfertigen könnten, mit unserer Hilfe natürlich. Ganz wichtig aber wäre bestimmt, wenn Sie wüssten, wer in der Polizei die Informationen über geplante Kontrollen an die Leute weitergegeben hat."

Beate Brunner zuckte mit den Achseln. „Ich kenne keinen von denen, aber die Dealer beschreiben, das ginge schon. Vielleicht weiß Charkow mehr. Er hat mich immer da herausgehalten." Die Polizistin reichte Frau Brunner die Hand. „Es wird schon werden. Sehen Sie zu, dass Sie beide gesund werden. Ich komme am Montag, damit Sie das Protokoll unterschreiben. Wenn Sie vorher entlassen werden, lassen Sie mich das wissen."

Mag erinnerte sich daran, dass dieser Tscheche, den Salfelder in dem kleinen Dorf besuchte hatte, und der anscheinend die Verpackung der Medikamente organisierte, davon gesprochen hatte, *die nächste Lieferung sei am Donnerstag zu erwarten.* Also konnte sie damit rechnen, dass der Weitertransport vielleicht zwei, drei Tage später erfolgen würde, wenn alles verpackt ist. Heute ist Sonnabend, also lege ich mich wieder mal auf die Lauer. Sie parkte ihren Wagen schon gegen neun Uhr früh in der Nähe von Salfelders Haus in Flöha.

Sie war jedoch überrascht, dass der LKW, den sie ja bereits kannte, nicht dort ankam, sondern aus der Garage herausfuhr. „Nun, vielleicht ist er ja trotz der tschechischen Nummer, hier stationiert. Vielleicht holt er jetzt die Sachen ab", dachte sie.

Sie fuhr hinterher, stellte aber fest, dass er nicht zu dem kleinen Dorf fuhr, wie sie vermutet hatte, sondern weiter auf der 223, in Richtung Karlsbad. Er überquerte dann eine Bahnlinie, bog danach von der Hauptstraße ab, in einen holprigen Nebenweg, bis zu einem Ort, der Medenec hieß. Genauso versteckt, wie die Baracke für die Verpackungsmaschinen, fand sie hier ein größeres, aber ebenfalls nur ebenerdiges Haus. Rote Ziegel, ziemlich verfallen. Der LKW hielt dort, der Fahrer klingelte an einer Tür und ging hinein.

Mag wurde auf eine Geduldsprobe gestellt. Sie packte die Sandwiches aus, die sie vorsorglich mitgenommen hatte und öffnete eine Flasche Limonade. Als sie schon aufgeben wollte, öffnete sich eine Schiebetür an dem Haus und zwei Frauen brachten die gleichen Säcke auf einem Hubwagen heraus, die sie schon einmal gesehen hatte.

Nachdem der LKW beladen war, fuhr er wieder zurück. Mag entschloss sich, nicht hinterherzufahren. Es war anzunehmen, dass er wieder zu der Baracke in der Nähe von Misto fuhr. Sie wollte lieber hier bleiben und sich mal umsehen. Ihr Wagen stand auf einem kleinen Rastplatz und da ließ sie ihn stehen. Um nicht aufzufallen, nahm sie den kleinen Weidenkorb, in dem sie ihre Verpflegung mitgebracht hatte, pflückte ein paar Gräser und Blüten sowie Blätter von einer Rotbuche, die in der Nähe stand. Sie sammele Utensilien für einen großen Strauß, den sie auf ihre Terrasse stellen könnte, würde sie sagen, wenn man sie fragte.

Es fragte niemand. Im Vorbeigehen konnte sie durch die hohen, verschmutzten Fenster sehen, deren Scheiben von einem verrosteten Eisenrahmen eingefasst waren. In dem Raum, den sie sah, standen große Pressen mit aufgesetzten Trichtern, in denen ein Rührwerk weißes Pulver bewegte. Unten fielen die gepressten Tabletten über eine Rutsche in eine Waagschale. Aus anderen Pressen sah sie grüne und rote Pillen herausfallen. Sie hatte genug gesehen. *Hier wurden also die Medikamente hergestellt, die man in Misto verpackte.*

Auf der Rückfahrt machte sich Mag ihre Gedanken. Was hat sie gesehen? Irgendwo werden weiße und farbige Pillen produziert. Gut, das passiert legal überall auf der Welt. Dass sie an einem völlig anderen Ort verpackt werden, ist laut Gesetz verboten, wenn sie sich an ihr Gespräch mit dem Pharmakonzern richtig erinnerte. Dass man dagegen verstößt, ist sicher strafbar, aber muss noch kein Verbrechen bedeuten. Vielleicht ist es einfach eine Art den Profit zu maximieren. Nicht akzeptabel, aber überall auf verschiedene Art üblich. Dafür gab es genug Beweise.

Eine andere Möglichkeit wäre, Rauschgift oder Anabolika zum Beispiel zu produzieren. Sie hatte gesehen, dass auf den Kartons die

Label weltbekannter Arzneimittel und die Bezeichnungen der Medikamente aufgedruckt waren. Unter diesem Label Rauchgift zu vertreiben, wäre jedoch bestimmt längst jemandem aufgefallen. Außerdem könnte sie sich vorstellen, dass das, trotz des niedrigen Lohnniveaus in der Tschechischen Republik, in Ländern Südamerikas oder Afrikas billiger und ungefährlicher gewesen wäre.

Was also passierte da in den beiden primitiven Fabrikgebäuden? Es konnte sich hier eigentlich nur um Produktpiraterie handeln. Sie beschloss, ihre Beobachtungen Fux mitzuteilen. Unabhängig davon bastelte sie bereits an einem Exposé für einen neuen Roman.

Als Marlene Gläser aus dem Krankenhaus zurückkam, rief sie Manet an und erzählte ihm, was sie erfahren hatte.

„Frau Gläser, das ist ja interessant", meinte er etwas unwirsch, „aber was soll ich da tun? Warum sprechen Sie nicht mit Fux darüber?"

„Verzeihen Sie, Herr Oberrat, aber Hauptkommissar Fux hat heute frei."

„Ich auch, Frau Gläser, ich auch."

Marlene war wütend, versuchte sich aber zu beherrschen. „Hauptkommissar Fux steht unter ungeheurem Druck. Er muss die Mörder finden. Vorgestern hat er unter Lebensgefahr einen davon festgenommen und nebenbei einer Journalistin vielleicht das Leben gerettet. Ich kann ihn jetzt nicht anrufen. Er braucht mal einen Tag Abstand. Außerdem kann ich ihn sowieso nicht erreichen", log sie.

„Gut, dann sagen Sie es ihm am Montag."

„Nein, das tun wir nicht, Herr Oberrat!", Marlene war über ihre eigene Courage erstaunt. „Man muss Frau Brunner schützen. Ja, sie hat sich schuldig gemacht, aber deshalb können wir sie nicht der Mafia überlassen. Sie braucht Personenschutz. Vielleicht auch Herr Charkow. Der liegt mit lebensgefährlichen Verletzungen im Krankenhaus. Wir sollten ein paar Leute vom Drogenkommissariat oder der OK abstellen, aber dazu habe ich keine Befugnis. Wissen Sie, was die Presse mit uns macht, wenn Frau Brunner etwas passiert?" Ohne ein weiteres Wort legte sie auf. Als ein paar Minuten später das Telefon wieder klingelte, beachtete sie es überhaupt nicht, nahm ihre Aktentasche und ging aus dem Zimmer.

Als Mag in ihre Wohnung ging, überlegte sie, ob sie Fux anrufen solle, entschloss sich aber dann, erst mal Sabine zu fragen, ob sie wisse, wo der sei.

„Lass ihn mal heute in Ruhe. Informiere doch Clemens von der Wirtschaftskriminalität. Wenn der einsteigt, kommst du zu Stratos. Da treffe ich mich mit Marcus heute Abend. Wenn das mit der Überwachung geregelt ist, kannst du es ihm erzählen. Ich will nicht, dass er sich gezwungen fühlt, das auch noch zu klären."

Fux hatte tatsächlich vollkommen abgeschaltet. Er saß mit seiner Mutter und Patty auf der sonnigen Terrasse hinter seinem Haus. In der Küche kümmerte sich Renate, eine Frau, die dreimal in der Woche im Haushalt half, um das Mittagessen. Fux hatte inzwischen an der deutschen Küche gefallen gefunden. Auf seinen Wunsch gab es heute Rouladen mit Rotkohl und selbstgemachten Thüringer Klößen. Renate hatte das Originalrezept von ihrer Großmutter und war immer stolz, wenn die drei ihr Essen lobten.

Patty hatte eine CD aufgelegt. Aus den Lautsprechern klangen die gewaltigen Orgeltöne der Toccata und Fuge in D-Moll von Johann Sebastian Bach, auf einer Silbermannorgel gespielt von Otto Winter. Eine Aufnahme, für die Patty über alles schwärmte. Die alte Dame saß in ihrem Rollstuhl und war in ein Buch vertieft. Fux las in der Zeitung. Die Morde in der Möller Villa waren wieder ein Thema, nachdem die Pressestelle der Polizei die dramatische Festnahme Mrotzeks bekanntgegeben hatte. Fux wollte das nicht kommentieren, obwohl ihm die Journalisten kaum Ruhe gelassen hatten. Er wollte das erst am Montag in der Pressekonferenz tun.

Der Artikel in der *Freien Presse* lenkte seine Gedanken jedoch wieder auf die Vorfälle der letzten Tage. Ihm fiel das Notizbuch Mrotzeks ein, das die Leipziger Kollegen in seinem Zimmer gefunden hatten und das er ans LKA und BKA weitergeleitet hatte. Er stand auf und suchte die Kopien der Notizbuchseiten in seiner Jacke, die im Flur des Hauses hing. Als er zurückkam, breitete er sie auf dem großen, runden Gartentisch aus und versuchte aus dem Zahlenwirrwarr etwas herauszufinden, was ihm jedoch nicht gelang.

Die Musik war zu Ende und Patty schaltete den Player aus. Sie beugte sich zu Marcus und sah die Papiere an. „Was hast du denn da?", fragte sie neugierig und Marcus erklärte es ihr. Jetzt wurde auch seine Mutter aufmerksam und nahm sich einige der Bögen. Zur Verwunderung der beiden sagte sie dann plötzlich: „Das ist doch ganz einfach. Das sind Telefonnummern."

„Ach, Mom." Fux sah sie überlegen lächelnd an. „Hast du schon mal Telefonnummern gesehen, die zwanzig Ziffern und mehr haben?"

Aber seine Mutter ließ sich nicht auf seinen Ton ein. Sie reichte ihm eines der Blätter. „Sieh dir hier die fünfte Ziffernreihe an. Das ist unsere Nummer. Da kommen erst vier Ziffern und nach der Neun, der fünften Ziffer, kommt, ohne die Null der Vorwahl, unsere Nummer, danach wieder eine Neun und noch zwei Ziffern. Ich bin sicher, wenn du alle Ziffernreihen genau anschaust, dann ist die richtige Nummer zwischen der ersten und der letzten Neun eingeschlossen."

Fux und Patty waren verblüfft und versuchten die Zahlen in dieser Weise zu lesen. Marcus fand gleich unter seiner Nummer, die Nummer von Sabine.

„Helft ihr mir?", fragte Fux. „Wir müssen schnell alle versteckten Telefonnummern herausschreiben. Ich gebe sie an Unger durch und der soll sich daranmachen die entsprechenden Adressen herauszufinden. Vielleicht kommen wir ihm so auf die Spur."

Fux brachte den beiden Frauen Kugelschreiber und ein paar leere Blätter, aber seine Mutter meinte, sie könne schlecht schreiben, das bereite ihr Schmerzen. „Ich lese die Nummern vor und Patty schreibt sie auf." Das taten sie dann auch.

Es waren insgesamt zweiundvierzig Nummern, die, wenn man jeweils eine Null nach der ersten neun schrieb, durchaus einen Sinn ergaben. Fux bemerkte, dass es anscheinend auch Vorwahlen gab, die nicht auf Deutschland passten.

„Hier ist zum Beispiel eine Züricher Nummer samt Einwahl in die Schweiz. Wir müssen wahrscheinlich Interpol um Hilfe bitten, wenn wir alle die Leute befragen wollen, deren Adressen wir herausbekommen. Es wäre doch gelacht, wenn wir Ermittlern ein Bild von Mrotzek mitgeben, wenn nicht einer von denen wüsste, wer Mrotzek tatsächlich ist und vielleicht sogar seine Adresse kennt. Ich sehe wieder Licht in meinem Fall."

Es dauerte gerade mal eine halbe Stunde, bis sie alle Nummern herausgeschrieben hatten. Fux rief Unger an, gab sie ihm durch und erklärte ihm, was er tun müsse. Patty stellte die CD wieder an und es erklangen die sanften Geigentöne und die harmonischen Akkorde der Air aus Suite Nr.3 in D-Dur, eine Musik, die genau zu der gelösten Stimmung passte, die Fux jetzt verspürte.

Gegen Abend zog Fux seine hellen Jeans an, dazu ein hellblaues Hemd und darüber einen dunkelblauen Blazer. Er war mit Sabine verabredet. Er fuhr nicht mit dem Auto, sondern ging, vor sich hinsummend, durch den Stadtpark, überquerte die Scheffelstraße, dann den Südring und ging dann die Wolgograder Allee hoch bis zum Harthwald.

Nicht Stratos empfing ihn in der gewohnten Weise, sondern eine nette Frau um die vierzig. „Guten Abend, Herr Fux. Der Chef ist heute nicht da. Ich bin Sonja, Sonja Köhler. Stratos sagt immer, ich sei die gute Seele des Hauses, worauf ich natürlich stolz bin, was ich Ihnen gerne beweisen möchte. Sie hatten zwei Plätze reservieren lassen. Ich bringe Sie raus auf die Terrasse.”

„Entschuldigen Sie, Frau Köhler...”

„Sonja.”

„Entschuldigen Sie, Sonja. Es hat sich was geändert. Ich brauche drei Plätze. Geht das?”

„Da haben Sie Glück. Heute ist Sonnabend, aber der kleine runde Tisch, rechts in der Ecke ist gerade frei geworden. Ist Ihnen das recht?”

„Natürlich. Ich erwarte zwei Damen, eine jüngere und....”

„Ich kenne Frau Aaron und ich denke mir, die andere ist Mag.”

Fux lächelte Sie an. „Sie denken richtig.” Dann setzte er sich.

„Sie nehmen sicher erst mal einen Orangensaft mit einem Schuss Cinzano-Bitter. Ich kenne Ihren Geschmack.”

„Ja, aber heute machen wir es umgekehrt.”

Sonja sah ihn fragend an.

„Cinzano-Bitter. Mit einem Schuss Orangensaft.”

Sonja lachte laut. „Wird gemacht, Herr Hauptkommissar.”

Fux sah sich erschrocken um und legte einen Finger auf den

Mund. „Psssst!"

Es dauerte nicht lange bis Sabine und Mag das Lokal betraten. Die beiden Frauen hatten sich untergehakt und schienen guter Laune zu sein. „Hallo, Marcus", sagten beide wie aus einem Mund.

Marcus stand auf, küsste Mag auf beide Wangen und Sabine auf den Mund. „Hallo, Mädels!", imitierte er den Lieblingsgruß von Stratos. „Der Chef ist heute nicht da, aber die freundliche Frau Sonja wird sich um uns kümmern, hat sie versprochen. Was trinken wir?"

Sabine wollte zum Anfang auch so einen Cinzano, Mag bestellte Cognac. „Wollen Sie Weinbrand oder wirklich Cognac?", wollte Sonja wissen.

„Was ist der Unterschied?", fragte Sabine.

„Vor allem der Preis!", erklärte Mag. „Bringen Sie ruhig einen Cognac. Heute lassen wir wieder mal die Sau raus."

Marcus schlug vor, die Kreta-Platte für zwei Personen zu bestellen. „Da ist Gyros drauf, Souvlaki, Lammkoteletts, Schweinesteaks, verschiedene Reissorten, Zaziki und Bauernsalat, was auch immer Bauernsalat ist."

Mag protestierte. „Du sagst doch, das ist für zwei Personen. Was esse dann ich? Ich habe Hunger."

„Wir können doch teilen.Da ist viel drauf. Wir lassen uns einen Teller extra bringen", meinte Sabine, aber Mag schüttelte den Kopf. „Da lassen wir lieber die Zutaten einmal extra drauflegen."

Sonja lachte. „Das höre ich gerne. Wollen Sie noch etwas zum Essen trinken. Ich kann Ihnen einen leichten, trockenen Rotwein aus Griechenland empfehlen."

Sie nahmen den Wein. Marcus holte aus seiner Jackentasche einen Zettel heraus, auf dem viele Zahlen standen und hielt ihn Sabine hin.

Sie nahm ihn und Mag streckte neugierig ihren Kopf herüber. Beide Frauen studierten die Zahlen, konnten aber nicht viel damit anfangen. Erst nachdem Marcus auf die sechste Zeile zeigte, bekam Sabine einen verwunderten Ausdruck ins Gesicht. „In der Mitte der Zahlen steht meine Telefonnummer"; meinte sie. „Was soll das?"

„Ganz recht. Das sind verschlüsselte Telefonnummern, die wir in einem Notizbuch bei Mrotzek gefunden haben. Meine steht auch drauf. Ich weiß nicht, was er damit beabsichtigt hat. Wir sind jetzt dabei, die dazugehörigen Adressen herauszufinden. Dann werden wir alle, Namen für Namen, abfragen, ob jemand diesen Mann kennt. Vielleicht platzt dann der Knoten bei unseren Ermittlungen, wir sind keinen Schritt weiter. Wer hat Mrotzek beauftragt?"

Sie rätselten noch eine Weile herum, wurden dann aber von einer riesigen Platte überrascht, die Sonja hereinbrachte, eine Junge Frau brachte die Teller und das Besteck.

„Ich wünsche einen guten Appetit."

Unger hatte versucht über die Telekom die Adressen zu bekommen, die zu den Telefonnummern gehörten, aber er war an eine Mitarbeiterin geraten, die keinen Respekt vor einem Kriminaloberkommissar hatte und die auch die Bezeichnung *Mordkommission* nicht schreckte.

„Es tut mir Leid, aber meine Vorschriften gestatten das nicht. Es ist nicht erlaubt Adressen zu benennen. Außerdem geht das schon gar nicht, wenn es sich meist um ausländische Teilnehmer handelt, wie Sie mir sagten."

„Sie behindern die Arbeit an zwei Mordfällen, die vielleicht ohne diese Auskünfte niemals aufgeklärt werden. Können Sie das verantworten?"

„Sie behindern *meine* Arbeit. Ich habe anderes zu tun, als irgendwelchen Wichtigtuern zuliebe meine Vorschriften zu missachten. Schauen Sie einfach in die Telefonbücher. Da stehen die Adressen drin."

Unger war wütend und schrie laut. „Sie sind eine zickige Tussi. Sie wissen genau, dass mir ein Telefonbuch nichts nutzt, wenn ich keine Namen kenne. Ich beschwere mich bei Ihrem Vorgesetzten!", rief er und knallte den Hörer aufs Telefon.

Er rannte in die Vermittlung der Dienststelle. „Hör mal zu, Mager, ich brauche ein Verzeichnis der Vorwahlnummern. Möglichst auch aus dem Ausland. Gibt es so was?"

„Nein, Unger." Die Schadenfreude war ihm anzusehen, als er den Ärger Ungers bemerkte, dass er ihn mit du ansprach.

Unger schluckte. „Aber man muss doch wissen, Polizeimeister

Mager, wie die Vorwahl ist, wenn man eine unbekannte Adresse anrufen will.''

Mager grinste. „Das gibt es, aber nur für die Bundesrepublik. Sicher gibt es die auch für das Ausland. Aber ich habe so etwas nicht. Das brauchen wir hier nicht.'' Er reichte Unger ein dickes Buch in der Pinkfarbe der Telekom. „Das ist die deutsche Ausgabe. Können Sie gerne mitnehmen. Ich weiß die Vorwahlen aus dem Kopf.''

Unger nahm den Wälzer und sauste ohne Gruß und Dank durch die Tür. Als er in seinem Zimmer war, schlug er das Buch auf. „Verdammt'', schimpfte er vor sich hin, als er sah, dass es alphabetisch geordnet war, nach dem Namen der Orte. *Aachen* las er als Erstes. Wütend krachte er den Schinken auf den Tisch und stützte den Kopf in die Hände.

Dann zuckte er mit den Schultern. *Da werde ich mich halt auf die Ochsentour machen und alle Nummern anrufen.* Als ihm das Wort Ochsentour in den Sinn kam, musste er trotz seiner Wut lachen. Jauch benutzte das mal in seinem Millionen-Quiz und als Alternative hatte er *Bullentrip* im Angebot.

Er nahm sich die erste Nummer vor, hob den Hörer ab und wählte. Er ließ es eine ganze Weile klingeln, aber es nahm niemand ab.

Er wollte sich eine Notiz neben die Nummer machen, aber dann ahnte er, dass er heute viele solcher Notizen machen müsste, nahm einen Stoß aus dem Zettelkasten, der auf seinem Schreibtisch stand und schrieb oben die Nummer auf den Zettel. Dann notierte er Datum und Uhrzeit und schrieb darunter: Nicht angetroffen. Bei jedem weiteren Anruf nahm er sich einen neuen Zettel und schrieb die nächste Nummer an den oberen Rand.

Der nächste Versuch. Diesmal wurde schon nach dem zweiten Klingelzeichen abgehoben. „Ja, bitte?

„Wer ist denn am Apparat?'', wollte Unger wissen.

„Hier ist Dorfröder, aber wer ruft denn an?'', kam es ärgerlich zurück. Wer sind Sie?''

Jetzt kam Unger ins Schwitzen. „Bitte entschuldigen Sie. Ich wollte Herrn..., Herrn Müller in Essen.'' Was Besseres fiel ihm nicht ein. „Ist dort nicht Herr Müller in Essen, in der Bahnhofstraße?''

„Ich sagte doch, Dorfröder. Ich wohne in Freilassing.

Allerdings auch in der Bahnhofstraße. Vielleicht haben Sie die falsche Vorwahl erwischt. Tut mir Leid. Versuchen Sie´s noch mal.”

Der Teilnehmer legte den Hörer auf, ehe Unger noch etwas sagen konnte. „Na, das hat ja geklappt”, murmelte er vor sich hin und schrieb Namen und Adresse auf seinen Zettel.

Von seinem Erfolg angespornt, wählte er die dritte Nummer, sie war lang, vielleicht ein Handy, dachte er. Am anderen Ende wurde abgehoben. „Oui, Danardier?”, bellte es aus dem Hörer.

„Sprechen sie deutsch?”, fragte Unger verdattert.

„Äh?”

„Parléz vous, äh...deutsch?” Er hatte seine letzten Französisch-Kenntnisse vorgekramt.

„No!”

„Englisch?”

„No!”, zischte es in sein Ohr. Auch wenn der andere *oui* oder *yes* gesagt hätte, wäre es sinnlos gewesen, denn außer *how do you do*, kannte Unger kaum ein Wort englisch. Auf seinem Notizzettel stand außer Datum und Uhrzeit nur das Wort *Franzose*.

An diesem Tag verlor Unger seine letzten Nerven. Wenige der Anrufe, die in Deutschland ankamen, brachten Erkenntnisse über den Teilnehmer. Meist beschränkten sie sich darauf, sie seien nicht Müller oder Meier, Angaben über sich konnte Unger ihnen nicht entlocken. Wenigstens konnte er aber den Namen auf seinen Zettel schreiben, wenn er ihn richtig verstanden hatte. Bei Ausländern versuchte er erst gar nicht, etwas über sie herauszubekommen. Er legte gleich wieder auf. Die Namen schrieb er nach Gehör, so wie sie ausgesprochen wurden, aber bei Osteuropäern, zum Beispiel, hatte das wohl kaum einen Sinn.

Nach fast drei Stunden brachte er Mager wortlos das Vorwahlverzeichnis zurück und legte es höflich und kleinlaut in das Fach, aus dem es Mager genommen hatte.

Mager lächelte heimlich in sich hinein. Er hätte Unger ja raten können es mal im Internet zu versuchen, aber das sollte der am besten selbst herausfinden.

Im griechischen Restaurant war eine hitzige Diskussion im

Gange. Mag hatte Fux davon erzählt, was sie in Tschechien herausbekommen hatte, ihm aber gleichzeitig erklärt, dass sie Clemens angerufen hatte, der sich mit der Angelegenheit befassen wolle. Sabine hatte dann Fux leise gefragt, ob sie Mag von seiner Frau und seiner Tochter erzählen dürfe. Fux war ein bisschen verärgert. Es war ihm aber auch klar, dass er den Unfall in New York und seine Ursachen sowieso nicht lange verschweigen konnte. Es war besser, man erfuhr das von ihm selbst. Also hatte er zugestimmt. Sabine sprach nur ganz kurz davon, ohne große Umschweife. Sie wollte Fux nicht weh tun. Mag war ehrlich bestürzt über den Verlust, den Fux erlitten hatte, sagte aber vorerst kein Wort dazu, sondern strich ihm mitfühlend über den Arm und drückte ihm dann wortlos die Hand. Lange Zeit war Sabine bemüht ein unverfängliches Thema zu finden, aber alle drei dachten an das, was Mag und Sabine heute erfahren hatten.

Fux sprach davon, mit welchen Problemen er zu tun hatte. „Das Schlimmste ist jedoch, dass keiner meiner Leute versteht mit den betroffenen Bürgern umzugehen, außer Marlene Gläser vielleicht. Sie sind respektlos und sonnen sich im Glanz ihrer absoluten Vormachtstellung. Sie sind nicht in der Lage einmal ihren Alltagstrott zu vergessen. Ja, sie haben täglich mit Verbrechen zu tun, kleinen und großen. Aber ich muss mit Leuten, die gerade einen Mord miterlebt haben, direkt und unvorbereitet, behutsam reden, nicht in Beamtenmanier."

Mag sah ihn nachdenklich an. „Erwartest du nicht zu viel von Menschen, die kaum psychologische Ausbildung haben, von einem Crashkurs vielleicht abgesehen. Manchmal kommst du mir wie ein Erbsenzähler vor. Deine Leute leisten eine schwere Arbeit. Von ihnen wird Erfolg erwartet, haben sie keinen, hacken die Presseleute auf ihnen herum. Wenn sie mal ein bisschen härter herangehen, auch. Sie werden miserabel bezahlt und schieben Überstunden im Schichtdienst. Kannst du nicht manchmal verstehen, dass sie auch nur Menschen sind?"

„Nein! Polizisten haben eine gewisse Machtposition, sie..."

Mag unterbrach ihn etwas belustigt. „Machtposition? Übertreibst du da nicht gewaltig?"

Sabine nickte zustimmend mit dem Kopf.

Fux dozierte jetzt wie ein Schulmeister. Man merkte ihm an, dass er sich mit dem Problem lange auseinandergesetzt hatte. Vielleicht aus dem Schuldgefühl heraus, dass er selbst nicht anders gewesen war, wie er ja zugegeben hatte und dass er sich verantwortlich fühlte, an dem, was seiner Familie passiert war.

„Vielleicht ist das Wort *Machtposition* für euch zu hochgegriffen, aber es stimmt exakt. Polizisten stehen in der Hierarchie der Macht am untersten Ende, zugegeben. Unser gesamtes Leben ist von Macht bestimmt. Die schlimmste und gewaltigste Macht ist die Macht des Geldes. Ihr habt früher in der DDR eine andere Macht erlebt. Eure Macht war der Parteiapparat. Glaubt aber nur nicht, dass das heute anders ist. Die Rolle eurer Partei hat das Finanzkapital übernommen. Das hat übrigens euer Marx schon vorausgesehen."

„Unser Marx?", Mag war mit der Formulierung *euer Marx* nicht einverstanden und Fux entschuldigte sich.

„Natürlich. Ich habe das nicht so gemeint. Ihr glaubt, dass ihr jetzt von anderen Parteien, besseren Parteien regiert werdet. Da irrt ihr. Ich kenne keine Partei der Welt, keine so genannte demokratische Partei, die etwas beschließt, was die Lobbyisten der verschiedenen Finanzmächte nicht wollen. Die nächste Stufe der Macht, ist die Macht der Parteipolitiker und der Gewerkschaften, die immer nur im Sinne ihrer Machterhaltung handeln. Natürlich sind sie froh, wenn die Masse ihrer Wähler davon profitiert, weil sie dann leichter und sicherer wiedergewählt werden, wenn ihr jedoch genau hinseht, sind die wahren Profiteure immer die, die die Macht, nämlich das Geld besitzen. Und vergesst die Religionen nicht, nein, ich meine nicht nur den Islam, ich meine alle Religionen. Die Christen haben gefoltert und Hexen verbrannt und in Irland gehen sie heute noch aufeinander los."

Fux machte eine Pause und goss sich Wein nach. Man merkte ihm an, dass er sehr erregt war. Er trank einen großen Schluck und fuhr fort. „Ich könnte lange und mehr darüber reden, aber ihr fragt mich, was ein kleiner Polizist damit zu tun hat. Ich will es euch erklären: Jeder Polizist hat die Macht, die ihm der Staat ganz legal gewährt. Dabei kann er höflich und einfühlsam sein oder ungerecht und sogar brutal. Wenn sich ein Kriminalkommissar bei seinen Ermittlungen aus Bequemlichkeit oder Voreingenommenheit auf eine Person einschießt, so hat diese Person Glück, wenn sie ungeschoren davon kommt. Trotz des *Rechtsstaates.*" Er atmete tief durch. „Das wollte ich mal sagen. Ende!"

„Du glaubst, du musst die Welt retten? Das ist löblich, aber das wirst du nicht schaffen. Du bist ein Träumer, Marcus, ein Don Quichote." Mag schüttelte den Kopf. „Auch in der Polizei wird es immer Gleichgültigkeit und Korruption geben. Bei eurem miesen Gehalt wird jeder verführbar, der nicht einen außergewöhnlichen Charakter hat."

„Ich will die Welt nicht ändern, das kann ich nicht, aber ich kann auf meinem Platz vielleicht ein kleines Rad anhalten."

Sabine legte ihm die Hand an die Wange. „Wir glauben doch, dass du den besten Willen dazu hast, aber du wirst es schwer haben. Reden wir über was anderes."

In diesem Moment trat eine junge Frau an den Tisch. „Verzeihung, darf ich Sie mal stören?" Fux sah sie freundlich an, seine Erregung hatte sich schon gelegt. „Kann ich was für Sie tun?"

Die junge Frau sah ihn erstaunt an. „Sie? Wieso? Ach ja, entschuldigen Sie, ich dachte an Frau....Mag. Wie heißen Sie eigentlich? Ich lese alle Ihre Bücher, aber Sie schreiben nur als Mag. Ich kann doch nicht Mag zu Ihnen sagen?"

„Ich heiße nur Mag, sonst nichts", lächelte sie.

„Also gut, Frau Mag. Ich arbeite hier und ich bin die *Leseratte* des Lokals. Ich besitze vier Bücher von Ihnen. Würden Sie mir die signieren?"

„Aber natürlich. Geben Sie her." Die junge Frau packte die Bücher, die ausnahmslos in bunten Covers steckten, auf den Tisch.

„Das artet ja in Arbeit aus", lachte Mag. „Wie heißen Sie?"
„Schreiben Sie *für Antje Schindler.*"

Mag signierte alle Bücher mit einer kleinen Bemerkung und ihrer Unterschrift und die junge Frau zog strahlend davon. Sie kam aber kurz darauf zurück. „Am Telefon ist wieder der Mann, der sie vorige Woche schon mal angerufen hat. Er will Sie sprechen, Frau Mag."

Mag ging zum Büfett, sprach lebhaft mit dem Anrufer und kam zurück an den Tisch.

„Charkow ist tot!"

Da Marlene Gläser zu tun hatte, nahm N´Gomble, der auch auf den freien Tag verzichtet hatte, Haumüller mit zu Salfelder. Er wollte die Liste der Besucher Kellings abarbeiten. Haumüller fuhr ihn nach Flöha. Sie mussten eine ganze Zeit suchen, bis sie das Haus gefunden hatten.

Haumüller sah erstaunt aus. „Der Salfelder hat eine riesige Firma , die in der halben Welt agiert und dann so ein bescheidenes Haus."

„Vielleicht weiß er nicht, wie lange er ungeschoren bleibt und hier bleiben kann. Wenn man verschwinden muss, ist Immobilienbesitz hinderlich. Vielleicht hat er aber auch kein schlechtes Gewissen und hat vor demnächst sein Leben als Pensionär in Mallorca fortzusetzen. Gehen wir rein."

Sie klingelten an der Gartentür und ohne weitere Rückfrage summte es und die Tür schnappte auf. Als sie den kurzen Weg zum Haus entlangliefen, öffnete sich die Haustür und die junge Vietnamesin erwartete sie, die letzte Woche bei Möller die Drinks serviert hatte.

Sie machte einen altmodischen Knicks. „Herr Salfelder hat Sie kommen sehen. Er kann von seinem Schreibtisch auf die Straße sehen. Bitte kommen Sie herein."

Sie führte die beiden Männer durch einen kleinen Flur, von dem mehrere Türen abgingen. An der zweiten Tür klopfte sie an und von drinnen kam ein lautes *Herein*.

Salfelder stand auf, als sie in das geräumige Arbeitszimmer traten und zog seine Jacke an, die er über einem Stuhl hängen hatte. Mit einem Blick überschaute N`Gomble das Zimmer. Das Fenster nahm die ganze Außenseite ein, da aber keine Gardinen davor hingen, sah es fast nackt aus, war aber sehr ordentlich geputzt. Der Schreibtisch stand direkt davor und auf der Fensterbank stand eine Sammlung zum Teil blühender Kakteen. An der Wand hingen schöne Graphiken, aussahen, als seien sie echt. In der Ecke gab es ein kleines Tischchen, um den drei Sessel gruppiert waren. Salfelder zeigte mit der Hand dahin.

„Bitte nehmen Sie Platz. Geht es immer noch um die Sache bei

Möller? Haben Sie die Täter schon?"

N´Gomble schüttelte den Kopf. „Wir haben zwar mit aller Wahrscheinlichkeit den Schützen, aber wir wissen nicht, von wem der Auftrag kam."

Salfelder tat erschrocken. „Um Himmels willen. Da kommen Sie ausgerechnet zu mir. Wollen Sie mich verhaften?"

Die beiden Polizisten blieben ernst und sachlich. „Nein, es geht uns heute um den Giftmord. Sie waren kurz vor der Tat bei Professor Kelling", meinte Haumüller. Das war keine Frage, sondern eine Feststellung.

Salfelder schien nachzudenken. „Das weiß ich im Moment nicht genau, aber was hat das mit der Tat zu tun?"

„Sie haben ein Rezept für ihre Frau geholt. Medikamente, die sie regelmäßig braucht. Etwa zu dieser Zeit wurde das Gift, welches man Meißner beibrachte, aus dem Schrank in Kellings Praxis gestohlen. Aus einem Schrank, der, wie Kelling behauptet, stets verschlossen war."

„Jetzt bleiben Sie aber mal auf dem Teppich." Salfelder wurde ärgerlich. „Nur weil ich bei Kelling in der Praxis war, bin ich doch kein Mörder. Ich war nur ganz kurz dort, habe das Rezept bekommen, und bin wieder gegangen."

N´Gomble ließ sich nicht aus der Ruhe bringen. „Wir behaupten lediglich, dass Sie am Ort waren und demnach die *Möglichkeit* hatten an das Gift heranzukommen. Außerdem entspricht es nicht der Wahrheit, was Sie behaupten. Sie haben an diesem Tag bei der Assistentin einen Bluttest machen lassen. Da waren Sie kurze Zeit alleine in dem Behandlungszimmer, in dem auch der Giftschrank steht."

Salfelder dachte nach und schien sich jetzt zu erinnern. „Ja, Sie haben Recht, es war mir entfallen. Ich habe außerdem noch die kleine Kramer besucht, die irgendeine belanglose Operation hatte. Ich habe ihr ein paar Blumen gebracht."

„Ich kann mir nicht vorstellen, dass man in vierzehn Tagen oder drei Wochen vergisst, dass man sich einem medizinischen Test unterzog. Schon gar nicht, wenn so ausgezeichnete Werte herauskamen, ein geradezu vorbildlicher Cholesterinspiegel." Das hatte ihm Kelling zwar nicht gesagt, aber Marlene hatte das im Computer gelesen, als sie die Besucherkartei abrief. „Und wer bitte ist *die kleine Kramer.*"

„Das ist mein Hausmädchen, die kleine, freundliche Vietnamesin, die Ihnen die Tür geöffnet hat. Sie studiert hier an der TU, und wenn sie Zeit hat, hilft sie in meinem Haushalt. Sie hat über die Studentenvermittlung eine Arbeitserlaubnis. Ich brauche sie, weil meine Frau oft unterwegs ist, meist im Ausland, sie kümmert sich um den Vertrieb. Ich erledige von hier aus die organisatorischen und finanziellen Angelegenheiten."

„Hier aus diesem Haus?"

„Nein, natürlich nicht. Ich habe in der Stadt ein Büro, mit einer phantastischen Sekretärin, drei jungen Leuten, die die Logistik erledigen und einem Hausmeister. Übrigens ein Afrikaner, Herr N´Gomble. Ich bin kein Rassist. Ende des Jahres werde ich mit meinem Büro in das neue Türmerhaus umziehen. Wenn das so wird, wie ich es aus den Plänen kenne, wird es eine Bereicherung der Stadt werden." Es kam N´Gomble vor, als wolle Salfelder ablenken.

„Herr Salfelder, ich will Ihnen nichts vormachen, aber Sie hatten Gelegenheit an das Gift heranzukommen, Sie waren auf der Party anwesend und wenn wir ein Motiv wüssten, wären Sie für uns der Hauptverdächtige, zumal Sie ja auch noch pharmazeutische Fachkenntnisse besitzen."

Salfelder wehrte ab. „Da irren Sie sich. Natürlich bekommt man im Laufe der Jahre ein wenig mit, aber Fachkenntnisse besitze ich nicht. Ich verkaufe, und zwar erfolgreich, eine Ware wie jede andere und lebe von der Differenz zwischen Einkaufs-und Verkaufspreis."

N´Gomble wusste, dass Salfelder nicht alles gesagt hatte. Da war kein Wort über die beiden Produktionshallen in Tschechien gefallen. „Herr Salfelder, Ihnen wurde mitgeteilt, dass nach einem ausreichenden Anfangsverdacht ein Ermittlungsverfahren gegen Sie eingeleitet wurde. Können sie mir etwas über die Art ihrer Geschäfte sagen?"

Jetzt wurde Salfelder lauter. „Das wissen Sie. Ich kaufe und verkaufe Waren. Wenn eine richterliche Entscheidung über ein mögliches Ermittlungsverfahren getroffen ist und wenn Sie mir diese Entscheidung schriftlich vorlegen, können Sie mich Näheres fragen und werden Antwort bekommen. Jetzt gehen Sie bitte. Ich habe zu tun."

N´Gomble stand auf. „Ich werde Sie zu dieser Angelegenheit nichts fragen, das wird dann unsere Abteilung Wirtschaft tun, besser Kommissariat für Wirtschaftsverbrechen. Auf Wiedersehen.

Sonntag, 12. August 01

Marlene Gläser saß in ihrer Single-Wohnung am Frühstückstisch. Sie hielt sich daran, auch wenn sie alleine war, den Tisch ordentlich zu decken. Auf einer dunkelroten Leinendecke hatte sie ein buntes Platzdeckchen gelegt. Der Mittelteller und die Tasse waren aus farbigem Porzellan. Butter und Käse standen in zwei Schalen mit dem gleichen Muster rechts von ihr und die gläserne Kaffeekanne dampfte auf dem Porzellanstövchen. Sie hatte gerade ein Ei geköpft, das sie ohne Brot mit Genuss auslöffelte. Im Radio, sie hatte MDR-Klassik eingestellt, hörte sie den Bolero von Ravel.

Zur halben und vollen Stunde gab es immer Kurznachrichten. Ein Sprecher mit einer angenehmen Stimme beendete das Musikprogramm und wünschte einen schönen Sonntag. Dann verlas eine Frau die Meldungen, aber Marlene hörte nicht genau hin. Aber dann kam ein Satz, bei dem sie aufhorchte.

„Der ukrainische Staatsbürger, mit einem laufenden Asylverfahren, der bei einem Anschlag auf eine Gaststätte, die seiner Lebensgefährtin gehörte, schwere Verbrennungen erlitt, ist in den gestrigen Abendstunden seinen Verletzungen erlegen. Der Staatsanwalt hat die Ermittlungen aufgenommen. Es wird ein Zusammenhang mit möglichen Schutzgeldzahlungen an die russische Mafia nicht ausgeschlossen. Dazu wurde von der Ermittlungsbehörde jedoch kein Kommentar abgegeben."

Marlene sprang von ihrem Platz auf und lief zu dem kleinen Telefontischchen in der Ecke neben dem Fenster, auf dem ein antiquarischer Apparat stand. Sie wählte eine Nummer und wartete ungeduldig, dass der Anruf angenommen wurde.

„Unger", brummte es auf der anderen Seite verschlafen.

„Wissen Sie, was mit Charkow passiert ist?", fragte sie ohne Gruß. „Reden Sie schon!", setzte sie drängend nach.

„Wer ist denn überhaupt dort?"

„Entschuldigung, Gläser, Marlene Gläser. Was ist?"

„Ich hatte gestern Spätschicht, da kam die Meldung vom Krankenhaus. Der Scheißrusse ist tot."

„Wem haben Sie das weitergemeldet? Hat sich jemand um Frau Brunner gekümmert? Wie geht es ihr?"

Unger wurde ungeduldig. „Soll ich jetzt bei jedem Russen, der in Chemnitz stirbt, ein Requiem komponieren? Um die Frau würde ich mich ja gerne kümmern, ich weiß nur nicht, ob sie jetzt in der richtigen Stimmung für mich wäre." Unger lachte meckernd in das Telefon.

„Wissen Sie was, Unger, Sie sind ein Kotzbrocken. Mich wundert nur, dass Sie wissen, was ein Requiem ist." Sie knallte den Hörer auf die altmodische Gabel.

Marlene rief eine andere Nummer an. „Polizei-Notdienstzentrale, Polizeimeister Mager am Apparat." Marlene zügelte ihre Ungeduld und wünschte diesmal einen guten Morgen. „Hallo, Mager. Wissen Sie etwas vom Tod dieses Charkow? Sie wissen schon, der Anschlag auf die Disco *Rock point.*"

„Ach der ist das. Den Namen kannte ich nicht. Hier im Rapportbuch steht nur Charkow verstorben. Meldung vom Krankenhaus, 21,46 Uhr. Das ist alles. Der Eintrag ist von Oberkommissar Unger. Der hatte Spätschicht."

„Danke Mager. Schönen Sonntag und guten Dienst. Ach halt, Moment noch! Falls Fux anruft, oder sollten Sie ihn anrufen, richten Sie ihm aus, dass ich mich darum kümmere. Ich gehe gleich zu Frau Brunner. Sicher braucht die jetzt Zuspruch."

Marlene legte auf, zog ihren Mantel an und machte sich auf den Weg. Sie würde zuerst ins Krankenhaus gehen und sich über die Umstände informieren. Vielleicht fand sie ja dort auch Frau Brunner. Sicher hatte man sie nicht mehr am Sonnabend entlassen. Als sie dort ankam, sah sie Frau Brunner auf der Bank vor dem Eingang sitzen. Sie war tränenüberströmt.

„Hallo, Frau Brunner. Ich habe gehört was passiert ist. Bitte glauben Sie mir, wenn ich Ihnen mein ehrliches Beileid ausspreche. Ich kann mir vorstellen, wie Sie sich fühlen."

Beate Brunner sah sie dankbar an. „Danke, ich glaube Ihnen.

Sie waren die Einzige, die mir zugehört hat. Jewgeni ist tot und ich weiß nicht wie es weitergeht. Ich werde wohl versuchen zu verkaufen. Ich kann mich nicht um alle die Läden alleine kümmern, dazu noch den Stress und die Angst vor diesen Verbrechern. Ich kann das nicht schaffen."

„Wann und wie ist es denn passiert?"

Frau Brunner schluchzte auf. „Sie hatten ihn doch in ein künstliches Koma gelegt, wegen der unsäglichen Schmerzen, die er hatte, haben dann gestern abgebrochen um zu sehen, ob es besser geworden ist. Ich war an seinem Bett, als er wach wurde und ich habe mich sehr gefreut, als er mich erkannte und anlächelte. Die Schmerzen waren noch da, aber sie seien erträglich, sagte er und er wollte, dass sie ihn wach ließen. Wir hielten unsere Hände und Jewgeni fing an zu sprechen.

„Ich höre auf mit den Lügen", sagte er. „Ich werde der Polizei alles sagen." Er war schwach und sprach ganz leise. Es tat mir weh, als ich diesen starken Mann so hilflos sah. Ich versuchte, ihn auf andere Gedanken zu bringen.

„Darüber können wir doch später reden, das hat doch Zeit, meinte ich, aber er wehrte ab. Nein, das hat keine Zeit. Sag den Leuten, sie sollen hier herkommen. Ich mache reinen Tisch. Ich sage ihnen, was ich weiß und gebe alles zu, was ich getan habe. Bitte geben Sie mir etwas Zeit, Frau Gläser. Es fällt mir schwer, darüber zu reden. Ich lade Sie zum Frühstück ein. Ich habe seit gestern Mittag nichts gegessen."

„Danke, Frau Brunner, ich habe schon ausgiebig gefrühstückt, bevor ich vom Tod Ihres Mannes hörte. Aber ich trinke gerne noch eine Tasse Kaffee mit Ihnen."

Sie gingen in die Cafèteria, in der sie gestern schon zusammen geredet hatten. Während Frau Brunner frühstückte, sprachen sie nur wenig miteinander. Die ständig weinende Frau erzählte von ihrem Lebenskameraden. Er sei ein sehr sensibler Mensch gewesen, aber habe auch spontane Entscheidungen getroffen, wenn er sich übervorteilt fühlte, oder wenn er merkte, dass man ihn ausnutzen wollte. „Wir haben alle unsere Schwächen", meinte sie entschuldigend.

Marlene sagte kaum etwas und hörte nur zu.

Als die Brunner den Teller erstaunlich gut abgegessen hatte, wenn man ihre Situation in Betracht zog, begann sie zu erzählen.

„Jewgeni ging es von Minute zu Minute besser und er zeigte Zuversicht. Er machte sich lustig über die vielen Schläuche, die ihn mit den Apparaten an der Wand verbanden und die ununterbrochen piepsten und tickten. Über die Monitore zogen grüne Linien, die ich ängstlich beobachtete, weil ich sie nicht deuten konnte. Dann bekam er Durst. Auf dem Nachttisch stand eine Kanne mit Tee, der ihm aber nicht schmeckte.

„Geh mal zur Schwester und frage, ob ich nicht einen Obstsaft bekommen kann, und als ich ging, winkte er schwach mit der Hand und meinte lächelnd: „Am liebsten mit einem ordentlichen Schuss Wodka.”

„Ich freute mich über seinen Galgenhumor und ging die Schwester suchen. Es dauerte eine Weile, aber ich fand sie nicht. Ich holte eine Flasche aus der Cafèteria und ging zurück zu seinem Zimmer. Er lag mit offenen Augen im Bett. Auf dem Monitor, wo vorher die grüne Linie in unregelmäßigen Bogen auf und ab lief, zog sich ein glatter Strich hin. Das regelmäßige Piepsen hatte sich zu einem gleichmäßigen, nervenden Pfeifton verwandelt. Ich glaube, ich wurde ohnmächtig und fand mich erst wieder, als mir ein Arzt in einem Behandlungszimmer eine Spritze gab. Ich wurde von einer Schwester entkleidet und in einem Krankenzimmer in ein Bett gelegt. Ich muss auf der Stelle eingeschlafen sei. Erst spät in der Nacht wurde ich wieder wach. Eine Schwester steckte den Kopf zur Tür herein und erst jetzt wurde mir mit aller Konsequenz klar, was passiert war.”

„Sie sagten mir, Jewgeni wollte reinen Tisch machen, Frau Brunner. Was heißt das? Wollen Sie mir erzählen, was er uns zu sagen hatte?”

Beate Brunner senkte den Kopf und sie sprach sehr leise. „Lassen Sie mir diesen Tag Zeit für meine Trauer. Ich werde morgen früh entlassen. Dann komme ich zu Ihnen. Ich habe selbst erst von Jewgeni erfahren, was vorgefallen war. Er hat mir kurz vor seinem Tod davon erzählt.”

Marlene nickte mit dem Kopf. „Natürlich, Frau Brunner, achte ich Ihre Trauer. Ich freue mich, dass Sie Vertrauen zu mir haben.”

Sie verabschiedete sich und sprach Frau Brunner noch etwas

Mut zu. Dann suchte sie den behandelnden Arzt. Ein Doktor Hofbauer bat sie in sein Büro.

Marlene wies sich aus und setzte sich in den angebotenen Sessel. „Herr Doktor Hofbauer, bitte entschuldigen Sie, wenn ich Sie störe, aber mich interessiert der Tod Jewgeni Charkows. Ich habe gerade mit seiner Lebensgefährtin gesprochen. Sie sagte, er habe noch kurz zuvor mit ihr geredet und machte einen guten Eindruck. Wie kann das sein, dass er so plötzlich starb?"

„Ach, Frau Oberkommissarin...."

„Gläser. Lassen sie die Kommissarin weg."

„Also, Frau Gläser, so etwas kommt immer wieder mal vor. Wir sind nicht die Götter in Weiß, als die man uns immer, wenn auch manchmal ironisch, hinstellt. Wir machen unsere Arbeit, so gut wir können, aber der menschliche Körper ist ein so kompliziertes System, dass mal etwas anders läuft, als wir es vorausgesehen haben. Herr Charkow hatte großflächige Verbrennungen. Zum Teil dritten Grades. Er hatte außerdem zwei Rippen gebrochen, mehrere Ödeme am ganzen Körper sowie einen komplizierten Trümmerbruch des linken Handgelenks. Das Unangenehmste allerdings war ein zeitweises Versagen der Nieren, anscheinend durch Schläge im Nierenbereich. Die Haut ist das größte Organ des Körpers und einen Teil des benötigten Sauerstoffes nimmt er über die Haut auf. Herr Charkow bekam Sauerstoff durch die Nase, hing an einem Tropf und an zwei komplizierten Überwachungsgeräten. Durch die Aufzeichnungen dieses Gerätes stellten wir fest, dass plötzlich die Nieren und alle inneren Organe ihre Funktionen aufgaben. Auf Grund von Sauerstoffmangel kam es dann zum Exitus."

Marlene hatte sich einige Notizen gemacht, die sie jetzt noch einmal durchlas. „Sie meinen also, dass das ein ganz normaler Tod nach schweren Verletzungen war. Fremdeinwirkung schließen Sie aus?"

„Aber Frau Gläser, wir sind doch nicht in Chikago." Er sah sie entsetzt an. „Bei solch schweren Verletzungen muss man immer mit so etwas rechnen. Versagen der Organfunktionen, zum Beispiel durch Unterversorgung mit Sauerstoff.

„Wenn ich das richtig kapiert habe, ist Charkow erstickt. Niemand kann nachgeholfen haben?"

„Natürlich ist es theoretisch denkbar, dass ihm jemand ein Kissen auf den Kopf gedrückt hat, aber wer soll das gewesen sein. Es war doch nur seine Lebensgefährtin am Bett."

„Frau Brunner sagt, sie sei nicht dort gewesen, weil ihr Mann Durst hatte und nach Obstsaft fragte."

„Ich weiß nur, dass sie fast eine Stunde vorher gekommen war. Ich habe sie selbst hingebracht. Als die Monitore Alarm meldeten, eilte die Oberschwester zum Krankenzimmer und fand dort Frau Brunner am Bett, die völlig fassungslos war, fast einen Schock hatte."

„Es müsste doch festzustellen sein ob jemand der Frau Brunner eine Flasche Saft gegeben hat."

„Ich werde mich darum kümmern", meinte der Doktor anscheinend beleidigt.

„Danke, ich mache das selbst. Aber ich muss Ihnen mitteilen, dass ich den Antrag auf eine Obduktion durch den Polizeipathologen stellen werde. Ich lasse den Toten abholen."

Hofbauer zuckte nur mit den Schultern und verließ ohne Gruß den Raum. Marlene recherchierte, dass Frau Brunner tatsächlich in die Cafeteria gegangen war. Der Büfettier wusste sogar die Uhrzeit. „Wir schließen um einundzwanzig Uhr und ich wollte gerade den Schlüssel umdrehen, als die Frau kam. Ich habe die Flasche geholt und sie hat bezahlt. Gut bezahlt", schmunzelte er. Auf Befragen meinte er, das habe alles zusammen nicht mal fünf Minuten gedauert.

Sabine hatte lange geschlafen. Es war fast zehn Uhr, bevor sie aufstand. In Ruhe kochte sie ihren Kaffee und deckte ihren Frühstückstisch. Sie wollte sich gerade setzen, als das Telefon klingelte. Marcus wünschte ihr einen guten Morgen.

„Hast du Lust bei mir zu Mittag zu essen? Meine Mutter lädt dich herzlich ein. Patty will vielleicht etwas Italienisches kochen. Du kannst ja gleich kommen, dann gehen wir noch ein bisschen durch den Stadtpark."

„Nein", sagte Sabine. „Ich war faul. Ich muss den Artikel noch vorbereiten. Fertig schreibe ich ihn morgen nach deiner

Pressekonferenz. Weißt du Näheres über Charkows Tod?"

„Nein, aber ich spreche nachher mit der Gläser. Sie hat auf meinem Anrufbeantworter eine Bitte um Rückruf hinterlassen."

Sabine arbeitete mehr als zwei Stunden an ihrem Computer, sah ab und zu mal in ein Lexikon, beendete aber ihren Artikel nicht, sondern wollte warten, was sie noch erfuhr. Das konnte sie ja dann noch einarbeiten. Dann rief sie ihren Redakteur in Leipzig an um ihm zu sagen, wie viele Zeilen sie voraussichtlich brauchte. Dann bestellte sie ein Taxi. Sicher würde es bei Fux etwas zu trinken geben.

Als sie bei Marcus ankam, sah sie einen dunkelblauen Volvo vor der Tür stehen, den sie nicht kannte. Gleich darauf wurde die Tür geöffnet und Patty rief ihr einen fröhlichen Gruß zu.

„Komm rein, wir warten schon auf dich."

Die beiden Frauen begrüßten sich mit dem üblichen angedeuteten Kuss auf beide Wangen. Da kam aber auch schon Marcus mit einer Frau, die sie schon mal gesehen hatte, aber nicht mehr wusste, wo. „Hallo Sabine! Das ist Oberkommissarin Gläser, Frau Gläser, Sabine Aaron vom *Kaleidoskop.*"

Sie schüttelten sich die Hand. „Ich kenne Frau Aaron schon von der Pressekonferenz. Außerdem habe ich das Protokoll gelesen, das sie bei Halbhuber unterschrieben hat. Sie war ja als Zeugin befragt worden."

Jetzt fiel es Sabine wieder ein, woher sie die Frau kannte. Sie begrüßte die Mutter von Marcus, die heute in einem bequemen Stuhl am bereits gedeckten Tisch saß und ein Glas Wein vor sich stehen hatte.

„Freut mich, Kindchen. Patty hat uns eine Pasta Assiuta gemacht. Vorher gibt es eine klare Ochsenschwanzsuppe mit Croûtons, dann einen Garnelencocktail nach eigenem Rezept. Auf Dessert haben wir verzichtet, aber sie macht einen ausgezeichneten Espresso und dazu gibt es ein bisschen Käse."

Das Essen war wirklich vorzüglich, zum Hauptgang tranken sie einen leichten italienischen Chardonnay. Danach lobte Marcus Patty für das gelungene Menü und entschuldigte sich bei seiner Mutter. „Ich gehe mit den beiden Frauen für eine halbe Stunde in mein Arbeitszimmer, wir haben noch ein bisschen zu reden.

Die zwei Frauen schlossen sich dem Lob über das Essen an und folgten Marcus, der bereits vorangegangen war.

Zu Sabine sagte er, dass er Marlene Gläser ebenfalls zum Essen eingeladen habe, weil sie Neuigkeiten habe, die er nicht am Telefon bereden wolle.

KOK Gläser sah ihn überrascht an. „Sie wollen mit einer Journalistin über unsere Arbeit reden?"

„Frau Aaron wird das morgen sowieso auf der Pressekonferenz erfahren, und sie wird nur das schreiben, was ich freigebe. Mir ist ein gut geschriebener Artikel schon mal eine Ausnahme wert."

„Sie wissen, das das Ärger geben kann, wenn das jemand anderes erfährt. Vorabinformation ausgewählter Presseorgane verstößt gegen das Gesetz."

„Es wird keiner erfahren. Sabines Freundin hat mir vorgeworfen, ein Erbsenzähler zu sein. Soll ich das *Kompliment* an Sie weitergeben?"

„Nein, doch ich bin immer noch dagegen. Aber Sie sind der Chef. Und ein Erbsenzähler sind Sie manchmal schon. Den Unger haben Sie ganz schön runtergeputzt. So ein schlechter Ermittler ist er doch nicht. Vor der Sonderkommission war er beim Rauschgift und da hatte er gute Erfolge."

„Er ist vielleicht ein guter Ermittler und er ist ein sehr guter Innendienstmann, da ist er sogar vorbildlich. Aber er ist ein schlechter Polizist. Ich habe mir vorige Woche das dritte Videoband vom Tatort angesehen. Der Hausmann hatte anscheinend die Handkamera neu geladen und sie in irgendeine Ecke gestellt und weiterlaufen lassen. Neue Erkenntnisse gab es nicht. Es wurde nur gefilmt, was sich dort abspielte, wo die Polizisten ihre Arbeit machten. Da habe ich dann gesehen, mit welcher Unverfrorenheit die Polizisten das Delikatessenbüffet leergefressen haben und sich am Champagner labten, ohne dass Unger eingeschritten wäre. Auch Unger trank Alkohol vom Büffet. Dann habe ich Beschwerden vom Professor Kelling gehört, über das arrogante Benehmen Ungers. Ganz abgesehen davon, dass er Charkow während einer Vernehmung tätlich angriff."

Verdutzt fragte Marlene ihren Chef: „Das wissen Sie? Da hat doch einer nicht die Klappe gehalten."

„Das hätte ich eigentlich von Ihnen erwartet"; meinte Fux.

„Chef, er wurde provoziert, habe ich gehört."

„Ein Polizist lässt sich nicht provozieren. Ich habe ein Dienstaufsichtsverfahren gegen Unger eingeleitet."

KOK Gläser zuckte mit den Schultern. „Damit werden Sie sich keine Freunde machen", aber Fux reagierte gereizt. „Ich will mir keine Freunde machen. Ich will ordentliche Polizeiarbeit und zwar von allen, die mit mir arbeiten und der so genannte Korpsgeist ist mir ein Gräuel." Damit war für ihn das Thema erledigt.

Sie redeten noch eine Weile über die neuen Erkenntnisse und nach dem Kaffee, den Patty ihnen ins Arbeitszimmer gebracht hatte, verabschiedete sich Marlene.

„Bis morgen. Um 9.00 Uhr habe ich die Besprechung angesagt", rief ihr Fux nach."

Marlene drehte sich noch mal um. „Können Sie das nicht um eine Stunde verschieben? Um 9.00 Uhr kommt Frau Brunner zu mir."

„Kann das nicht einer der Polizisten machen?"

„Nein, Frau Brunner hat Vertrauen zu mir. Ich möchte das schon selbst zu Ende bringen."

„Gut", sagte Fux, „ Sie haben Recht. Dann also um 10.00 Uhr. Ich werde das morgen Früh gleich bekannt machen. 14.00 Uhr ist dann die Pressekonferenz."

Eine Stunde später saßen Sabine und Fux auf einer versteckten Bank am vermoddertem Teich im Stadtpark und sahen den Enten zu, die sich laut schnatternd um das Brot stritten, das Sabine ihnen hinbröselte.

Montag, 13. August 01

KOK Gläser saß schon früh in ihrem Büro auf der Annaberger Straße. Das Telefon klingelte und sie nahm den Hörer ab. Nachdem sie eine Weile zugehört hatte, sagte sie: „Ja, ich weiß, bringen Sie sie herein." Kurz darauf betrat Beate Brunner das Zimmer.

Marlene stand auf und ging ihr entgegen. Frau Brunner sah besser aus als gestern. „Guten Morgen, Frau Brunner. Haben Sie sich ein bisschen gefasst? Möchten Sie Kaffee?"

„Ja, gerne." Frau Brunner lächelte verlegen. „Haben Sie auch einen Cognac dazu?"

Marlene nickte und bat eine Polizistin, Kaffee und Cognac hereinzubringen."

Nachdem sich Marlene Gläser nochmals die Umstände des Todes von Charkow berichten ließ, die Frau Brunner genauso schilderte wie gestern, redete sie leise weiter..

„Ich war bis zur Wende angestellte Gaststättenleiterin eines gutgehenden Restaurants am Rosenhof, das der HO gehörte. Mit dem Geldumtausch war das mit einem Mal zu Ende. Es kamen nur noch wenige Kunden. Vor allem fliegende Händler aus dem Westen, die ihren Schund auf dem Markt feilboten. Die anderen waren ein paar Alkoholiker, die das gute, neue Geld in die Kehle schütteten. Die HO, die staatliche Handelsorganisation, die, neben der Konsumgenossenschaft, Handelseinrichtungen und Gaststätten betrieb, wurde aufgelöst, die KG stieß den Großteil ihrer Einrichtungen ab. Ich war plötzlich arbeitslos.

Ich lernte damals einen Mann aus Wiesbaden kennen. Er schlug mir vor, eine Disco in Eigenregie zu übernehmen. Das lag zwar nicht auf meiner Strecke, aber das Konzept des Mannes hörte sich gut an. Er meinte, dass es lange dauern würde, die Leute wieder in die Kneipen zu bringen, zumal die Preise ja plötzlich in ungekannte Höhen stießen. Die einzigen potenziellen Gäste seien jetzt Jugendliche, die endlich mal was erleben wollten. Disco gab es ja vorher auch schon, aber die waren allesamt lahm.

Um es kurz zu machen, Holderbach, so hieß der Mann, wollte sein Geld in die Sache stecken, wenn ich fünfzig Prozent der Kosten übernehme. Er fädelte einen Kredit mit einer der neu entstandenen Banken ein. Ich hatte plötzlich mehr als eine Million Schulden. Wir fanden einen geeigneten Standort und bauten einen alten Saal total um. Er machte daraus, mit blitzenden Lichtern und bunten, tanzenden Laserstrahlen, einen futuristischen Tanztempel. Im Frühjahr Zweiundneunzig war die Eröffnung und wir hatten fortan jeden Abend den Saal voll. Es lief phantastisch.

Der Hammer kam zwei Jahre später. Holderbach wurde verhaftet. Sein Geld hatte er von einem Banküberfall in Frankfurt am

Main. Gott sei Dank hatte ich von einem guten Anwalt einen ordentlichen Vertrag mit Holderbach in meinen Händen. Seine Hälfte allerdings wurde von der Polizei beschlagnahmt. Wenn die Bank nicht mitgespielt hätte, weil unser Laden brummte, hätte ich Konkurs anmelden müssen und auf meinen Schulden ewig gesessen.

Notgedrungen machte ich alleine weiter. Da aber alles wunderbar lief, nahm ich eine günstige Gelegenheit wahr ein Speiserestaurant zu kaufen. Meine Schulden wurden höher, aber auch mein Restaurant schlug ein. Es gab inzwischen eine Menge Leute mit Geld aus dem Westen und eigenartigerweise auch aus dem Osten. So habe ich einen Laden nach dem anderen aufgemacht. Ich habe zwar immer noch Schulden, glaube aber, dass ich, falls ich halbwegs gut verkaufen kann, einen guten Rest des Erlöses übrig behalten werde.”

Marlene war zwar gespannt, wann Jewgeni Charkow ins Spiel kam und was mit den ominösen monatlichen 10 000 Mark passiert war. Doch sie zeigte sich geduldig und schenkte Frau Brunner noch einen Cognac ein, die dann weitersprach.

„Wie ich Jewgeni kennen gelernt habe, wissen sie ja bereits. Wir fanden auch privat zusammen. Dann kam vor sieben Monaten die erste Forderung nach 10 000 Mark. Der Erpresser drohte den Rauschgifthandel der Polizei zu melden, zu dessen Duldung wir gezwungen wurden, wie ich Ihnen erzählte. Ich wusste das zwar alles, aber Jewgeni hielt mich weitgehend da raus.

Sie können sich vorstellen, dass man mit sieben gut gehenden Restaurants, Discos und einer Bar eine Menge Einnahmen hat, aber es gibt auch hohe Ausgaben. Miete, Strom, Heizung und vor allem die Gehälter. Die Bankzinsen und die Tilgung der Kredite waren auch nicht niedrig. Jetzt jeden Monat diesen Erpresser zu bezahlen, brachte Jewgeni in große Wut. Mich natürlich auch, aber was sollten wir machen.

Jewgeni begann, den jungen Mann, der das Geld in Empfang nahm -übrigens immer an einem anderen belebten Platz mitten in der Stadt- zu verfolgen, aber dreimal entwischte er ihm. Beim vierten Mal konnte er ihm bis auf den Kaßberg hinterherfahren. Er ging in eine Villa und Jewgeni wusste, dass sie Möller, dem untadeligen Möller, gehörte. Jetzt wussten wir, wer dahintersteckt, aber es hätte ja nichts genutzt, wenn wir ihn angezeigt hätten. Dann wären wir ja auch aufgeflogen.

Ich habe Möller das Gift gegeben, leider ist es schief gegangen."

Montag, 13.August 01

Fux hatte sich schon früh bei Manet angemeldet und erzählte ihm vom Fiasko Ungers, bei dem Versuch, die Adressen aus Mrotzeks verschlüsselten Notizbuch herauszubekommen.

„Wie dumm ist denn der. Der kann sich doch an seinen fünf Fingern abzählen, dass man sich nicht telefonisch als Kriminalkommissar ausgeben kann um Postgeheimnisse zu erfahren. Warum hat er sich nicht an mich gewandt?"

„Herr Oberrat, es war Wochenende", verteidigte Fux Unger. „Er wollte Sie nicht stören. Und dass er das Procedere in einem solchen Fall nicht kennt, kann man ihm nicht unbedingt vorwerfen. Er hatte nie damit zu tun."

„Blödsinn, Fux. Ein intelligenter Mensch kann sich das doch denken. Er muss doch wissen, dass in Deutschland so etwas nur über die Beamtenschiene geht. Nun, egal. Geben Sie mir die Nummern und heute Mittag haben Sie die Adressen."

„Danke, Herr Oberrat. Dann sehen wir uns also um 10.00 Uhr zur Dienstbesprechung."

Kaum war Fux zur Tür hinaus, klopfte Clemens von der Wirtschaft bei Manet. „Darf ich Sie einen Moment stören?"

„Was gibt's denn", brummte Manet ungehalten.

„Es ist wichtig. Ich brauche einen Durchsuchungsbefehl. Ist Ihnen der Name Salfelder ein Begriff, ein Medikamenten-großhändler?"

„Warten Sie, das ist doch dieser Mann, den Fux überprüft hat, weil er irgendwo lebte, wo er an diesen giftigen Fisch...."

„....Kugelfisch", half ihm Clemens aus.

„Ja richtig, vom Roten Meer, also der Mann hat wohl im Jemen gelebt und es wäre möglich, dass er an dieses Gift herankommen konnte. Warum kommt dann Fux nicht selbst zu mir?"

„Ich weiß nicht, wie weit Fux mit diesem Verdacht ist, aber es geht um etwas anderes; Fux hat im Lauf der Ermittlung Kenntnis von einer ungesetzlichen Handlung bekommen. Salfelder stellt selbst Medikamente her und verpackt sie auch selbst. Ich habe nun recherchiert", (dass die Recherche von Mag durchgeführt wurde, verschwieg er) „dass dies in zwei Anlagen in Tschechien passiert. Ich habe den Verdacht, dass es sich dabei um raffinierten Rauschgiftschmuggel handelt. Dass der Mann finanzielle Manipulationen durchführt, ist so gut wie sicher. Wir haben nun die Absicht, einen der Transporte zu beschlagnahmen und die Ladung zu untersuchen."

„Manet schüttelte den Kopf. „Clemens, wie lange sind Sie jetzt bei der Kripo? Nur aus der Tatsache, dass Sie so etwas annehmen, stellt Ihnen kein Richter einen Durchsuchungsbefehl aus, auch wenn Ihr Anfangsverdacht begründet sein könnte. Salfelder ist ein guter Steuerzahler. Gehen Sie zu dem Mann und befragen ihn. Konfrontieren Sie ihn mit Ihrer Vermutung, bestellen Sie ihn meinetwegen in Ihr Büro und wenden Sie alle Taktiken der Vernehmung an, die Sie ja gelernt haben und mit denen Sie schon gute Erfolge hatten."

„Aber Herr Oberrat, wir..."

„Keine Chance, Clemens. Ich hole mir doch beim Staatsanwalt keine Abfuhr. Ermitteln Sie weiter!"

Mit einer Stinkwut zog Clemens ab. Er konnte gerade noch den Schwung bremsen, mit dem er fast die Tür krachend zugeworfen hätte.

Inzwischen hatte Fux noch ein paar Telefonate geführt und kurz bei Marlene Gläser hineingeschaut. Er sah Frau Brunner bei ihr sitzen und Marlene schüttelte leise den Kopf, worauf er die Tür wieder vorsichtig geschlossen hatte.

Es wurde langsam Zeit für die Dienstbesprechung und Fux sichtete noch einmal die Unterlagen, die er mitnehmen wollte. Dann ging er über den Flur in den Sitzungsraum. Alle Mitglieder der SOKO waren schon anwesend, außer Marlene Gläser. Fux setzte sich an das Kopfende des langen Tisches, richtete seine Papiere und sah in die Runde. „Was ist mit Oberkommissarin Gläser?"

„Sie möchten sie bitte noch eine Weile entschuldigen", Herr Hauptkommissar. Sie vernimmt gerade eine wichtige Zeugin, die eine entscheidende Aussage gemacht hat. Sie hofft in zehn Minuten hier zu sein."

„Gut, fangen wir ohne sie an."

Er erläuterte nochmals im Einzelnen, was die letzten Tage ermittelt worden war, was jedoch die meisten der Anwesenden schon wussten. „Die Adressen der primitiv verschlüsselten Telefonnummern bekommen wir im Laufe des Tages. Oberrat Manet kümmert sich darum. Herr Unger hatte nur wenig Erfolg."

„Aber ich...", brauste Unger auf, aber Fux unterbrach ihn.

„Das ist kein Vorwurf, Herr Unger, eine Feststellung. Mehr nicht. Dass wir nicht sofort gesehen haben, wie die Verschlüsselung vorgenommen wurde, ist eigentlich für unseren Scharfsinn ein Armutszeugnis. Mein Mutter, die über siebzig ist, hat das auf einen Blick entdeckt. Wir sind aber in guter Gesellschaft. Das LKA und das BKA sind noch am *Entschlüsseln*. Ich habe sie noch nicht informiert, dass das meine Mutter bereits erledigt hat."

Alle im Saal brachen in schallendes Gelächter aus. Fux klopfte mit dem Kugelschreiber auf den Tisch und die Ruhe trat wieder ein.

„Wir werden jetzt, wenn die Adressen bekannt sind, mit einem Bild von Mrotzek alle diese Leute befragen. Da werden wir die Unterstützung von Kollegen aus anderen Regionen brauchen und wahrscheinlich auch internationale Amtshilfe. Das klären wir, wenn es so weit ist.

Jetzt zu dem Auftraggeber. Wie sie wissen, haben wir herausgefunden woher -aller Wahrscheinlichkeit nach- das Gift stammt. Professor Kelling wird sich dazu verantworten müssen. Aber wir haben immer noch keine Ahnung, wer das Gift verabreicht hat. Die Befragungen der Zeugen, die in der fraglichen Zeit bei Kelling waren, hat nichts ergeben."

N´Gomble meldete sich zu Wort. „Ich habe diesen Herrn Salfelder befragt. Der gab zu dort gewesen zu sein, das kann er ja auch nicht abstreiten, aber er hatte eine Bemerkung gemacht, die mir im Moment überhaupt nicht aufgefallen ist. Er sagte, er habe seine Haushalthilfe besucht, die zu der Zeit dort stationär wegen einer kleinen Operation behandelt wurde. Ich denke, wir müssten diese Vietnamesin, Frau Maria Kramer, ebenfalls in die Ermittlungen einbeziehen, auch wenn ich nicht wüsste, was sie für ein Motiv gehabt haben sollte. Jedenfalls war sie am Mordabend als Aushilfe vor Ort."

Fux fasste sich an den Kopf. „Verdammt, N´Gomble, das war natürlich ein Fehler. Aber das ist meine Schuld. Sie sind kein Kriminalist."

„Trotzdem hätte es mir auffallen müssen."

„Wir werden uns darum kümmern, Doktor."

In diesem Moment öffnete Oberkommissarin Gläser die Tür und winkte Fux zu. Er ging zu ihr und sah sie fragend an. Die Gläser zog ihn aus dem Zimmer und sprach bei offener Tür leise auf ihn ein. Sie erzählte von dem Geständnis der Brunner, und sie hatte auch erfahren, wer der Informant bei der Polizei war, der vor Razzien gewarnt hatte: „Unger!"

„Wer?", fragte Fux entsetzt.

„Unger."

Fux drehte sich wortlos um und ging zurück in den Saal.

„Meine Damen und Herren. Ich unterbreche die Sitzung für eine halbe Stunde. Bitte bleiben sie hier. Frau Oberkommissarin Gläser teilte mir eben mit, dass sie den Giftmord an Herrn Ebert aufgeklärt hat. Es gibt eine Aussage von Frau Brunner. Ich werde selbst noch mit Frau Brunner reden, dann machen wir hier weiter. Doktor, die Vietnamesin können Sie vergessen."

Er wollte gerade gehen, da blieb er noch mal stehen und wandte sich an seine Leute. „Ich muss Ihnen noch etwas sagen. Wie einige von Ihnen wissen, habe ich ein Dienstaufsichtsverfahren gegen Oberkommissar Unger eingeleitet. Es gibt jedoch eine weitere belastende Aussage gegen Herrn Unger, die allerdings noch nicht bewiesen ist. Ich sehe mich trotzdem gezwungen, Herrn Unger vorläufig zu beurlauben. Herr Unger, bitte kommen Sie mit zu Herrn Oberrat Manet. Geben Sie mir ihre Dienstwaffe und Ihren Ausweis. Sie sind nicht mehr befugt an den Ermittlungen teilzunehmen."

Es setzte ein Gemurmel ein und Unger wollte aufbrausen, aber Fux hielt seine offene Handfläche ausgestreckt zu ihm hin. „Bitte, Herr Unger. Machen Sie keine Schwierigkeiten."

Frau Brunner saß tränenüberströmt in Marlenes Zimmer. Marlene berichtete Fux, was Frau Brunner bis zu ihrem Geständnis ausgesagt hatte.

Sie sagte: „Ich habe Möller das Gift gegeben, aber es ging leider schief", wiederholte Marlene Beate Brunners Aussage. Aber dann sprach sie weiter;

„Ich wusste nichts von dem Gift, Jewgeni stand hinter mir, gab mir das Glas und sagte, ich solle es durchreichen zu Möller. Als dann der Kurt Ebert erschossen wurde, standen wir alle unter Schock. Erst recht, als auch noch bekannt wurde, dass Meißner erschossen worden sein soll. Da ich das Glas jedoch Möller gegeben hatte, machte ich mir keine Vorwürfe. Die kamen mir erst, als mir später Jewgeni erzählte, dass er Möller als den Erpresser herausgefunden hatte. Der Sohn Möllers war der Empfänger des erpressten Geldes. Vielleicht wusste er gar nicht, was er da in Empfang nahm. Er ist doch erst sechzehn oder siebzehn. Da kommt man doch nicht auf solche Gedanken.

Dass Charkow bei Professor Kelling zufällig an den Giftschrank gekommen war und dass er den Champagner vergiftet hatte, sagte er mir erst, leise und stockend, vorgestern Abend, kurz vor seinem Tod. Werden Sie mich jetzt festnehmen?"

Marlene Gläser sah Fux an, und der schüttelte nach einigem Nachdenken den Kopf. „Nein, Frau Brunner, das wird nicht notwendig sein, aber endgültig wird das der Staatsanwalt mit einem Richter entscheiden. Natürlich darf ich Ihre Aussage nicht ungeprüft glauben, aber es erscheint mir glaubwürdig, was Sie sagten. Ich werde Sie jetzt nach Hause entlassen, aber Sie werden einem Kollegen, den ich mitschicke, Ihren Reisepass sowie Ihren Personalausweis mitgeben. Ich will vermeiden, dass Sie Dummheiten machen. Außerdem werden Sie mir alle Ihre Kreditkarten übergeben und mit Ihrer Genehmigung werden wir die Bankkonten sperren lassen, soweit sie nicht für Ihre geschäftlichen Verpflichtungen benötigt werden. Sie können dann wöchentlich über einen bestimmten Betrag für Ihren Lebensunterhalt verfügen und Überweisungen für Lieferantenrechnungen tätigen. Ich bitte Sie dringend, nicht zu versuchen die Stadt ohne Genehmigung zu verlassen."

Immer noch weinend brachte ein Polizist Frau Brunner nach Hause. Marlene bedankte sich bei Fux.

„Wissen Sie, Herr Hauptkommissar. Ich glaube der Frau."

„Was heißt glauben. Wir müssen sie in Ruhe lassen oder ihr das Gegenteil beweisen. Das mit den von ihr geduldeten Dealern wird sie natürlich verantworten müssen, aber wenn sich die Umstände, die sie anführt bestätigen, wird es wohl nicht so schlimm werden. Ich gehe jetzt zu Möller und werde erst mal mit dem Sohn reden. Führen Sie die Dienstbesprechung zu Ende, bitte.”

Fux klingelte an der Tür zu Möllers Haus und kurz darauf wurde die Tür geöffnet. „Guten Tag, ich möchte gerne Ronald Möller sprechen, den Sohn des Hauses.”

„Bitte treten Sie ein, sagte die freundliche Hausdame. Ich will sehen, ob er da ist.”

„Sie sind Frau Rita Auerswald, wenn ich mich recht erinnere. Sie wissen doch genau, dass er da ist. Also sagen Sie, Hauptkommissar Fux ist hier und will ihn sprechen.” Fux blieb freundlich und Frau Auerswald ließ ihn ein.

„Ich weiß, Herr Hauptkommissar. Wir haben uns ja schon gesehen. Ich muss mich entschuldigen, aber Sie wissen ja, wie die jungen Leute sind, sie benehmen sich manchmal recht patzig. Ronald hat heute nicht seinen besten Tag. Ich werde Sie anmelden, das ist in diesem Haus üblich.” Damit ging sie den Flur entlang und klopfte an eine Tür am Ende des Ganges, aber es öffnete niemand und sie kam zurück.

„Er scheint nicht da zu sein.”

„Warum schauen Sie nicht einfach rein?”

„Herr Möller ist da sehr genau. Ich darf kein Zimmer ohne Aufforderung betreten. Am besten, Sie melden sich an.”

„Ich darf schon”, sagte Fux und ging auf das Zimmer zu und öffnete die Tür. In dem Raum stand in der Ecke ein eingeschalteter Computer und über den Monitor liefen leuchtend die Windows-Logos. An den Wänden hingen Poster von Rockgruppen, die Fux nicht kannte. Ein paar Sessel standen um einen kleinen Tisch. Auf einem der Sessel lag der junge Möller, an einer Seitenlehne, beide Beine hatte er über die andere gelegt. Er wippte in dem Takt der Musik, die bis zur Tür hörbar aus den beiden Kopfhörern schallte.

„Hallo”, rief Fux laut, und noch mal „hallo!”

Der junge Mann rührte sich nicht. Fux ging zu dem CD-Player

auf der anderen Seite des Zimmers und zog den Stecker.

Erbost sah Ronald Möller auf, sah aber zuerst nur Frau Auerswald. „Was machst du Rita? Bist du verrückt?"

Fux trat einen Schritt nach vorne. „Vielleicht sprichst du mit einer Frau, die deine Mutter sein könnte in einem anderen Ton."

„Was geht das dich an? Wer bist du überhaupt?"

„Ich bin Hauptkommissar Fux, Kriminalpolizei, und möchte mit dir reden. Bitte, ich bin nicht dein Kumpel. Sprich mich mit *Sie* an! Verstehst du?"

„Ich bin auch nicht dein Kumpel. Ich bin Herr Möller junior. Verstehst du?" Dann stand er auf und steckte den Stecker wieder in die Dose.

Fux zog ihn im gleichen Moment wieder heraus. „Ich habe gesagt, dass ich mit Ihnen reden will. Verzeihen Sie das Du."

Möller fuhr herum und stieß Fux mit der flachen Hand vor die Brust, aber der reagierte blitzschnell. Mit einem Griff zog er die Hand des Jungen auf den Rücken und sofort klickte eine Handschelle um seinen rechten Arm. Die andere Schelle schloss er um das Rohr der Heizung.

Frau Auerswald stand wie gelähmt in der Tür und schaute die beiden Männer entsetzt an. Dann drehte sie sich um und eilte laut rufend den Gang entlang. „Doktor Möller, Doktor Möller! Schnell, kommen Sie!"

Kurz darauf trat Möller in das Zimmer. Er hatte noch Rasierschaum unter dem Ohrläppchen und den Apparat in der Hand. Unter dem Bademantel hatte er kein Hemd an. „Was ist hier los? Machen Sie sofort meinen Sohn los!"

„Nein", sagte Fux, „er hat mich tätlich angegriffen. Ich hatte nur die Absicht, ihm ein paar Fragen zu stellen, da hat er mir vor die Brust geschlagen." Fux nahm das eigentlich gar nicht so tragisch. Mit den Handschellen wollte er dem Bengel nur den Schneid abkaufen.

„Ich nehme ihn mit auf das Revier. Er hätte es einfacher haben können. Auf der Dienststelle wird er schon reden."

„Mein Sohn ist noch nicht achtzehn. Ohne mich geht da gar nichts. Wenn Sie ihn mitnehmen wollen komme ich mit."

„Ich brauch dich nicht. Du kümmerst dich doch sonst nicht um mich. Mit dem werde ich alleine fertig", schnauzte ihn der junge Mann an.

Fux wandte sich an den Vater. „Ich würde es auch besser finden, zuerst mit Ronald alleine zu reden. Da ist was aufzuklären. Vielleicht ist nichts dran und dann wäre alle Aufregung umsonst."

„Was wollen Sie aufklären?"

Fux überlegte zuerst, dann sagte er: „Gut, wenn Sie es so wollen. Ihrem Sohn wird vorgeworfen, er habe einen Bürger erpresst. Das ist erst mal ein Behauptung, aber ich bin verpflichtet der Sache nachzugehen. Vielleicht ist es ein Irrtum. Der Bürger, besser die Bürgerin, hat eigentlich den Verdacht, dass Sie selbst dahinterstecken, aber sie sagt, der Mann, der das Geld in Empfang nahm, sei Ihr Sohn gewesen."

„Solchen Unsinn nehmen Sie ernst? Rede! Und sag dem Mann, dass es Unsinn ist", blaffte er seinen Sohn an.

Fux war verwundert, wie ein Mann, den er mit guten Manieren kennen gelernt hatte, so mit seinem eigenen Sohn sprechen konnte.

„Häng dich nicht in meine Angelegenheiten rein", brummte der zurück. Ich gehe jetzt mit, und wenn du dabei bist, sage ich kein Wort zu den Vorwürfen."

„Rita, rufen Sie sofort den Doktor Raven an. Er soll aufs Polizeirevier in der Annaberger Straße kommen. Sagen Sie ihm, was Ronald vorgeworfen wird. Sie haben ja mitgehört. Und du sagst kein Wort, bevor Raven da ist. Und tu endlich mal, was ich sage."

„Und was, wenn nicht?" Ronald hatte die Mundwinkel verächtlich heruntergezogen. „Kommen Sie", sagte er zu Fux, „machen Sie mir die Dinger hier ab. Ich hau nicht ab."

Fux tat, was Ronald wollte und beide verließen nebeneinander das Zimmer. „Tschüss, Rita" sagte der junge Mann, ohne seinen Vater eines Blickes zu würdigen.

Auf der Fahrt zur Dienstelle blieb er schweigsam. Fux versuchte ihn in ein Gespräch zu ziehen aber hatte keinen Erfolg. Sie stiegen aus und gingen in das Büro von Fux. Er deutete auf einen Sessel in der Ecke und nahm ihm gegenüber Platz.

„Willst du einen Kaffee?"

„Nö, Cola", meinte Ronald mürrisch. Anette Landers, die

Sekretärin, die die Protokolle in den Computer tippte, hatte eine Cola und stellte sie mit einem Lächeln vor Ronald hin.

„Danke", sagte er, und es war das erste Mal, dass er sich entspannte.

„Nun, red schon", meinte Fux. „Dass du das Geld abgeholt hast brauchst du gar nicht erst zu leugnen. Herr Charkow ist zwar tot, aber er hat dich fotografiert." Das stimmte zwar nicht, aber Fux probierte es halt. „Hat dich dein Vater dazu angestiftet? Oder war die Dummheit deine Idee?"

„Mein Vater ist ein Feigling und ein Egoist, dem sein Ansehen über alles geht. Er ist immer der Gute."

„Dann hast du das eingefädelt. Was ist nur in dich gefahren? Ich habe das inzwischen überprüfen lassen. Du hast das Vermögen deiner Mutter geerbt. Du bist nicht arm. Du hast so was nicht nötig."

Ronald hatte nur ein höhnisches Lächeln für die Argumente von Fux. „ An Mutters Geld komme ich erst mit achtzehn. Und in mich ist überhaupt nichts gefahren. Fragen Sie das meinen Vater. Er hatte fest damit gerechnet, dass er alles erbt; dass meine Mutter ein Testament zu meinen Gunsten gemacht hatte, mit der Auflage, nicht in sein Möbelimperium zu investieren bevor ich achtzehn bin und selbst darüber entscheiden kann. Das hat er mir persönlich übel genommen."

„Ich kann dich verstehen, aber das ist doch kein Grund für eine Erpressung. Du hast doch deinen monatlichen Scheck bekommen, auch das weiß ich inzwischen."

„Ich brauche kein Geld. Ich habe das gemacht, weil mein Vater ein Feigling ist."

„Das musst du mir erklären."

Ronald blieb lange Zeit stumm. Er sah stur vor sich hin, bis ihm plötzlich die Tränen aus den Augen liefen. „Meine Mutter ist vor vier Jahren verstorben. Sie war Alkoholikerin und abhängig von Tabletten. Als ihr das alles nicht mehr half, begann sie zu koksen. Professor Kelling hat ihr, auf Bitten meines Vaters, einen *natürlichen Tod* attestiert, aber sie starb an einer Überdosis. Ich habe das akzeptiert, weil ich glaubte, dass mein Vater das Andenken an meine Mutter nicht beschmutzen wollte. Ein halbes Jahr später hat er die Tussi geheiratet."

Er schnäutzte laut in sein Taschentuch und wischte seine

Tränen ab. Dann sprach er ohne Pause weiter. „Ich fand über Gerüchte in der Schule heraus, dass in verschiedenen Restaurants und Discos alle Arten von Rauschgift verkauft werden. Ich sagte es meinem Vater und bat ihn eine Anzeige zu machen. *Ich werde mich doch nicht mit der Russenmafia anlegen,* sagte er nur *und was glaubst du, was aus unserem Renomèe wird, wenn das mit deiner Mutter herauskommt.*"

Da habe ich die Sache selbst in die Hand genommen. Ich habe das Geld nicht für mich gebraucht. Auf dem Sozialamt bekam ich Adressen von Not leidenden Familien mit Kindern heraus. Ich ging zu ihnen, stellte mich als Mitarbeiter einer caritativen Organisation vor und habe ihre Angelegenheiten mit dem Geld geregelt. Alle diese Leute führen jetzt wieder ein geordnetes Leben."

Fux war erschüttert, versuchte aber, sich das nicht anmerken zu lassen. „Das ehrt dich, Ronald. Doch das ist keine Rechtfertigung für ein Verbrechen und vor allem hast du nichts damit erreicht. Die Leute werden das Geld an Frau Brunner zurückzahlen müssen und das wird ihnen sicher nicht leicht fallen."

„Aber kann diese Frau Brunner nicht darauf verzichten? Ich werde in drei Monaten achtzehn, da bekommt sie es von mir wieder."

„Das kann ich versuchen, doch du wirst für deine Tat bestraft werden. Sicher kann dir ein Richter mildernde Umstände zubilligen, aber du wirst vorbestraft sein."

Ronald senkte den Kopf. „Vielleicht kann ich mit der Frau reden. Vielleicht macht sie keine Anzeige gegen mich?", fragte er mit leiser Hoffnung in der Stimme.

„Das nutzt dir nichts, Ronald. Erpressung ist ein so genanntes Offizialdelikt. Der Staatsanwalt hat keine Wahl, er muss ermitteln und Anklage erheben. Erpressung ist ein Verbrechen. Darüber musst du dir klar werden."

Fux sprach noch eine ganze Stunde mit Ronald, dann meinte er, jetzt müsse ein Protokoll gemacht werden. Er rief Anette, die mit dem Aufnahmegerät hereinkam.

„Wenn du das Protokoll unterschrieben hast, kannst du nach Hause gehen. Vielleicht solltest du ein bisschen Abstand nehmen von deinem Vater. Kannst du woanders unterkommen? Ich werde mit deinem Vater reden."

„Das tue ich selbst. Danke. Ich werde bei Rita wohnen können. Frau Auerswald ist eine gute Seele und sie liebt mich wie eine Mutter."

„Dann wird sie vielleicht ihre Arbeit verlieren, sie hängt doch sicher an der Familie, bei der sie so lange gearbeitet hat."

„ Rita hängt an mir. Mein Vater ist nur der Chef für sie. Von der neuen Tussi meines Vaters hält sie nicht allzu viel. In ein paar Monaten kann ich sie für den Verlust entschädigen."

Nach einer halben Stunde war das Protokoll geschrieben und Ronald konnte die Dienststelle verlassen.

Mag war in die Apotheke gegangen, die ihr schon einmal eine gute Hilfe gewesen war. Sie fragte, woher die ihre Medikamente bekäme. Sie hätten verschiedene Lieferanten, bekam sie zur Antwort.

„Wissen sie", meinte die Apothekerin, „bei den zehntausenden Medikamenten, die am Markt sind, kann nicht jeder alles am Lager haben. Manche haben sich auf bestimmte Firmen spezialisiert, andere auf Krankheitsbereiche."

Mag fragte dann direkt nach Salfelder. Ja, von dem bekämen sie auch Lieferungen. Allerdings liege dessen Lieferbereich hauptsächlich im Ausland.

„Was können Sie mir gegen Einschlafstörungen empfehlen", fragte Mag.

„Betadorm-A ist ein gerne gekauftes Mittel, das ohne Rezept verkauft wird. Wenn Sie was Stärkeres brauchen, dann müssten Sie zum Arzt gehen. Aber probieren Sie doch einfach mal."

„Bekommen Sie das von Salfelder?"

„Es ist ein Mittel der Firma Woelm Pharma in Bad Honef. Das bekommen wir von einem anderen Großhändler. Aber der Lieferant ist doch gleichgültig. Der ändert doch nichts an der Wirkung?" Die Apothekerin war verwundert. „Das hat bisher noch keinen Kunden interessiert."

„Haben Sie etwas von Salfelder?" Mag blieb stur.

„Ja, wenn Sie unbedingt wollen. Ich kann ihnen was anderes geben, von Salfelder geliefert." Mag merkte der Frau an, dass sie sie für nicht ganz zurechnungsfähig hielt. Sie machte sich aber nichts daraus und kaufte das Medikament.

Danach ging sie in eine andere Apotheke und kaufte das gleiche Mittel, nachdem der junge Mann ihr versichert hatte, dass sie von Salfelder nichts beziehen würden. Sie machte sich ein Zeichen auf die Schachtel, damit sie die zwei Packungen nicht verwechselte und brachte beide zu N´Gomble, den sie durch Fux kannte.

„Können Sie mir einen Gefallen tun?", fragte sie. „Ich habe hier zwei Schlafmittel, können Sie analysieren, was da drin ist?"

N´Gomble lächelte. „Das muss ich nicht. Die Rezeptur steht auf der Packung, sehen Sie hier." Er zeigte Mag die Schachtel und deutete auf die aufgedruckte Zusammensetzung des Mittels.

„Nein, Doktor. Ich möchte, dass Sie die Angaben überprüfen, ob sie stimmen."

„Das geschieht regelmäßig von Amts wegen", meinte N´Gomble kopfschüttelnd.

Mag erklärte ihm, dass sie es aus bestimmten Gründen, für ihr neues Buch brauchte, sie aber nichts vor der Veröffentlichung verraten wolle, es handle sich um einen Krimi. „Sie bekommen ein Exemplar mit Widmung, wenn es fertig ist", lächelte sie ihn an.

„Na gut", stimmte N´Gomble zu. „Ich brauche nur eine Packung. Die andere können Sie mitnehmen, aber gewöhnen Sie sich nicht an so was. Wenn Sie nicht schlafen können, trinken Sie warme Milch mit Honig, das ist ein gutes Hausmittel."

Der Doktor schüttelte den Kopf, als sie darauf bestand, beide zu analysieren, sagte ihr aber zu.

Eigentlich wollte sie Sabine anrufen, aber es fiel ihr ein, dass sie sicher bei der Pressekonferenz war.

Die Konferenz war wieder besetzt wie am letzten Montag. Fux hatte sich mit Manet abgesprochen. Er teilte den Journalisten mit, wie die Ermittlungen standen, nannte aber keine Namen, da, trotz allem noch keine Beweise vorlagen. Das Interesse der Journalisten war schon etwas abgeklungen, aber das änderte sich sofort, als er seine letzte Bemerkung machte.

Er teilte mit, dass eines der Mitglieder der SOKO vom Dienst suspendiert worden sei, wegen eines Dienstvergehens.

Die Presseleute wollten wissen, wer und warum, aber Fux sagte nichts dazu. Es müsse erst noch näher ermittelt werden. Sabine wusste zwar darüber Bescheid, aber sie hatte Fux versichert, dass sie ihr Wissen für sich behielte.

„Ich habe keine Ahnung, wie es jetzt weitergeht", sagte Fux zu Sabine. „Mrotzek sagt keinen Ton, er lacht mich nur höhnisch an. Meine Leute lassen ihm aber keine Ruhe und nehmen ihn ständig in die Mangel. Irgendwann hat er es vielleicht satt. Die Aussage Frau Brunners wird noch protokolliert. Es wird sicher nicht zu beweisen sein, dass sie von alledem gewusst hat. Ich meine das mit dem Gift für Ebert. Der Staatsanwalt muss dann entscheiden. Sicher wird er ein Verfahren einleiten wegen des Drogendeals in den Restaurants von der Brunner. Das Gleiche gilt für die Erpressung durch Ronald Möller. Der hat tatsächlich das Geld an bedürftige Bürger weitergegeben, wir haben einige Adressen überprüft, die Ronald uns angab. Der wird wohl auch mit einem blauen Auge davonkommen. Mit dem Gift im Blumenkübel sind wir auch noch nicht schlauer geworden. Ich habe mich mit einem alten Freund in Verbindung gesetzt, der im Jemen überprüfen will, ob Salfelder dort irgendwie aufgefallen ist. Clemens wird ihn wohl wegen der Steuersache aushorchen, aber wer weiß, ob er da weiterkommt."

Sabine nahm sein Gesicht in beide Hände und wollte ihn trösten. „Ihr habt doch eine ganze Menge herausbekommen. Es sind gerade mal acht Tage vergangen seit den Ereignissen. Ihr seid doch keine Fernsehkommissare, die so etwas immer in neunzig Minuten erledigen."

„Ja, aber es ist so bedrückend. Wir haben doch alles nur dem Zufall zu verdanken. Du triffst auf dem Bahnhof einer riesigen Stadt ausgerechnet Mrotzek. Wäre nicht der Überfall auf die Dsico gewesen, hätten wir nie erfahren, wer Ebert vergiftet hat. Wäre Mag nicht so neugierig gewesen, wäre uns nichts über den Medikamentenhandel bekannt. Jetzt bleibt uns nur noch das verschlüsselte Telefonbuch Mrotzeks. Alle Adressen in Deutschland werden von Polizisten überprüft. Manet hat sich außerdem über das BKA mit den Kollegen in Verbindung gesetzt, die uns aus den verschiedenen Ländern Amtshilfe leisten sollen. Ich habe mit meinen Freunden in New York geredet. Da gab es auch zwei Adressen. Wir können im Moment nichts anderes tun."

„Dann freue dich doch über ein paar Tage Ruhe. Du hast doch genug um die Ohren gehabt in letzter Zeit. Ich habe auch meinen Artikel fertig. Ich muss nur noch ein paar Sätze dranhängen. Wollen wir nicht etwas unternehmen? Kannst du nicht ein paar Tage Urlaub nehmen?"

Fux zuckte lustlos mit den Schultern. „Ich weiß nicht. Manet wird das auch nicht genehmigen."

„Warum fragst du ihn nicht einfach? Wir könnten heute Nachmittag los und hoch nach Sellin fahren. Meine Familie würde sich freuen. Wenn wir Donnerstag sehr früh wieder zurückfahren, könntest du zu Mittag wieder deinen Dienst antreten."

„Meinst du wirklich?"

„Aber ja. Geh hoch und frage ihn. Du kannst ja ein bisschen schummeln. Sag, meiner Mutter ginge es nicht gut." Sie küsste ihn und gab ihm einen Schubs in Richtung Treppe.

Am Morgen dieses Tages ging Alois Leichner mit seinem Kollegen Albert Mosberger von der österreichischen Polizei die Straße einer Vorstadt Wiens entlang. Leichner hatte einen Zettel mit zwei Adressen in der Hand und ein Bild Mrotzeks.

„Hier ist es, Nummer 38." Es war ein sechsgeschossiges, gut gepflegtes Mietshaus. Er sah auf die Namensschilder neben der Tür und fuhr mit dem Finger darauf entlang. „Hier, vierter Stock links, Maria Hilbinger."

Die beiden gingen ins Haus und fuhren mit dem Aufzug nach oben. An der Tür drückte Leichner den Klingelknopf. Er erschrak, als darauf ziemlich laut, wie aus einem Orchestrion, *Grüß euch Gott, alle miteinander, alle miteinander,* ertönte. Noch bevor es endete, öffnete sich die Tür einen Spalt und eine alte Dame sah heraus.

„Ja?", fragte sie mit einer schrillen, hohen Fistelstimme. Die beiden Polizisten in Uniform zeigten ihre Ausweise und stellten sich mit dem Namen vor.

„Wir haben eine Frage, Gnä´ Frau." Mosberger zeigte ihr das Bild Mrotzeks. „Kennen´s diesen Mann, bittschön?"

Die alte Dame sah das Bild an, sagte aber gleichzeitig. „Ich hör´ schlecht, könnten´s net a bisserl lauter reden?"

Mosberger wiederholte seine Frage und die Frau nickte mit dem Kopf. „Ein Momenterl, ich hole meine Brille. Oder kommen´s halt herein.” Damit öffnete sie die Tür ganz und schlurfte vor den beiden Polizisten ins Wohnzimmer. Sie wurden auf ein verblichenes und abgesessenes Sofa platziert und aus einer Schublade holte sie ihre Brille. Sie hielt das Bild vor die Augen und begann zu strahlen.

„Natürlich kenn´ ich den. Das ist doch der Mosch Andy, Andreas Mosch, mein Nachbar. Wenn´s den suchen, der ist verreist. Der ist oft verreist.”

„Sie sind sich sicher, dass dies Ihr Nachbar ist? Der ist in Deutschland von der Kripo verhaftet worden.”

Frau Hilbinger riss ihre Augen weit auf. Sie versuchte empört ihren Dialekt zu unterdrücken. „Wer tut denn so etwas. Der Mosch Andy! So ein lieber Mensch. Der tut doch keinem nichts.”

Mosberger versuchte sie zu beruhigen. „Noch ist er ja nur in Untersuchungshaft. Warum, wissen wir auch nicht. Wissen Sie, wovon er lebt? Geht er arbeiten? Wie gut kennen Sie ihn?”

„Ich helfe ihm manchmal im Haushalt. Männer sind da so unbeholfen. Fenster putze ich allerdings nicht, das tut er selbst. Und arbeiten, der Andy? Der wohnt seit dreißig Jahren hier im Haus. Damals hat er ein großes Erbe gemacht. Er ist Privatier und lebt von seinen Zinsen.” Dann kniff sie kumpelhaft die Augen zusammen. „Wieviel er geerbt hat verrät er aber niemandem. ”

„Haben sie einen Türschlüssel?”

„Ja”, sagte sie, „aber hereinlassen darf ich Sie nicht. Das mag er nicht. Außer mir lässt er überhaupt niemand rein.”

Die beiden Polizisten dankten der alten Dame. Leichner blieb als Posten vor der Tür stehen und Mosberger ging zurück zur Wache. Ein Handy hatten sie nicht. „Pass auf, dass die Frau nicht in Moschs Wohnung geht. Ich schicke die Spurensicherung.”

Fux war die Treppe hinaufgegangen und klopfte an Manets Tür. „Herein!”, sagte der und bat Fux sich zu setzen. Nach der Angewohnheit kleiner Männer hatte er einen Sessel mit hoher Lehne hinter seinem Schreibtisch stehen, in dem er jetzt den Oberkörper hochreckte und Fux fragend ansah. „Kann ich etwas für Sie tun?”

Fux fragte ihn, ob er drei Tage Urlaub nehmen könne, und machte ihm klar, dass er im Moment sowieso nichts tun könne als warten.

„Nun, das gefällt mir aber gar nicht, Fux."

Jetzt log Fux wirklich und erwähnte Sabines Mutter, der es nicht gut ginge.

„Ach, mit der Journalistin wollen Sie Urlaub machen. Sind Sie etwa liiert? Hoffentlich gibt es da keinen Ärger."

„Keine Angst, Herr Oberrat. Auf Sabine, ich meine Frau Aaron, ist Verlass. Was sie schreibt, darf ich durchlesen und sie wartet auf meine Freigabe. Das haben wir so vereinbart."

Manet wollte gerade zögernd zustimmen, aber in dem Moment klingelte das Telefon. Mit einem Schulterzucken zu Fux nahm er den Hörer ab und meldete sich. Plötzlich sah er ihn aufmerksam an und entschuldigte sich bei dem Anrufer. „Fux, kein Urlaub. Wir haben Mrotzeks Wohnung. Sie fliegen gleich nach Wien."

Fux riss die Augen auf und nickte eifrig zu Manet.

In den Hörer sagte er: „Danke, Herr Kollege. Mein Hauptkommissar Fux kommt heute noch zu Ihnen. Lassen Sie ein Zimmer für ihn reservieren, bitte. Einen Moment."

Fux hatte abgewinkt. „Das mache ich selber vor Ort."
Er wollte doch Manet nicht sagen, dass er vorhatte, Sabine mitzunehmen. Manet bestellte das Zimmer bei seinem Wiener Kollegen ab.

Sabine war enttäuscht, als Fux den Ausflug nach Sellin absagte, aber sie freute sich riesig, als er ihr vorschlug, mit nach Wien zu fliegen. „Ich habe hier noch einiges zu erledigen", wies Fux sie an. „Ruf den Flughafen Leipzig oder Dresden an, buche zwei Plätze in der nächsten Maschine, aber bitte zwei getrennte Quittungen verlangen. Sag Patty, sie soll mir einen Koffer für zwei, drei Tage packen. Dann gibst du mir Bescheid, wann wir fliegen. Ich hole dich bei dir zu Hause ab. Ach ja, ich gebe dir die Nummer des Wiener Kommissars, er heißt Löblein, dem sagst du, wann wir ankommen."

„Ich soll ihn anrufen?"

„Ja, lass dir was einfallen. Du bist doch Journalistin. Sag, du bist meine Sekretärin oder besser meine Schwester."

Sabine fand einen Flug von Leipzig und buchte die beiden Plätze. Der Start war erst am frühen Abend und so hatten sie noch genügend Zeit dorthin zu kommen. Fux fuhr zügig, aber sehr sicher. Am Abend kamen sie in Wien an, und ein uniformierter Fahrer der Wiener Gendarmerie holte sie ab.

„Ich soll Ihnen Grüße von Löblein überbringen", sagte er, „die Leute der Kriminaltechnik sind dabei, die Spuren zu sichern. Einen ersten Erfolg hatten sie bereits. Sie haben in einem Wandschrank ein Präzisionsgewehr mit Zielfernrohr gefunden. Ich soll Sie in ein Hotel bringen. Löblein erwartet Sie morgen früh um 8.30 Uhr in seinem Büro. Ich hole Sie wieder ab."

Fux fragte nach einem guten Hotel und nahm auf Anraten des Fahrers im Metropol ein Doppelzimmer. Fux und Sabine hatten einen wunderschönen Abend bei einem Bummel durch die zauberhafte Stadt, und eine noch schönere Nacht in ihrem Hotel.

Dienstag, 14. August 01

Mag saß noch an ihrem Frühstückstisch, als das Telefon läutete. Unwillig nahm sie den Hörer ab. „Ja?"

Am anderen Ende meldete sich Doktor N´Gomble „Guten Morgen, Mag. Was tun Sie gerade?"

„Haben Sie mal auf die Uhr gesehen, Doc? Ich tue das, was die meisten Menschen um diese Zeit tun. Ich frühstücke."

N´Gomble lachte. „Mag, es ist halb zehn. Um diese Zeit sind wahrscheinlich die meisten Menschen schon eine Stunde oder zwei bei der Arbeit. Ich bin schon seit sieben Uhr hier. Können Sie zu mir kommen? Ich habe eine Überraschung für Sie. In einer halben Stunde?"

„Doc, sind Sie verheiratet? Wissen Sie, wie lange eine Frau in meinem Alter braucht, bis alle Falten übertüncht sind? Ich komme frühestens in einer Stunde, eher später. Okay?"

„Meinetwegen", meinte der Doktor. „Meine Überraschung läuft nicht weg. Kommen sie, wenn Sie fertig sind. Und: So alt sind Sie ja auch wieder nicht, Mag. Tschüs, bis dann." Er legte den Hörer auf, ehe Mag antworten konnte.

Es war etwa halb elf, als sie in die Pathologie kam. Sie begrüßte

N´Gomble und gab ihm die Hand. „Ich hoffe doch, Sie haben die Hand nicht gerade in einer Leiche gehabt. Wie kann man nur so einen Beruf wählen.”

N´Gomble lachte laut. „Das habe ich schon oft gehört, dabei ist es ein interessanter Beruf und ein Beruf, wie alle anderen. Aber jetzt erst mal zu meiner Überraschung. Ich habe ihre beiden Proben untersucht. Sie sind identisch, beide. Mit winzigen Unterschieden im Nanogrammbereich, was normal ist. Das passiert bei der Mischung der verschiedenen Ingredienzien. Es hat aber keine Bedeutung.”

Mag war enttäuscht. „Also sind beide Tabletten nach den Inhaltsangaben auf der Packung beziehungsweise auf dem Beipackzettel hergestellt. Schade, ich hatte gehofft, dass ich was herausgefunden habe. Also beide Packungen identisch.”

„Nein”, sagte der Doktor.

„Aber Sie hatten doch...”

„Ich hatte gesagt, die Pillen sind gleich, nicht die Packung. Das ist was anderes. Ich habe festgestellt, dass sich die Tabletten aus der Filmpackung von Salfelder viel schwerer herausdrücken lassen als bei der anderen. Ich habe einen Mann losgeschickt um in verschiedenen Apotheken, verschiedene Medikamente zu kaufen. Jedesmal eines, das von Salfelder geliefert wurde und eines, das von einem anderen Großhändler kam. Immer war die Alufolie bei Salfelder etwas dicker und in anderer Zusammensetzung als bei denen, die woanders herkamen. Das heißt im Klartext, dass die Pillen nicht bei dem Originalhersteller verpackt wurden. Das verstößt gegen das Arzneimittelgesetz.”

„Also haben wir ihn?”, triumphierte Mag.

„Ja”, sagte N´Gomble.

„Das müssen wir sofort Fux erzählen.”

„Nein, Clemens ist für so etwas zuständig. Einen Zusammenhang mit dem Fall von Fux können wir damit nicht herstellen. Außerdem ist Fux nicht da. Er ist in Wien.”

„Wo ist der? In Wien? Was macht er da?”

„Die Wiener Kollegen haben die Wohnung von Mrotzek gefunden. Fux holt sich persönlich die Informationen. Aber bitte, machen Sie davon keinen Gebrauch. Es ist noch nicht offiziell.”

„Schade", meinte Mag. „Das wäre ein Knüller."

„Das ist es auch noch, wenn Fux zurück ist und die Presse informiert. Ich gehe jetzt zu Clemens. Kommen Sie mit?"

„Aber ja doch, Doktorchen."

Jetzt ging alles ganz schnell. Clemens nahm N´Gomble als Verstärkung mit zu Manet. Die beiden Männer erklärten dem Oberrat die Situation und er ging mit ihnen widerwillig zum Staatsanwalt. Ausschlaggebend war die Tatsache, dass Mag den genauen Standort der beiden Betriebe in Tschechien angeben konnte.

„Wenn wir etwas unternehmen, dann muss zur gleichen Zeit auch dort der Zugriff erfolgen, sonst räumen die noch schnell was aus.

Mag kannte sogar den Namen des tschechischen Geschäftsführers. „Er heißt Lautenschläger", sagte sie zum Staatsanwalt.

„Also gut", meinte der, „ich setze mich sofort mit den Kollegen dort in Verbindung. Bis wir nicht die Zusage der Amtshilfe bekommen haben, werden Sie nichts unternehmen. Halten Sie sich bereit. Nehmen Sie dann ein paar Kollegen der Wache zur Unterstützung mit. Sie bekommen von mir einen Hausdurchsuchungsbescheid und nehmen den Salfelder vorläufig fest. Bringen Sie ihn zur Befragung hierher. Ich möchte daran teilnehmen. Dann kann der Richter entscheiden, ob er einen Haftbefehl ausstellt."

Der Doktor und Mag gingen in die Kantine und tranken einen Kaffee. Ihre Geduld wurde mehr als zwei Stunden auf die Probe gestellt.

Mag hatte angeregt, dass ein Mann zu Salfelders Haus abgestellt wurde um sicherzustellen, dass er auch anwesend war. Dann rief sie der Staatsanwalt in sein Büro.

„Die Angelegenheit ist geklärt. Der Zugriff auf beiden Seiten erfolgt um Punkt 14.30 Uhr. Die Tschechen kümmern sich um die beiden Orte..." Er sah auf seinem Notizblock nach, „Medenec und Misto und nehmen diesen Lautenschläger fest. Wir durchsuchen die Wohnung Salfelders und die Lagerbaracke am Bahnhof Flöha. Sie bringen Salfelder mit und dessen Frau, wenn sie anwesend ist. Man weiß nicht, ob und wie weit sie in die Geschäfte involviert ist. So kann auf keinen Fall etwas schief gehen. Ach ja, noch etwas. Keiner der

Kollegen hier erfährt etwas von dem Vorhaben. Die beiden Fahrer bleiben auch über das Ziel im Ungewissen. Sie werden erst unterwegs instruiert."

Mag war erstaunt. „Sie denken doch nicht etwa, dass einer ihrer Kollegen..."

Der Staatsanwalt unterbrach sie. „Wir hatten das erst heute Vormittag. Ich will jede Überraschung ausschließen."

Clemens hatte elf Kollegen und Kolleginnen zusammengetrommelt, die jetzt auf das Okay von der Staatsanwaltschaft warteten. Keiner wusste bis zur Abfahrt, worum es ging. Dann kam gegen 13.30 Uhr das Kommando zur Abfahrt. In einem zivilen Pkw und zwei Mannschaftswagen ging es mit Blaulicht und Sirene in Richtung Flöha. Clemens ließ am Ortseingang die Warnsignale abstellen und ruhig fuhren sie bis an das Haus Salfelders. Clemens klingelte und ziemlich schnell brummte der Summer und die äußere Tür öffnete sich. Anscheinend hatte Salfelder durch sein Fenster gesehen, dass die Polizei im Anmarsch war. Er stand in der geöffneten Haustür und lächelte Clemens freundlich an.

„Oh, Herr Hauptkommissar, so viele Leute für einen kleinen Mann. Haben Sie Angst vor mir?"

Clemens ging auf den Ton Salfelders nicht ein. „Herr Salfelder", er zeigte ein Papier vor, „ich habe hier einen Hausdurchsuchungsbeschluss. Wenn Sie ihn bitte einsehen wollen, er gilt für das gesamte Haus, ihre Lagerhalle, einschließlich aller Fahrzeuge, die sich in Ihrem Besitz befinden."

„Bitte treten Sie ein. Ich verzichte auf eine Einsicht. Ich glaube Ihnen natürlich. Ich möchte jedoch gerne meinen Anwalt anrufen. Sie können ja inzwischen anfangen."

„Moment, Herr Salfelder. Ich mache sie darauf aufmerksam, dass Sie zu einer Aussage nicht verpflichtet sind. Sie müssen nichts sagen, was Sie belasten könnte. Wenn Sie jedoch reden, dann müssen Sie die Wahrheit sagen. Haben Sie das verstanden? Wollen Sie jemanden als Zeugen in die Lagerhalle schicken? Sie möchte ich gerne hier haben."

„Ich habe Sie verstanden. In meinem Lager sind zwei Leute, die als Zeugen fungieren können. Ich werde Ihre Fragen beantworten, allerdings erst, wenn mein Anwalt hier ist."

Clemens gab seine Anweisungen an die Polizisten und Salfelder setzte sich in einen Sessel mit einem Cognacglas in der Hand und schenkte sich ein. Der Kommissar beauftragte einen Polizisten bei Salfelder zu bleiben und ging ins Haus, um die Arbeit seiner Kollegen zu beaufsichtigen.

Als Salfelders Anwalt kurze Zeit später eintraf, ging er mit ihm in das Büro des Großhändlers. „Was wird meinem Mandanten vorgeworfen?", wollte er wissen.

Clemens war ein alter Fuchs und vorsichtig. „Es besteht ein Anfangsverdacht gegen Herrn Salfelder, dass er gegen das Arzneimittelgesetz verstoßen hat, indem er die Rezepturen bestehender Heilmittel oder/und Nahrungsergänzungsmittel nachgeahmt und in eigener Regie hergestellt, verpackt und in den Handel gebracht hat. Außerdem wird vermutet, dass er Steuerverkürzungen vorsätzlich vorgenommen hat und diese Manipulationen durch ein Netz von Tochterfirmen verschleierte. Um dies zu beweisen wurde vom Staatsanwalt eine Hausdurchsuchung angeordnet. Was zur Beweissicherung dienen könnte, werden wir mitnehmen."

Wilsbach, so hieß der Anwalt, sah sich den Durchsuchungsbefehl an und nickte mit dem Kopf. „Daran ist nichts auszusetzen. Sie wissen natürlich, dass alles protokolliert werden muss. Das heißt, jedes Stück Papier, jeder Karton mit Ware, kurz alles, was Sie mitnehmen, will ich auf einer Liste sehen. Ich lasse meine Sekretärin, die im Wagen wartet, hereinkommen. Sie wird die ordnungsgemäße Auflistung kontrollieren. Jetzt möchte ich erst mit meinem Mandanten unter vier Augen sprechen."

„Selbstverständlich. Eine meiner Kolleginnen hat den Laptop bereits eingerichtet. Sie wird, unter Mitwirkung Ihrer Sekretärin, die Registrierung vornehmen. Sie bekommen dann einen Ausdruck. Ihre Sekretärin wird die ordnungsgemäße Durchführung bestätigen."

Es dauerte mehrere Stunden, ehe dies alles erledigt war. Clemens wandte sich an Wilsbach. „Ich muss Herrn Salfelder nun bitten, mit auf meine Dienststelle zu kommen. Wollen Sie in meinem Wagen mitfahren oder fahren Sie mit Ihrem eigenen?"

Clemens brachte Salfelder und dessen Anwalt in sein Büro, bat um Entschuldigung, nahm den Telefonhörer an sein Ohr und wählte. „Ja, Herr Staatsanwalt. Herr Salfelder ist hier mit seinem Anwalt. Sie wollten bei der Befragung anwesend sein."

Man hörte einen Mann sprechen, konnte aber nichts verstehen. „Ja", antwortete Clemens. Er legte auf und wandte sich an die beiden Anwesenden. „Meine Herren! Wir werden mit der Befragung beginnen. Der Herr Staatsanwalt kommt später dazu. Haben Sie etwas dagegen, wenn ich unser Gespräch auf Tonband aufnehme? Haben Sie die Absicht, zu unseren Vorwürfen Stellung zu nehmen, Herr Salfelder?"

„Herr Salfelder will das tun; ausdrücklich gegen meinen Rat. ."

Clemens drückte auf die Aufnahmetaste des kleinen Gerätes, das vor ihm stand und rückte ein Mikrofon zurecht. Dann begann er Datum und Uhrzeit auf das Band zu sprechen. „Anwesend sind Herr Friedhelm Salfelder, geboren am 14.08.1949 wohnhaft in Flöha, Bahnhofstraße 36 sowie sein Anwalt Herr Doktor Wilsbach, siehe Anwaltsverzeichnis bei der Staatsanwaltschaft." Danach wiederholte er die Vorwürfe, die er bereits in der Wohnung Salfelders vorgebracht hatte.

„Was sagen Sie dazu, Herr Salfelder?"

Der war anscheinend nicht aus der Ruhe zu bringen und lächelte freundlich. „Mein Anwalt rät mir zu schweigen. Was soll's. Sie haben mich auf dem falschen Fuß erwischt. Ich hatte keine Ahnung von ihren Ermittlungen. Ihre Polizisten haben meinen Laden ausgeräumt. Sie werden feststellen, dass ich Arzneimittel hergestellt, verpackt und vertrieben habe. Ich weiß, dass das gegen das Gesetz verstößt. Was die großen Konzerne tun ist weitaus schlimmer. Mit Preisabsprachen verschaffen sie sich ungerechtfertigte Gewinne. Ich konnte mit meiner kleinen Produktion wesentlich billiger anbieten. Also habe ich, wenn Sie so wollen, lediglich kranken Menschen, vor allem in armen Ländern, geholfen sich ihre Arznei leisten zu können. Ich habe deshalb kein schlechtes Gewissen."

Clemens fuhr sich mit der Handfläche über sein Gesicht. „Herr Salfelder, ich kann das im Moment nicht beurteilen, aber ich denke mir, Sie haben lediglich geholfen den Apotheken einen Extra-Gewinn zu erzielen. Ich glaube nicht, dass die den Preisvorteil weiter gegeben haben."

„Ich kann niemanden dazu zwingen, aber sie hätten es tun können."

„Lassen wir das, Herr Salfelder. Was haben Sie denn für Mittel produziert? Ist es nicht so, dass sie einfach die Rezeptur anderer Hersteller kopiert haben."

„Haben sie schon mal etwas von Generika gehört, Herr Hauptkommissar? Das sind Arzneimittel, die nach zehn Jahren den Patentschutz verlieren und von jedem hergestellt werden dürfen. Außerdem habe ich Lebensmittelergänzungen produziert. Vitamine und Vitaminzusammenstellungen zum Beispiel, die man allerdings aus verschiedenen Gründen in den so genannten Dritte-Welt-Ländern nur bedingt verkaufen kann. Da ich jedoch nicht genügend Kapazität hatte, habe ich von anderen Herstellern Arzneimittel verschiedenster Art zugekauft."

„Wir werden darauf zurück kommen", meinte Clemens. „Ich möchte noch einen anderen Vorwurf ansprechen. Wir glauben, dass Sie Steuern verkürzt, also Steuern nicht in der richtigen Höhe gezahlt haben. Äußern Sie sich dazu."

„Da kann ich Ihnen nicht helfen. Ich bin kein Steuerexperte. Dafür habe ich weder die Kenntnisse, noch die Zeit. Da ich in vielen Ländern präsent bin, wo es ebenso viele verschiedene Steuergesetze gibt, habe ich einen Steuerexperten damit beauftragt. Da müssen Sie den schon fragen."

„Aber Sie sind dafür verantwortlich!"

„Das weiß ich. Ich habe volles Vertrauen in diese Firma. Es ist ein Team von Fachleuten. Das Büro befindet sich in der Schweiz."

„In der Schweiz?"

„Warum nicht? Aus allen meinen Handelsbereichen schicke ich Duplikate der Unterlagen dort hin. Mehr werde ich dazu nicht sagen."

Der Anwalt hatte sich bisher mit keinem Wort eingemischt. Jetzt wies er Clemens darauf hin, dass Salfelder das Recht dazu habe. Das Telefon klingelte und Clemens nahm ab. Als er den Hörer wieder hinlegte, teilte er den beiden mit, dass der Staatsanwalt jetzt nicht kommen könne. Er werde zum Schluss der Befragung herunterkommen."

„Herr Salfelder", fuhr Clemens dann fort, „können Sie mir die Organisationsform Ihrer Firma erklären?"

„Nein, nicht im Einzelnen. Ich kann Ihnen grob andeuten, wie das gehandhabt wird. Ich habe in jedem Land, in dem ich arbeite, einen Kontaktmann, der seine eigene Firma hat..."

„...an der sie beteiligt sind!"

„...an der ich beteiligt bin."

„Wie hoch?"

„Kein Kommentar. Kann ich jetzt weiterreden? Der Kontaktmann hat im ganzen Land seinen Vertrieb aufgebaut. Meist Privatleute mit einer beschränkten Konzession, sozusagen Handel aus dem Wohnzimmer. Die bekommen einen kleinen Vorrat an gängigen Artikeln, die unser Eigentum bleiben und monatlich, je nach Verkauf, bezahlt werden, mit Abzug einer geringen Provision. Ware, die sie nicht vorrätig haben, besorgen sie von anderen Kleinhändlern. Mehr kann ich dazu nicht sagen. Ich habe also immer nur mit dem Kontaktmann zu tun. Die anderen kenne ich überhaupt nicht."

Clemens kam auf einen anderen Punkt zurück. „Sprechen wir noch mal von den *Generika*. Sie sagten in dem Zusammenhang, die Konzerne träfen ungesetzliche Preisabsprachen. Und es gäbe somit ungerechtfertigte Gewinne."

Salfelder zuckte nur mit den Schultern. „Da sollten Sie sich mal kundig machen. Soweit mir bekannt ist, befasst sich bereits Brüssel mit Absprachen auf dem Gebiet der Vitamine. Es sollen saftige Strafen verhängt werden. Aber so weit brauchen wir gar nicht zu gehen. Fahren Sie nur in irgendein EU-Land. Können Sie mir einen plausiblen Grund nennen, warum überall Medikamente sehr viel billiger sind als bei uns, wohlgemerkt Medikamente aus dem gleichen Haus? Es gibt sogar die Möglichkeit des so genannten Re-Imports. Das heißt: Man exportiert Medikamente, kauft sie dort zu dem üblichen, billigeren Preis ein, importiert sie wieder und kann sie jetzt immer noch billiger hier wieder verkaufen. Trotz des Mehraufwandes."

„Gut, klingt verständlich. Aber Sie stellen ja nicht Generika her, also nicht mehr patentfähige Ware, sondern Sie kopieren die Rezepturen, solange sie noch patentgeschützt sind. Selbst wenn sie das nicht mehr wären, dürften Sie den Namen des Medikaments nicht benutzen, sondern einen anderen. Was Sie jedoch nicht tun."

Salfelder sieht Clemens überlegen lächelnd an. „Das müssen Sie aber beweisen, Herr Hauptkommissar. Wenn Sie eine Analyse der verschiedenen Arzneien vornehmen, werden Sie feststellen, dass sie absolut identisch sind."

„Das bezweifle ich ja auch nicht, Herr Salfelder. Ich behaupte lediglich, dass Sie die Originalrezepte kopieren und Medikamente herstellen und vertreiben, die noch unter dem Patentrecht stehen, und dass Sie diese Medikamente unter ihrem Originalnamen und der nachgeahmten Originalverpackung in den Handel bringen. Das nennt man Produktpiraterie."

„Wenn alles original ist, wie wollen Sie dann nachweisen, dass es nicht die Originale sind?"

„Wenn wir genügend Zeit haben, dann können wir uns eines ihrer verkauften Produkte vornehmen, herausfinden, wie viel Sie davon beim Hersteller gekauft haben und wie viel sie tatsächlich verkauft haben. Die Höhe der Salden ergibt dann den Teil, den Sie ungerechtfertigt selber hergestellt und verpackt haben."

Salfelder schien sich sicher zu sein, dass das bei seiner verwirrenden Buchhaltung zwischen seinen verschiedenen Tochterfirmen nicht möglich ist und sagte nur: „Bitte sehr!"

Jetzt spielte Clemens seinen Trumpf aus. „Nun, wir haben dazu noch nicht die Zeit gehabt und das wird auch noch eine Weile dauern. Aber, Herr Salfelder, wir haben das nicht nötig. Wir haben nämlich nicht nur die Pillen geprüft, sondern auch die Verpackungen. Dabei haben wir festgestellt, dass es zwischen Original und Nachahmung bei der Folie der Filmpackung feststellbare Unterschiede gibt. Bei allen Packungen, die von Ihnen geliefert wurden, zeigen die Unterseiten der Filmpackungen, also die dünnen Metallfolien, eine wesentlich andere Konsistenz auf als die Originalpackungen, die direkt vom Hersteller oder von anderen Händlern geliefert wurden. Das können wir beweisen."

Nun schaltete sich der Anwalt ein. „Mein Mandant streitet dies ab und bevor Sie nicht tatsächlich den Beweis erbracht haben, wird er dazu keine Aussage machen."

In diesem Moment betrat der Staatsanwalt den Raum und entschuldigte sich für seine Verspätung. Er bat Clemens, ihn nach draußen zu begleiten und ihm den Verlauf der Befragung mitzuteilen.

„Wie sicher ist diese Folienanalyse?", wollte er von Clemens wissen. Die habe der Doktor N´Gomble gemacht, aber eine weitere Analyse sei bereits bei einem staatlichen Institut in Arbeit. Damit gingen sie zurück zu Salfelder und seinem Anwalt.

„Herr Salfelder", er machte eine kleine Pause. „Die Argumente meines Hauptkommissars Clemens haben mich überzeugt. Ich verfüge daher, dass Sie bis zu einer weiteren Klärung in Gewahrsam genommen werden."

Wilsbach sprang auf und legte heftigen Protest ein. „Dazu besteht überhaupt keine Veranlassung, Herr Staatsanwalt. Selbst wenn Ihre Anschuldigungen richtig wären, könnte Herr Salfelder nur wegen Verstoßes gegen das Arzneimittelgesetz verurteilt werden. Für eine Steuerverkürzung gibt es nicht den geringsten Beweis. Aber auch dann käme nur eine Geldstrafe in Betracht. Ich protestiere gegen die Festnahme."

Der Staatsanwalt ließ sich von Wilsbachs Protest jedoch nicht beeinflussen. Er gab ihm den Rat, für morgen beim Haftrichter einen Haftprüfungstermin zu beantragen. Salfelder wurde von einem Beamten abgeführt.

Mittwoch, 15. August 01

Fux ließ Sabine im Hotel zurück, als der Wagen von der Gendarmerie ihn abholte. Sabine wollte sich die Innenstadt ansehen. Wenn Fux Zeit erübrigen konnte, wollten sie zusammen nach Schönbrunn hinausfahren.

Im Präsidium erwartete ihn bereits ein großgewachsener Mann um die Fünfzig. „Ich bin Kommissär Löblein", sagte er und streckte ihm die Hand entgegen. „Kommen Sie bitte mit in mein Büro. Ich habe den Chef der Spurensicherung zu mir bestellt. Er wird Ihnen erzählen, was er alles gefunden hat. Sie werden sich wundern."

Der Mann saß bereits in Löbleins Büro. Er hatte eine Liste in der Hand, die er noch mal durchlas. „Ich bin Kommissär Ederer, Leiter der KTU Wien.”

Fux erfuhr, dass Ederer und seine Leute die Dreizimmerwohnung Mrotzeks gründlich unter die Lupe genommen hatten. In einem Fach unter dem Boden eines Schrankes fanden sie ein Präzisionsgewehr. Allerdings stellte Fux anhand des Kalibers fest, dass es sich nicht um die Waffe handelte, die Mrotzek in Chemnitz benutzt hatte. Sicher hat er sie in irgendeinem Versteck dort untergebracht.

Die Fingerabdrücke, die sie in der Wohnung gefunden hatten, stammten alle von Mrotzek und seiner Nachbarin, die bei ihm sauber machte und die ihn identifiziert hatte. Es gab allerdings eine Ausnahme: In einem Metallkoffer hatten sie Geldscheine verschiedener Währungen gefunden. Es war umgerechnet eine Summe von insgesamt zweihundertvierzigtausend Mark. Darunter war ein Bündel von tausend bankfrischen Fünfzigmarkscheinen, mit der Banderole einer Leipziger Bank. Auf dieser Banderole fanden sie die Abdrücke von drei verschiedenen Personen.

„Eine davon wird ein Schalterbeamter sein, der dieses Bündel verpackt hat. Die gleichen Abdrücke fanden sich auch auf den Scheinen selbst. Die anderen beiden Abdrücke könnten dem gehören, der das Geldpäckchen auf der Bank in Empfang nahm, der dritte Abdruck müsste dann dem Mann gehören, dem er das Geld übergab. Ich habe Ihnen die kompletten Sätze der Fingerabdrücke kopieren lassen. Vielleicht können Sie damit was anfangen”

Fux wagte nicht, sich vorzustellen, was das für seinen Fall bedeuten könnte. Dass die Abdrücke von Mrotzek auf der Banderole waren, schien ihm sicher, auch die des Bankangestellten klang logisch. Aber wer war der dritte Mann?

Irgendwelche schriftlichen Aufzeichnungen oder Bilder von anderen Personen waren nicht bei Mrotzek gefunden worden. Fux bat, sich die Wohnung mal ansehen zu dürfen. Ederer meinte, das sei nicht nötig, seine Leute hätten gründliche Arbeit geleistet und war anscheinend ein bisschen beleidigt, aber Fux beruhigte ihn. „Ich will mir nur ein Bild machen, wie dieser Mann gelebt hat. Ich will versuchen, seinen Charakter zu verstehen.”

Die Wohnung Mrotzeks war für Fux eine Überraschung. Er

hatte ihn ja schon ein paar Mal vernommen und der hatte auf ihn einen selbstbewussten, gebildeten Eindruck gemacht. Die drei Zimmer waren jedoch gutbürgerlich eingerichtet, nach dem Geschmack eines Spießers. Das Plüschsofa an der Wand dem Fenster gegenüber war durchgesessen. An den Wänden hingen kitschige Drucke. Neben dem Sofa stand eine Lampe mit Troddeln am Schirm. Im Schlafzimmer sah es ähnlich so aus.

Das Bett war schmal, die Kissen und die Decke mit billiger Spitze verziert. Auf dem Nachtschränkchen lagen zerlesene Groschenromane. Küche und Bad waren mit grüner Ölfarbe gestrichen.

Die Nachbarin, die einmal hereinsah, weil sie etwas gehört hatte und deshalb nach dem Rechten sehen wollte, wie sie sagte, die aber wahrscheinlich nur neugierig war, lobte Mrotzek/Mosch in den höchsten Tönen. Er sei ein sehr netter Mensch, höflich und freundlich. Nie habe sie ein böses Wort von ihm gehört. Sie könne sich nicht vorstellen, dass er etwas Unrechtes getan habe.

Fux lächelte nur und verlor kein Wort über Mrotzek. Er stellte sich vor, wie schockiert die Frau gewesen wäre, hätte er nur angedeutet, dass Mrotzek jemanden kaltblütig erschossen habe.

Löblein, der ihn hergefahren hatte, brachte ihn in sein Hotel zurück. Er gab ihm die Mappe mit den Fingerabdrücken und einem Protokoll der Durchsuchung von Mrotzeks Wohnung, eine Aufstellung des gefundenen Geldes sowie die richterliche Verfügung der Sperrung von zwei Konten, die auf Mrotzeks Namen bei zwei verschiedenen Banken lauteten. Insgesamt hatte er ein Vermögen von mehr als 700000 Mark in verschiedenen Währungen.

Sabine freute sich, dass Marcus so schnell wieder zurück war. Sie hatten gedacht, dass er den ganzen Tag beschäftigt sein würde. Als Fux dann Manet anrief und ihm erzählte, was er alles erfahren hatte, war sie etwas enttäuscht, als sie im Gespräch mithörte, dass er wahrscheinlich noch den ganzen Tag und den morgigen Vormittag zu tun haben würde.

„Was musst du denn noch tun?", fragte sie ihn, aber Fux lächelte sie an. „Ich habe gerade noch einen Tag Urlaub für uns herausgelogen. Ich bin hier fertig, aber Manet muss ja auch nicht alles wissen."

„Oh, oh, oh, der gewissenhafte Herr Hauptkommissar legt die Maske ab", schrie sie und mit einem Sprung hing sie ihm am Hals.

Donnerstag, 16. August 01

Sabine und Marcus hatten einen wunderschönen Tag in Wien. Am frühen Abend checkten sie für den Flug zurück nach Leipzig ein. Sie genossen noch einmal den Ausblick auf die alte Stadt und wussten, dass sie jetzt wieder der Alltag einholte.

Während die beiden noch in Wien beim Frühstück gesessen hatten, saß in Chemnitz Salfelder mit seinem Anwalt, Doktor Wilsbach, Hauptkommissar Clemens gegenüber. Neben ihm saß der Staatsanwalt Mai und der Richter des 1.Strafsenats Dr.Wöhler. Wilsbach hatte einen Haftprüfungstermin beantragt.

Clemens hatte das Protokoll, das er über die Vernehmung Salfelders anfertigen ließ, noch mal gut durchgearbeitet. Er erläuterte dem Richter und dem Anwalt, warum er einen Haftbefehl für Salfelder unbedingt für zwingend notwendig erachtete.

Wilsbach lächelte zynisch. „Herr Doktor Wöhler"; sprach er den Richter an: „In Anbetracht dessen, dass Herr Salfelder zugibt, gegen das Gesetz verstoßen zu haben, indem er -in sozialer Absicht- Arzneimittel bekannter Konzerne nachahmte, ist es doch unsinnig, ihn deshalb in Haft zu behalten. Herr Salfelder ist auch kooperationsbereit, was die Aufklärung seiner Vermögensverhältnisse betrifft. Das ist natürlich nicht in einem oder zwei Tagen möglich, er wird sich aber bemühen. Der Gewinn Herrn Salfelders war bei weitem nicht in der Größenordnung, die Sie anscheinend unterstellen. Es wird sich herausstellen, dass die Schwere seines Vergehens nicht ausreicht, eine Haftstrafe auszusprechen. Er hat einen festen Wohnsitz und bereut sein Verhalten und durch sein Geständnis ist eine Verschleierung nicht möglich."

Clemens widersprach. „Wie hoch der Gewinn ist, kann bisher nicht eingeschätzt werden. Meine Kollegen in der Wirtschaftsabteilung, sowie in der Zollfahndung gehen von außerordentlicher krimineller Aktivität aus und ich beantrage den Haftbefehl aufrecht zu erhalten. Selbstverständlich ist bei der globalen Ausweitung und der undurchsichtigen Verflechtung der Geschäfte Herrn Salfelders davon auszugehen, dass eine Verschleierung der tatsächlichen Manipulationen nicht ausgeschlossen, ja sogar wahrscheinlich zu befürchten ist. Außerdem ist nicht auszuschließen, dass sich Herr Salfelder durch Flucht ins Ausland dem Gericht entzieht."

Nach fast zwei Stunden heftiger Diskussionen beendete Dr. Wöhler die Auseinandersetzung. „Ich lehne den Haftantrag des Hauptkommissars Clemens ab. In Absprache mit dem Angeschuldigten, Herrn Salfelder, und seinem Anwalt wird Folgendes festgelegt: Herr Salfelder wird aus der Haft entlassen. Er ist einverstanden, dass alle seine Konten vorläufig gesperrt werden, bis die Herkunft des Geldes geklärt ist. Ausnahme ist das Bezahlen von Rechnungen an Fremde. Herr Salfelder erhält die Auflage, sich täglich bis 12.00 Uhr bei seinem Polizeirevier in Flöha persönlich zu melden. Er wird sich nicht von seinem Wohnort Flöha entfernen. Diese Festlegungen sind mindestens einmal wöchentlich von einem Richter zu überprüfen, um festzustellen, ob sie weiterhin notwendig sind."

Freitag, 17. August 01

Fux und Sabine waren gestern Abend gut in Leipzig gelandet und Sabine hatte den Wunsch, noch kurz in ihrer Redaktion vorbeizugehen. Danach setzten sie sich in den BMW und fuhren nach Chemnitz. Fux rief Weber von der KTU an um ihm die Fingerabdrücke, die auf der Banderole gefunden wurden zu übergeben, aber der hatte schon Feierabend gemacht. Also musste er sich bis heute Vormittag gedulden.

Er war bereits gegen acht Uhr im Büro. Marlene Gläser erschien gleich nach ihm. Clemens kam mit ihr zur Tür herein. Er erzählte verärgert, dass Doktor Wöhler den Salfelder gestern nach Hause geschickt habe.

„Allerdings haben die Tschechen diesen Lautenschläger in Krimov festgenommen. Da er deutscher Staatsbürger ist, wollen sie ihn schnellstens loswerden, und wie ich gestern noch erfahren habe, wollen Sie ihn schon heute dem Bundesgrenzschutz übergeben."

Da mischte sich Halbhuber ein, der in der Ecke vor einer Tasse Kaffee saß. „Hast du jetzt Krimov gesagt? Krimov in Tschechien?"

„Ja", sagte Clemens, „da haben sie den Mann aufgegriffen, der für Salfelder diese Pillenfabrik gemanagt hat. Warum?"

„Da gab es doch dieses Buch von Mrotzek mit den Telefonnummern. Ich musste damals alle Polizeidienststellen anrufen, in deren Bereich diese Nummern lagen. Eine davon gehörte zu einem tschechischen Ort mit Namen Krimov. Die Nummer einer Kneipe. Das heißt, Mrotzek hat mit dieser Kneipe in Verbindung gestanden. Ist das ein Zufall?"

Jetzt hörte auch Fux zu. „Mrotzek hatte Beziehungen nach diesem Krimov? Das müssen wir klären. Weiß jemand, ob dort in der Nähe ebenfalls ein ungeklärter Auftragsmord in den Akten hängt?"

Alle schüttelten den Kopf. „Da müssten wir mal bei den tschechischen Kollegen anfragen", meinte Halbhuber, aber Fux schüttelte den Kopf. „Das dauert mir zu lange. Ich habe eine Idee."

Er wählte eine Nummer und als die Teilnehmerin sich meldete, fragte er. „Mag, hast du ein paar Stunden Zeit? Bitte? Ach ja, Fux ist hier, entschuldige bitte." Dann hörte er eine Weile zu. „Kannst du schnell mal hier vorbeikommen? Gut, in einer halben Stunde. Bis dann." Er legte den Hörer auf.

Fux erklärte seinen Kollegen, was er vorhatte. „Wir können als deutsche Polizisten nicht in Tschechien ermitteln. Das gibt Ärger und jetzt erst mal wieder einen Antrag auf Amtshilfe stellen ist mir zu umständlich. Was spricht dagegen, dass diese Buchautorin, die ja auch Journalistin ist, sich mal dort umhört. Sie war es ja, die uns überhaupt erst auf die illegalen Praktiken des Salfelder aufmerksam machte."

Als Mag dann da war, nahm er aus seiner Akte das Blatt mit den Polizeifotos Mrotzeks und ließ eine Kopie davon machen.

„Hast du Zeit nach Krimov zu fahren? Dort muss es eine Gaststätte geben. Zeig dem Wirt die Bilder und frage, ob der Mann dort bekannt ist, ob er sich mit jemandem getroffen hat. Machst du das für mich? Ich bezahle dir deine Unkosten und auch dem Wirt kannst du ein paar Mark zeigen."

„Natürlich tu ich das für dich. Übrigens: Der Wirt ist eine Wirtin und die macht ausgezeichnete Knödel. Ich habe dort schon mal gegessen und mich mit der Wirtin unterhalten. Ich fahre gleich los. In zwei Stunden bin ich dort."

Als Mag das Zimmer verließ, kam ein Polizist in den Raum und wandte sich an Fux. „Herr Hauptkommissar, da möchte Sie eine junge Frau sprechen. Anscheinend eine Vietnamesin."

„Sagen sie ihr, ich hätte jetzt keine Zeit, sie möchte ein anderes Mal wieder kommen." Er wandte sich ab, drehte sich aber gleich wieder um. „Moment, sagten sie Vietnamesin, hat sie ihren Namen genannt?"

„Ja, sie heißt angeblich Kramer."

„Bringen Sie sie rein." *Das ist doch die Haushälterin von Salfelder,* dachte er.

Die junge Frau trat ins Zimmer. „Mein Name ist Kramer. Ich muss Sie sprechen."

„Ja, ich kann mich erinnern, Maria Kramer, die hübsche Vietnamesin mit dem deutschen Namen."

„Ich bin nicht Maria, ich bin Anna Kramer. Maria ist meine Schwester."

„Donnerwetter", meinte Fux. „Sind Sie Zwillinge? Sie sehen sich ja außerordentlich ähnlich."

Anna lächelte. „Wenn sie uns nebeneinander sehen würden, könnten Sie den Unterschied sehen. Maria ist ein gutes Jahr älter als ich. Wir haben total verschiedene Charaktere."

Fux drängelte. „Ich finde das alles sehr interessant, Frau Kramer, aber ich habe wenig Zeit. Was kann ich für Sie tun?"

Anna Kramer schüttelte den Kopf. „Das geht nicht so schnell. Es ist eine lange Geschichte."

„Verzeihen Sie, aber ich muss zwei Morde aufklären und einen versuchten Mord."

„Genau darum geht es, Herr Hauptkommissar."

Fux war erstaunt. „Was haben Sie damit zu tun? Erzählen Sie."

Und Anna erzählte.

Unsere Mutter kam als *Bootsflüchtling* nach Deutschland. Sie wissen, was ein Bootsflüchtling ist?"

„Ja", sagte Fux.

„Sie lernte schnell deutsch zu sprechen. In Vietnam hatte sie begonnen Pharmazie zu studieren. Hier ging das nicht. Sie lernte in Flensburg meinen Vater kennen, Herbert Kramer. Sie heirateten, dann kamen meine Schwester und ich zur Welt und anfangs ging alles gut.

Irgendwann lernte meine Mutter einen anderen Mann kennen. Sie war ihm hörig. Wir wussten davon erst, als sie ohne Bedenken uns und unseren Vater verließ. Wie der fremde Mann hieß, war uns nicht bekannt. Mein Vater bekam dann heraus, dass dieser Mann mit einer medizinischen Hilfsorganisation in den Nahen Osten gegangen war, und dass meine Mutter ihm folgte. Dann haben wir lange Jahre nichts von ihr gehört. Bis vor zwei Jahren.

Wir waren inzwischen umgezogen. Die Wende hatte uns nach Chemnitz gebracht. Mein Vater wurde hierher versetzt. Es kam ein Brief, der noch an unsere alte Adresse gerichtet war, und von der Post nachgeschickt wurde.

Mutter schrieb, dass sie sehr bereue uns verlassen zu haben. Die Ehe mit dem Mann, der daran Schuld hatte, sei unglücklich, er schlage sie und habe jetzt eine andere Geliebte. Sie hatte Angst, dass er sie umbringen wolle. Dann gab sie uns eine Telefonnummer bekannt, wo man sie erreichen könne.”

Fux hörte aufmerksam zu, wusste jedoch nicht, warum sie ihm das alles erzählte. Er fragte sie danach, aber sie wich aus.

„Lassen Sie mich zu Ende erzählen. Dann verstehen Sie.” Dann sprach sie weiter. „Dieser Brief meiner Mutter rührte mich überhaupt nicht. *Sie* hatte uns verlassen! Anders bei meiner Schwester Maria. Sie hatte noch eine Erinnerung an unsere Mutter, die mir fast ganz fehlte. Maria rief die Nummer an, bekam jedoch nur die Auskunft, dass diese Nummer nicht mehr aktiv war.

Es ließ ihr keine Ruhe. Sie fasste den Entschluss in die Stadt zu fahren, zu der diese Nummer gehörte. Es war Sanaa im Jemen. Ich wusste bis dahin überhaupt nicht, dass es diese Stadt gab. Maria buchte einen Flug und ließ zwei Monate nichts von sich hören. Plötzlich stand sie wieder vor unserer Wohnung. Dass unser Vater während ihrer Abwesenheit tödlich verunglückt war, nahm sie kaum wahr. *Unsere Mutter ist tot*, sagte sie, *ein Autounfall. Die Polizei meint, es sei Mord gewesen.* Mehr war nicht von ihr zu erfahren. Sie brach ihr Studium ab und wurde ein anderer Mensch, melancholisch und verschlossen.

Vor einem halben Jahr ging sie zu Salfelder und führte ihm den Haushalt. Sie hat nicht mit ihm geschlafen. Das ist wichtig!"

Fux nickte mit dem Kopf, sagte aber nichts.

„Ich will es kurz machen. Sie hat mich heute früh angerufen. Aus Paris. Ich war vollkommen überrascht. Was tust du in Paris, fragte ich, und sie sagte: *Die Polizei wird nach mir suchen, aber sie wird mich nicht finden. Ich habe einen anderen Pass. Ich habe Salfelder vergiftet. Er packte seine Koffer und wollte abhauen.*"

Fux sprang vom Stuhl auf und rüttelte Anna Kramer an der Schulter, „Sind Sie denn bei Trost? Das sagen Sie erst jetzt? Vielleicht lebt er noch und braucht Hilfe."

„Er lebt noch. Ich bin sofort zu ihm gefahren. Ich hatte Marias Schlüssel. Salfelder lag auf dem Bett und röchelte. Gepackte Koffer standen im Flur. Ich habe ihn ins Krankenhaus fahren lassen. Er liegt im Koma. Im Küchwald."

Fux wurde geschäftig. „Marlene fahren Sie sofort ins Krankenhaus. Nehmen Sie einen Kollegen mit. Das Zimmer muss ständig bewacht sein. Sprechen Sie mit dem Arzt, fragen Sie, wann Salfelder vernehmungsfähig ist. Achten Sie auf jedes Wort, das er vielleicht sagt. Ich kümmere mich weiter um Frau Kramer."

Er ließ zwei Kaffee bringen und setzte sich wieder zu Anna. „Ich denke, Sie haben mir noch mehr zu sagen."

„Ja, Maria erfuhr den Namen des Mannes meiner Mutter. Es war Salfelder. Er war kurz vor dem Unfall meiner Mutter zurück nach Deutschland geflogen. An dem Auto meiner Mutter hatte jemand die Lenkung angefeilt. Sie brach nach kurzer Fahrt und meine Mutter fuhr einen Abhang hinab. Da Salfelder nicht mehr im Land war als es passierte war, er außer Verdacht. Die Leute dort hatten kein allzu großes Interesse. Eine Vietnamesin war tot. Was soll's. Der Fall wurde schnell geschlossen."

„Ihre Schwester glaubte, dass Salfelder der Auftraggeber war?"

„Ja, sie hat schon vor vierzehn Tagen versucht ihm Gift beizubringen, als sie bei Möller aushalf. Aber kurz bevor sie dazu kam, traf die Polizei wegen der beiden Toten im Haus ein."

„Und da hat sie das Gift in einen Blumenkübel gegossen!"

„Ja."

„Das haben Sie alles gewusst?"

„Nein. Maria hat mir am Telefon gesagt, wo ich einen Brief fände, den sie geschrieben hat. Da hat sie mir das alles mitgeteilt."

Sie griff in ihre Tasche und übergab Fux einen weißen Umschlag. „Das ist der Brief."

Dann kam alles auf einmal. Es schien, als würde der Knoten, den er seit vierzehn Tagen aufzutröseln versuchte, wie der gordische Knoten mit einem Schwerthieb zerfetzt. Überall traten die losen Enden zu Tage. Mag rief an, Mrotzek habe sich zweimal in dem Gasthaus getroffen, *mit dem Mann aus Chemnitz, dem die Pillenbude gehöre,* wie die Wirtin sagte. Weber brachte die Ergebnisse der Spurensicherung von der Geldbanderole. Es gab keinen Zweifel, dass die Abdrücke zu Salfelder gehörten.

Dann kam der ganz große Knall. Ein Postbote brachte einen Einschreibebrief mit Rückschein, den Fux unterschreiben musste. Er sah erstaunt auf den Absender: Außenministerium der Bundesrepublik Deutschland. Er riss das Couvert mit dem Daumen auf. Darin befand sich ein Anschreiben des Ministeriums und ein noch verschlossener Brief ohne Marke. Der Absender war Butch Bengtson, sein Freund, der im Jemen arbeitete.

Der Brief begann mit *„Hi Marc!"*

Hier ist ein verrücktes Land. Der Islam ist Staatsreligion, allerdings ist es kein Gottesstaat wie vielleicht der Iran oder Afghanistan. Trotzdem regiert der Islam überall hinein, vielleicht weil die Schiiten und Suniten total zerstritten sind. Doch es gibt ein parlamentarisches Präsidialsystem, einschließlich einer Oppositionspartei. Aber das interessiert dich wohl kaum.

Ich habe in deiner Angelegenheit recherchiert. Dein Salfelder hat hier für eine medizinische Hilfsorganisation gearbeitet. Ich habe mit dem lokalen Chef dieser Organisation gesprochen. Er sagte mir, dass man deinen Mann dabei erwischt hatte, dass er Medikamente verschob und man ihn entlassen musste. Anzeige wurde nicht erstattet, um die Organisation nicht in falschen Verdacht geraten zu lassen.

Seine Frau, eine Vietnamesin, die in der gleichen Organisation arbeitete, kündigte daraufhin. Ich bitte dich um Diskretion in dieser Sache. Das habe ich meinem Informanten zugesichert.

Salfelder hatte anscheinend eine Marktlücke in diesem Land gefunden und gründete einen Medikamentenhandel. Nach ein paar Monaten verlegte er diesen nach Deutschland. Irgendwohin in Ostdeutschland.

Nachdem er den Jemen verlassen hatte, fiel seine Frau, die er nicht mitgenommen hatte, einem Autounfall zum Opfer. Da die Lenkung beschädigt war, nahm die Polizei vorsätzlichen Mord an. Im Wagen fanden sich außer den Fingerabdrücken der Frau noch die eines Mannes, der jedoch nie identifiziert werden konnte. (Ich schicke dir eine Kopie der Abdrücke mit.) Ich denke, man hat sich keine allzu große Mühe gemacht den Mann zu finden.

Ich habe Gelegenheit, den Brief mit der Diplomatenpost an euer Außenministerium zu schicken.

Es folgten noch ein paar private Bemerkungen, dann endete der Brief mit einem *yours old friend Butch.*

Die Fingerabrücke vom Unfallwagen stammten von Mrotzek.

Sonnabend, 18. August 01

Außer ein paar Protokollen gab es plötzlich für Fux und seine SOKO nicht mehr viel zu tun. Er rief Sabine an und verabredete sich mit ihr für den Nachmittag in seinem Haus. Abends solle sie Mag zu Stratos in seinem Namen einladen, er werde seine Kollegin Gläser auch dorthin bestellen, sie habe ihm sehr viel Arbeit abgenommen und er wolle sich bei ihr bedanken.

Als Fux und Sabine dort eintrafen, saßen die beiden anderen Frauen bereits an dem bestellten Tisch. Sofort brachte Stratos die üblichen Ouzos. „Na, was trinkt ihr, Mädels, und Sie Fux?", fragte er in seiner burschikosen Art. Fux bestellte einen trockenen Rotwein. „Aber stellen Sie ein paar Flaschen Champagner kalt. Wir haben was zu feiern."

Mag konnte ihren Mund wieder mal nicht halten. „Wenn du

jeden aufgeklärten Fall mit Champagner feiern willst, dann hoffe ich für dich, dass du wenig Erfolg hast.”

Marlene lächelte aber Fux wurde ganz ernst, und sah Sabine an. „Sagst du es ihr?”

„Marcus und ich werden heiraten. Und heute ist so eine Art Verlobung. Er hat mich in Wien gefragt.” Sie wurde ein bisschen verlegen. „Ich habe ja gesagt.”

Die beiden Frauen bekamen den Mund nicht mehr zu. „Ihr kennt euch doch erst mal vierzehn Tage”, meinte Marlene aber Mag fand ihre Fassung schnell wieder. „Willst du wirklich so einen alten Knacker heiraten? Der ist doch zehn Jahre älter als du.”

Sabine blieb die Antwort diesmal nicht schuldig. „Ich liebe alte Knacker”, sagte sie und Fux: „Und ich liebe Sommersprossen.”

„ 'S sitzenlassen is immer billiger als 's heiraten”, meinte Mag, das ist nicht von mir, das hat Johann Nestroy gesagt.

Es wurde ein sehr lustiger Abend, auch wenn sich logischerweise die Gespräche am Anfang hauptsächlich um die Lösung des Falles drehten.

„Nachdem ich Mrotzek die Beweise vorgelegt, und ihm davon erzählt habe, was Salfelder passiert war, hat er den Auftrag Salfelders zu dem Mord gestanden. Mit unseren Beweisen reicht das für „Lebenslänglich.” Warum Meißner von ihm erschossen wurde, wisse er nicht. Er mache seine Arbeit ohne zu fragen, wenn sie bezahlt werde. Andere Taten gab er nicht zu, vielleicht kann man ihm das eine oder andere noch nachweisen. Zum Tod von Salfelders Frau hat er geschwiegen. Wir wissen ja, dass er in Frankfurt am Main einen Mann erschossen hat und für den Tod von Salfelders Frau werden wir ihn vielleicht auch ohne Geständnis festnageln können, allerdings sind das alles nur Indizienbeweise. Vielleicht reicht es trotzdem. Er verlangte, dass ich für eine private Mitteilung das Mikrofon ausschalte.

Ich werde für den Rest meines Lebens im Gefängnis sein, damit musste ich rechnen und das war einkalkuliert. Ich kann Ihnen jedoch nicht sagen, was sonst noch war. Ich werde viel Geld brauchen. Ohne Geld bringst du es im Knast nicht weit. Und meine ehemaligen Auftraggeber werden es sich was kosten lassen, mich bei

Laune zu halten. Das ist der Grund, weshalb ich besser schweige.

„Ein schlauer Fuchs."

Mag und Sabine erfuhren dann noch ein paar Einzelheiten. Salfelder sei aus dem Koma erwacht, aber die Ärzte meinten, er werde einen geistigen Defekt behalten. Seine Frau, die wir ja nie kennen lernten, wurde in Rom gestellt, als sie die Konten leeren wollte. Ob man sie jedoch der Mittäterschaft überführen kann ist zweifelhaft. Die Anklage gegen Frau Brunner habe der Staatsanwalt fallen gelassen. Es ist ihr nicht nachzuweisen, dass sie von den Taten Charkows etwas gewusst hatte. Sie habe inzwischen ihre Restaurants verkauft. Der Sohn Möllers müsse mit einer Jugendstrafe rechnen, aber sicher wird die milde ausfallen. Er hat inzwischen eine eigene Wohnung gefunden und will dort mit Rita Auerswald einziehen. Sie will sich um ihn kümmern. Professor Kelling wird eine Anklage erhalten, aber nicht die zu erwartende Strafe ist für ihn das Schlimmste; der Verlust eines Prestiges wir ihn mehr treffen. Die Fahndung nach Maria Kramer läuft international, aber ich glaube kaum, dass es leicht sein wird, sie zu finden. Dann allerdings drohe ihr ein hartes Urteil. Oberkommissar Unger in das Einwohnermeldeamt versetzt worden. Wo er anscheinend gute Arbeit leiste. Außerdem bekam er einen Eintrag in seine Personalakte.

Nach einem guten Essen bestellten sie Champagner. Als Stratos hörte, worum es ging, spendierte er die erste Flasche und setzte sich eine Weile an den Tisch seiner vier Gäste.

Mein Dank gilt Iris und vor allem Bernd Ludwig, die in akribischer Arbeit meinen Text durchforsteten und von denen ich viele Hinweise bekam, die immer gut und immer richtig waren.
Bernd wird verstehen, dass ich nicht alle beachtet habe, weil sie nicht in jedem Fall meinem Schreibstil entsprachen.

Ich danke auch den Mädels vom *Regenbogen,* die meine Bücher zwar nicht kaufen, aber die geschenkten mit Begeisterung lasen. Frau Muche hat mir das richtige Gift besorgt.

Renate Erhard und Christl Anders von der Grundschule Gablenz waren schnell und fleißig. Sie haben mich vor der Blamage bewahrt und in meinem Manuskript nochmals die Interpunktion gepüft, sowie andere gute Hinweise gegeben. Dank ihnen.

Ich bitte alle Freunde um Entschuldigung, die ich vernachlässigt habe weil ich stundenlang vor dem Computer hockte.

Rudolf G. Siering